> 나는 고개를 들어 동굴 밖을 올려다보며
> 깊이 숨을 들이쉰다. 나는 평생
> 나에겐 정해진 운명이 있다는 말을 들어왔다.
> 거기에서 벗어날 수 있다고, 아니면
> 어떻게든 바꿀 수 있다고 믿고 싶다.

내 작은 비둘기들 니키, 알렉, 그리고 새미에게.
별을 향해 미소 지으며 자신의 운명과 함께 춤추기를.

닭다리가 달린 집

초판 1쇄 발행 2018년 12월 20일
초판 2쇄 발행 2019년 04월 25일

지은이 소피 앤더슨
옮긴이 김래경
펴낸곳 B612북스
펴낸이 권기남

주소 경기 양주시 백석읍 양주산성로 838-71, 107동 602호
전화 031) 879-7831 / 팩스 031) 879-7832
E-mail b612books@naver.com
홈페이지 blog.naver.com/b612books
출판등록일 2012년 3월 30일(제2012-000069호)
ISBN 978-89-98427-21-4(43840)

* 책값은 뒤표지에 표시되어 있습니다.
* 이 도서의 국립중앙도서관 출판예정도서목록(CIP)은 서지정보유통지원시스템 홈페이지(http://seoji.
  nl.go.kr)와 국가자료공동목록시스템(http://www.nl.go.kr/kolisnet)에서 이용하실 수 있습니다.
  (CIP제어번호: CIP2018040383))

닭다리가 달린 집

저자 소피 앤더슨
역자 김래경

B612 북스

| 목 차 |

일러두기 괄호 안의 *는 옮긴이 주입니다.

프롤로그

우 리 집에는 닭다리가 달렸다. 집은 해마다 두세 번 예고도 없이 한밤중에 벌떡 일어나 멀쩡히 잘 살던 곳을 떠난다. 백 킬로미터를 걷기도 하고 천 킬로미터를 걷기도 하지만, 멈춰 서는 곳은 늘 비슷하다. 황폐하고 쓸쓸한 문명사회 끝자락.

집은 출입을 금한 컴컴한 숲속에 둥지를 틀거나, 바람이 몰아치고 얼음으로 뒤덮인 툰드라에 터를 잡으며, 도시 변두리 허물어지는 폐허 속으로 숨어든다. 이번에는 높은 민둥산 바위투성이 절벽에 주저앉았다. 여기에서 지낸 지도 2주째지만, 아직 살아 있는 사람은 구경도 못 했다. 하지만 죽은 사람은 당연히 셀 수 없이 많이 봤다. 죽은 사람들이 바바 할머니를 찾아오면 할머니가 그들을 저승문 너머로 보내준다. 하지만 진짜 살아 숨 쉬는 사람은 이곳에서 멀리 떨어진 저 아래 도시와 마을에서 산다.

여름이었다면 그들 중 몇몇이 야외로 나와 경치를 즐기려고 이 위까지 올라왔을지도 모른다. 그들이 웃으며 인사를 건넸을 수도 있다. 내 또래 아이들이 단체로 왔을지도 모른다. 아이들은 냇가에서 쉬면서 더위를 식히려고 물장난했을 수도 있다. 같이 놀자며 나를 불렀을지도 모른다.

"울타리는 다 돼 가니?" 바바 할머니가 공상에 잠긴 나를 깨우며 열린 창문으로 묻는다.

"끝나 가요." 나는 나지막한 돌담 안으로 넓적다리뼈 하나를 더 꽂아 넣는다. 보통은 곧바로 땅바닥에 뼈를 박는데 여긴 돌이 너무 많다. 그래서 집을 빙 둘러 무릎 높이로 돌담을 먼저 쌓은 뒤, 돌담에 뼈를 꽂아 세우고 그 위에 균형을 잡아 해골을 올렸다. 그런데도 밤마다 울타리가 무너진다. 바람이 심한 건지 야생 동물이나 어벙하게 구는 죽은 사람들 때문인지 난 모르겠다. 어쨌든 이곳에서 살기 시작한 이후 매일같이 어딘가 망가진 울타리를 손봐야 했다.

바바 할머니는 울타리가 죽은 사람은 안으로 들어오게 하고 산 사람은 못 들어오게 하는 역할을 해서 중요하다고

한다. 하지만 내가 울타리를
고치는 건 그 때문이 아니다.
오래전 부모님이 울타리를
세우고 죽은 사람들을 안내
하던 시절에, 두 분이 한 번
쯤 만졌을지도 모르는 뼈를
가지고 일하는 게 좋아서다. 가끔은

차가운 뼈에 감도는 부모님의 온기를 느낀 것 같아서, 실제
로 부모님의 손을 잡으면 어떤 기분일까 상상해본다. 그러
면 가슴이 따뜻해지면서도 마음이 너무 아프다.

집이 요란하게 삐걱거리며 내 머리 바로 위로 앞창이 올
때까지 몸을 계속 앞으로 기울인다. 바바 할머니가 앞창으
로 머리를 쏙 내밀고 웃는다. "점심 먹자. 쉬랑 검은 베이글
로 한 상 푸짐하게 차렸다. 잭 몫까지 넉넉하게 준비했어."

갓 구운 빵과 양배추 수프 냄새가 코를 스치자 뱃속이 요
동친다. "대문 돌쩌귀만 손보면 끝나요." 나는 발 뼈 하나를
집어 들어 제자리에 연결하고 잭을 찾아 주위를 두리번거린
다.

잭이 말라버린 야생화 덤불 아래에서 비바람에 부서진
바위 조각을 쪼아대고 있다. 딱정벌레나 쥐며느리 같은 걸

잡고 싶어서다. "잭!" 내가 부르자 잭이 고개를 갸웃하며 올려다본다. 은색 눈동자 한 쪽에 빛이 반사되어 번쩍인다. 잭이 어정쩡한 자세로 볼썽사납게 펄쩍거리며 내 어깨 위에 앉더니 귓속으로 뭔가를 쑤셔 넣으려고 한다.

"하지 마!" 나는 재빨리 손을 들어 올려 귀를 덮는다. 잭은 항상 나중에 먹으려고 음식을 감춰둔다. 잭이 음식을 숨기는 데 왜 내 귀가 적당하다고 여기는지 모르겠다. 내가 귀를 덮어버리자 이번에는 귀를 덮고 있는 손가락 사이로 그걸 밀어 넣는다. 뭔가 자그마하고 바싹 마른 것이다. 나는 손을 내려서 그게 뭔지 본다. 납작하게 찌그러진 거미다. "고마워, 잭." 나는 죽은 거미를 주머니에 넣는다. 잭이 좋은 뜻으로 먹을 걸 나눠준다는 건 알지만, 죽은 거라면 주변에 널렸다. "가자." 나는 고개를 절레절레 흔들며 한숨을 쉰다. "바바 할머니가 잔칫상을 차렸대. 두 명의 사람과 한 마리의 까마귀를 위해서."

나는 돌아서서 저 아래 멀리 있는 도시를 바라본다. 옹기종기 가깝게 붙어 지내며 외롭고 추운 이곳에서 서로 이웃이 되어주는 집들. 우리 집이 평범해서 살아 있는 사람들과 저 아래에서 함께 살 수 있으면 좋겠다. 우리 가족도 평범했으면 좋겠다. 하지만 우리 집에는 닭다리가 달렸고, 우리 할머니는 야가로서 이승과 저승을 이어주는 저승문의 수호자다. 그러니 내 바람은 울타리 위 해골만큼이나 텅 빌 수밖에.

죽은 사람 인도하기

해질 무렵이면 나는 해골들 안에 촛불을 밝힌다. 텅 빈 해골 눈구멍에서 퍼져 나간 노란 불빛이 반짝이며 죽은 사람들을 부른다. 지평선 위로 안개처럼 뿌옇게 나타난 그들은 바윗길을 따라 비틀거리며 우리 집까지 오는 동안 모습이 또렷해진다.

어렸을 때는 그들이 죽기 전에 어떻게 살았고, 무슨 반려동물을 키웠을까 맞혀보곤 했다. 하지만 이제 난 열두 살이고 그런 놀이는 지루하다. 저 아래에서 환하게 빛나는 도시, 무궁무진한 가능성의 세계로만 자꾸 눈길이 간다.

갑자기 잭이 어둠을 뚫고 나타나서는 내 옆 창턱에 앉는 바람에 내가 움찔한다. 잭이 발톱을 나무에 부딪쳐 딱딱거리면서 깃털을 곤두세운다. 그 소리가 나무 사이로 부는 바람 소리 같아서 나는 자유롭게 하늘을 나는 상상을 한다.

"잭, 내가 저 아래까지 날아갈 수 있으면 좋겠어." 나는 잭의 목덜미를 쓰다듬는다. "그리고 살아 있는 사람들과 하룻저녁을 보내고 싶어." 나는 살아 있는 사람들이 지금 하고 있을지도 모를 온갖 일을 상상한다. 도시로 가서 책에서만 읽던 그 모든 일을 해볼 수만 있다면 얼마나 좋을까. 달리기 경주나 다른 아이들과 시합하기, 따뜻하게 웃는 얼굴에 둘러싸여 극장에서 공연 관람하기 같은 것.

"마링카!" 바바 할머니가 부르자 창문이 껌뻑이다 닫힌다.

"가요, 할머니." 나는 서둘러 머리에 스카프를 두르고 문을 향해 달린다. 할머니와 함께 죽은 사람들을 맞이하고, 할머니가 그들을 저승문 너머로 인도하는 걸 지켜봐야 한다. '막중한 책임'이니만큼 언젠가 혼자 할 수 있도록 '집중'해서 '절차를 익혀야' 한다. 그날에 대해선 생각하고 싶지 않다. 바바 할머니는 내가 다음 수호자가 될 운명이란다. 그날이 오면 할머니를 저승문 너머로 인도하는 일이 내 첫 번째 임무가 될 거라고도 한다. 나는 가슴 속에 전율이 일어서 그걸 떨쳐낸다. 앞서 말했듯이, 그날에 대해선 생각하고 싶지 않다.

바바 할머니가 활활 타오르는 불 위에서 *보르스치*를 끓이느라 커다란 가마솥을 휘젓고 있다. 내가 방으로 들어서자 신이 난 할머니가 반짝이는 눈으로 나를 돌아보며 미소를 짓는다. "우리 *페치카* 오늘 정말 예쁘구나. 준비는 다 했니?"

나는 고개를 끄덕이고 억지로 웃어 보인다. 나도 할머니만큼 인도하는 일이 즐거웠으면 좋겠다.

"저거." 바바 할머니가 할머니 의자에 올려놓은 바이올린을 향해 눈짓을 한다. 최근에 줄도 조이고 윤도 냈다. "드디어 짬을 내서 바이올린을 손봤다. 죽은 사람들 중 누구라도 새로운 곡을 연주해주면 좋으련만."

"그럼 좋겠네요." 얼마 전이었다면, 나도 새로운 음악을 듣는다는 기대감에 들떴을지 모른다. 하지만 요즘은 바바 할머니가 어떤 옛날 악기를 준비해놓든, 죽은 사람들을 인도하면서 보내는 밤은 그냥 다 똑같다. "*크바스*를 따라놓을까요?" 나는 땅딸막한 유리잔이 줄지어 놓인 탁자를 바라본다. 탁한 색의 톡 쏘는 맛을 내는 음료수로 채울 잔이다.

"그러렴." 바바 할머니가 고개를 끄덕인다. 내가 시큼한 냄새를 풍기는 수증기를 헤치며 탁자로 가는 동안 할머니가 음정도 맞지 않는 노래를 흥얼거린다. 새빨간 비트 뿌리로 끓인 *보르스치*를 맛보려고 입으로 가져가는 숟가락으로도 리듬을 탄다. "마늘을 더 넣어야겠어." 할머니가 중얼거리며 생마늘 한 주먹을 가마솥에 던져 넣는다.

나는 병뚜껑을 열고 *크바스*를 따른다. 공기 중으로 퍼지는 고약한 발효 향이 코를 찌르는 *보르스치* 냄새와 아무렇지도 않게 섞인다. 나는 거무튀튀한 갈색 음료에서 크림색 방울이 보글보글 올라와 톡톡 터지며, 표면을 덮은 도톰한 거품 속으로 녹아 들어가는 모습을 구경한다. 밤이 끝날 무렵이면 전부 사라져버리는 죽은 사람들처럼, 거품이 한 방울씩 차례로 터지며 없어진다. 다시 만날 사이도 아닌데 죽은 사람과 친해진다는 건 정말 무의미해 보인다. 하지만 죽은 사람들이 저승문을 지나 별로 돌아가기 전, 그들과 이야기하며 추억을 곱씹고, 그들이 살았던 생을 기념하면서 마지막 저녁을 근사하게 보내도록 하는 게 야가의 집에 사는 우리 야가들의 임무다.

"그들이 왔어!" 할머니가 소리치며 두 팔을 앞으로 쭉 뻗고는 쌩하니 방을 가로지른다. 늙은이 하나가 입구에서 서성이고 있다. 기력이 쇠한 데다 가냘픈 노인의 모습에는 꽤 오랫동안 이 순간을 기다려온 기색이 역력하다. 노인은 시간도 오래 걸리지 않고 쉽게 저승문을 통과할 것 같다.

　내가 식탁을 차리는 동안 바바 할머니가 죽은 사람들의 언어로 노인에게 상냥하게 말을 건넨다. 식탁에는 푸성귀 한 바구니, 두툼한 검은 빵, 사워크림과 고추냉이 소스가 든 항아리, 버섯 만두, 그릇과 숟가락, 온갖 작은 유리잔들과 영혼 위안주가 든 커다란 병들로 가득하다. 죽은 사람들이 마시는 화끈한 음료를 위안주라고 부른다. 바바 할머니 말로는 여행길에 지팡이가 도움이 되듯이, 그 술이 저승길에 오른 죽은 사람들을 위로해주기 때문에 그렇게 부른다고 한다.

　나는 죽은 사람들이 얘기하는 걸 열심히 들으며 무슨 말인지 이해하려고 집중도 하고 노력도 하지만, 죽은 사람들의 언어가 나를 피해 다닌다. 항상 느끼는 거지만 죽은 사람들의 언어가 살아 있는 사람들의 언어보다 훨씬 어렵다. 살아 있는 사람들 말은 누워서 떡 먹기다.

　내 마음은 여전히 도시에 가 있다. 좁은 호수 어귀가 꺾어지는 곳이다. 오늘 아침에 두세 명씩 무리를 지은 사람들이 작은 낚싯배를 타고 호수로 나가는 걸 봤다. 그런 배를 타고 친구와 노를 젓는 기분은 어떨까 궁금하다. 호수 한복판에 있는 섬까지 가서 함께 그곳을 탐험할 수도 있겠다.

모닥불을 피우고 별빛 아래에서 야영도 하고……

바바 할머니가 노인을 의자에 앉히면서 나를 가볍게 쿡 찌른다. "손님께 *보르스치* 한 그릇 떠 드리겠니?"

죽은 사람들이 더 몰려온다. 상을 차리고 의자를 정리하고 방석을 내오고, 미소 띤 얼굴로 고개를 끄덕이며 죽은 사람들을 위로하면서도 여전히 내 마음 한구석에서는 공상이 어슬렁거린다. 먹고 마신 데다, 타닥거리며 불꽃을 날름대는 난로 덕분에 따뜻해진 죽은 사람들이 이내 긴장을 푼다. 집이 주는 기운을 받고 죽은 사람들의 형체가 거의 살아 있는 것처럼 또렷해진다. 하지만 어디까지나 '거의'다.

웃음소리가 서까래에서 메아리친다. 죽은 사람들이 살아생전 있었던 자랑스럽고 즐거웠던 일을 추억하며 기뻐하고, 후회와 슬픔을 남긴 일을 떠올리며 한숨을 내쉰다. 그러자 집이 만족스러운 듯 나지막이 웅얼거리는 소리를 낸다. 집은 죽은 사람들을 위해 존재한다. 바바 할머니도 마찬가지다. 할머니가 손님들 사이를 날아다닌다. 늙어서 굽은 할머니의 몸이 지금은 벌새만큼이나 재빠르다.

우연히 살아 있는 사람들이 우리 집 가까이에 왔던 적이 몇 번 있었다. 그때 그 사람들이 쑥덕거리는 소리를 들었다. 바바 할머니더러 못생긴 흉측한 마녀라고, 괴물이라고 했다. 심지어 할머니가 사람 고기를 먹는다고 수군대는 소리까지 들었다. 하지만 그들은 지금 이런 바바 할머니의 모습은 절대 보지 못했다. 죽은 사람과 춤을 추면서 그들을 편안하고 즐겁게 해주는 할머니는 아름답다. 나는 넓적하고 삐뚤빼뚤한 이를 드러내며 웃는 할머니의 미소와 사마귀가 돋은 할머니의 큼지막한 코를 사랑한다. 해골과 꽃무늬가 그려진 스카프 아래로 삐져나와 너풀거리는, 숱이 줄어드는 할머니의 백발을 사랑한다. 통통해서 편안한 할머니의 배와 뭉툭하게 휘어진 다리도 사랑스럽다. 모두를 편안하게 하는 할머니의 능력은 존경스럽다. 죽은 사람들은 길을 잃고 당황해서 이곳에 오지만, 떠날 때는 모두가 평화롭고 차분하게 준비된 모습으로 여정에 오른다.

바바 할머니는 완벽한 수호자다. 나는 절대 따라가지 못한다. 그런데 말이다, 사실 난 수호자가 되는 걸 원치 않는다. 수호자가 된다는 건 저승문과 죽은 사람들을 인도하는 일 전체를 영원히 책임진다는 의미다. 게다가 할머니는 죽은 사람들을 인도하며 행복해하지만, 나는 매일 밤 모두가 사라지는 걸 보면서 더 외로워지기만 한다. 내가 뭔가 다른 것이 될 운명이면 좋겠다. 살아 있는 사람과 연관된 운명.

밤이 깊어지자 집이 자세를 바꾸며 천창을 활짝 열어젖

힌다. 섬광이 비처럼 쏟아져 내리며 머리 위 하늘에서 별들이 반짝인다. "위안주!" 바바 할머니가 이렇게 외치고, 병에서 코르크 마개를 이로 잡아 뺀다. 매콤 달콤한 음료 향이 방안 가득 퍼지고 불이 더 밝게 타오른다.

난로 근처, 방 한구석에서 저승문이 나타난다. 커다랗고 시커먼 직사각형이다. 무덤 밑바닥에 깔린 어둠보다 시커멓다. 그 어둠은 빛을 빨아들이는 블랙홀처럼 눈길을 사로잡는다. 오래 바라볼수록 더 세게 끌어당긴다.

나는 쩍 벌어진 어둠을 보고 싶지 않아서 앞치마 주머니에 두 손을 찔러 넣고 바닥만 내려다보며 문으로 다가간다. 마룻장들이, 벌어진 저 틈으로 빨려 들어가 시커먼 어둠 속으로 사라지는 것 같다. 곁눈질로, 텅 빈 저 깊은 곳의 빛과 색깔이 얼핏 보인다. 무지개가 완만한 곡선으로 휘어지고 성운이 반짝인다. 먹구름이 피어오르고 은하수가 호를 그리며 끝없이 펼쳐진다. 까마득한 저 아래에서 시커먼 바다가 숨을 쉬고, 파도가 유리 산에 부딪친다. 나는 앞치마 주머니에서 죽은 거미를 꺼내 바닥에 내려놓는다.

죽은 몸뚱이에서 빠져나온 거미 영혼이 당황해서 방안을 두리번거린다. 바바 할머니 말로는 동물이 인간보다 위대한 순환 고리를 더 잘 이해하기 때문에, 저승문을 지날 때 인도하지 않아도 된다고 한다. 그래서 거미는 자신이 왜 야가의 집에 있는지 의아해할 거다.

아무튼 나는 죽은 거미를 위해 저승길 고별사를 중얼거린다. 반은 기억이 나지 않고 나머지 반도 발음이 엉망이다. 지상에서 보냈던 시간에 감사하며 길고 험난한 여행길 힘내서 잘 마치라고, 별로 돌아가는 길 부디 평화롭기를 바란다는 뭐 그런 내용이다. 거미는 오히려 더 헷갈린다는 듯 나를 향해 고개를 갸웃거린다. 나는 타고난 운명이란 게 정말 있을까 백만 번째 궁금해하며 한숨을 쉬고, 거미를 손으로 쓸어서 저승문 너머로 보낸다. 정말 수호자가 되어서 작별 인사나 하며 평생을 보내야 하는 걸까. 내가 간절히 바라는 건 하룻밤 만에 끝나지 않을 우정인데.

바바 할머니가 노래를 시작하자 죽은 사람들도 따라 부른다. 목소리가 점점 높아지며 커진다. 한 사람이 바이올린을 집어 들고 켜는가 싶더니 그 속도가 갈수록 빨라진다. 바바 할머니도 아코디언을 연주해서 화음이 더욱 풍성해진다. 집이 음악에 맞춰 들썩이고, 죽은 사람들은 발을 구르며 빙글빙글 춤을 춘다. 하지만 점차 피곤해진 죽은 사람들이 차례로 한숨을 쉬며 저승문을 향해 부유하듯 다가간다. 바바 할머니가 아코디언을 내려놓는다. 바바 할머니가 죽은 사람들 귀에 저승길 고별사를 속삭이고 양 볼에 입을 맞추자, 죽은 사람들이 미소를 띠며 저승문을 넘어 떠내려가듯 어둠 속으로 사라진다.

새벽하늘이 어슴푸레 밝아오며 별빛이 희미해질 무렵, 죽은 사람도 이제 한 명 밖에 남지 않았다. 어린 소녀가 바바 할머니의 검붉은 솔을 두른 채 난롯불만 뚫어지게 바라보고 있다. 저승문 넘어가기를 가장 어려워하는 건 언제나 젊은이들이다. 이승에서 그토록 짧은 시간을 살다 가는 게 불공평해 보인다. 바바 할머니가 말한다. "얼마나 오래 사느냐가 아니라 얼마나 즐겁고 행복하게 사느냐가 중요해." 할머니는 어떤 영혼은 무엇을 배우려고 이 땅에 왔는지 빨리 깨닫지만, 어떤 영혼은 그보다 시간이 더 걸린다고 말한다. 그런 가르침은 둘째 치고, 그냥 모두가 달콤한 인생을 오래도록 살다 가면 안 되는 걸까.

할머니가 설탕 바른 아몬드를 주며 아이를 바짝 끌어안더니 내가 알아들을 수 없는 말로 아이의 귀에다 대고 속삭인다. 결국 소녀는 고개를 끄덕이고 할머니 인도에 따라 저승문을 넘어간다. 소녀가 떠나자 한 줄기 옅은 황금빛 햇살이 천창으로 비치더니 저승문이 사라진다. 천창이 깜박이다가 닫히고 집이 한숨을 내쉰다. 바바 할머니가 눈꼬리에서 눈물을 찍어낸다. 하지만 나를 돌아볼 때는 벌써 웃는 얼굴이어서 할머니가 행복한 건지 슬픈 건지 잘 모르겠다. "코코아 마실래?" 할머니가 묻는다. 할머니는 아직 죽은 사람들의 말을 털어내지 못했다.

"네." 나는 고개를 끄덕이고 그릇을 치우기 시작한다.

"그 천문학자 얘기 들었니? 자기 이름을 딴 별이 있다는 여자 말이야." 일상적인 대화로 돌아오자 할머니의 얼굴이 밝아진다. "별을 관찰하던 사람을 별로 인도한 거야!"

나는 죽은 사람들의 얼굴을 일일이 떠올리며 그 여자가 누구였는지 기억해내려고 애쓰지만 도무지 생각이 나지 않는다. "저에게는 죽은 사람들의 언어가 너무 어려워요."

"코코아 마시겠느냐는 말은 알아들었잖니."

"그건 다르죠." 얼굴로 피가 쏠린다. "코코아는 한 단어 잖아요. 죽은 사람은 다들 말을 너무 빨리해요."

바바 할머니가 따뜻하고 달콤한 코코아를 컵에다 찰랑거릴 정도로 한가득 따라서 내게 건넨 뒤, 난롯가 할머니 의자에 앉는다. "오늘 아침엔 뭘 읽을까?"

나는 스카프를 미끄러뜨려서 벗고 바닥 위 방석에 앉아 할머니 무릎에 머리를 기댄다. 할머니는 우리가 아침잠을 자러 가기 전에 항상 뭔가를 읽어 준다. "책을 읽는 대신 부모님 얘기 해주면 안 돼요?" 내가 묻는다.

바바 할머니가 내 머리를 쓰다듬는다. "어떤 부분이 듣고 싶은데?"

"두 분이 만났을 때."

"또?"

"네, 또 해주세요." 나는 고개를 끄덕인다.

"자, 어디 그럼." 할머니가 코코아를 한 모금 마신다. "알다시피 너희 부모는 둘 다 원로 야가 가문 출신이었어. 두 집안 모두 위로 조상을 거슬러 올라가면, 대초원The Stepps 시대의 초대 야가가 있을 정도로 오래된 가문이지."

잭이 벌꿀 빵 조각을 내 치마 주름 사이로 조심스럽게 밀어 넣는다. 나는 보드라운 깃털이 돋은 잭의 옆얼굴을 쓰다듬어준다.

"네 엄마 집은 동쪽 거대한 산맥The Great Mountains에서, 네 아빠 집은 서쪽 뾰족한 산꼭대기The Jagged Peaks에서 줄기차게 뛰어오는 중이었어. 그러다 다짜고짜 두 집 모두 남쪽으로 방향을 틀더니, 가라앉는 도시The Sinking City 가장자리에 자리를 잡고 그곳에서 밤을 보내기로 한 거야. 발도 물에 담가서 좀 식히고."

"두 집 모두 계속 달렸기 때문에 발이 너무 달궈진 나머지······." 내가 다음 말을 재촉한다.

"물이 부글부글 끓으며 달빛 속으로 수증기가 피어올랐어." 바바 할머니가 웃는다. "네 엄마는 창밖을 내다보다 아름다운 도시 풍경에 그만 마음을 빼앗기고 말았지. 집에서 몰래 빠져나온 네 엄마가 어디선가 곤돌라를 구해왔어. 고요한 밤, 운하를 구경하고 싶었거든."

나는 별빛이 흐르는 운하에서 엄마가 노를 젓는 광경을 그려본다. 잔잔하고 어두운 수면 위에 밤하늘이 비친다. 그 위로 엄마가 탄 곤돌라가 미끄러지듯 떠가고 물결이 뱃전에서 찰랑거린다.

"멀지 않은 곳에서······." 바바 할머니가 박자를 타듯 발로 바닥을 탁탁 친다. "도시의 아름다움에 취한 네 아빠 역시 지붕 위에서 춤을 추고 있었지."

내가 웃는다. "아빠는 그때까지도 부모님과 함께 살고 있었죠!"

할머니가 고개를 끄덕인다. "그때 네 엄마는 자신만의 야가의 집에서 벌써 몇 년째 혼자 살고 있었지만, 네 아빠는 여전히 야가인 부모님과 함께 살고 있었지."

"그러다가 아빠 눈에 엄마 모습이 들어왔고, 아빠가 엄마를 더 자세히 보려고 몸을 기울이다가……." 나는 바바 할머니가 문장을 마무리해주기를 기다린다.

아빠가 지붕 위에서 몸을 기울이듯이 바바 할머니가 내위로 몸을 기울인다. "그만 발이 걸려서 데굴데굴 굴러 떨어지고 말았어." 바바 할머니가 놀란 척하며 장난스럽게 눈을 휘둥그렇게 뜬다. "그대로 쭉쭉 떨어져서 운하에 빠지나 했는데, 우당탕퉁탕하며 네 엄마 배 위로 세차게 떨어진 거야. 배가 어찌나 심하게 흔들렸는지 네 엄마는 비명을 지르며 물에 빠져 버렸어."

"그래서 이번에는 아빠가 엄마를 구하려고 물속으로 뛰어들었어요." 내가 마구 서두른다. "그런데 곤돌라 밖으로 펄쩍 뛰다가 또 발이 걸려서 곤돌라에 머리를 부딪쳤고, 그 바람에 운하에서 정신을 잃고 말잖아요."

바바 할머니가 내 어깨에 손을 얹는다. "그래서 결국에는 네 엄마가 아빠를 구해줬지."

"그 뒤에 두 분은 사랑에 빠졌고, 나를 낳았어요." 내가 웃는다.

"뭐 그야 몇 년 후 일이지만, 그래. 두 사람이 너를 낳았지. 마링카, 넌 두 사람에게 이 세상 전부였어. 네 부모는 너를 너무너무 사랑했거든."

나는 한숨을 쉬며 빈 컵을 내려놓는다. 난, 이 이야기가 정말 좋다. 달빛 비치는 운하나 지붕 위에서 추는 춤, 물속에 빠졌다가 구조된 내용 때문만은 아니다. 물론 이 얘기들도 재미있다. 그런데 더 중요한 사실은, 엄마가 야가의 규칙을 어기고 집에서 몰래 빠져나와 한밤중에 곤돌라까지 훔쳐 탔지만, 나쁜 일이 전혀 일어나지 않았다는 점이다. 그래서 난 이 이야기를 좋아한다. 게다가, 어느 날 갑자기 그야말로 난데없이 하늘에서 뚝 떨어진 누군가가 또는 무언가로 인해, 내 삶이 송두리째 바뀔 가능성을 보여준다는 점도 마음에 든다.

벤자민

잭이 돌담 위에 앉아, 낑낑대며 넓적다리뼈를 제자리에 끼워 넣는 내 모습을 지켜본다. 잭의 잿빛이 도는 검은색 깃털이 바람에 물결친다. 해가 하늘 꼭대기에 걸렸지만 공기는 여전히 차갑다. 지난밤에는 울타리가 조금밖에 무너지지 않았다. 하지만 손이 꽁꽁 얼어서 생각보다 고치는 데 시간이 오래 걸린다.

"까아아아아아아악!" 잭이 내 귀에다 대고 경고조로 울부짖는 바람에 내가 움찔하며 돌아선다. 내 또래로 보이는 남자아이 하나가 나와 몇 발짝 떨어지지 않은 곳에 서 있다. 나는 공상에 빠지는 횟수만 늘어난 게 아니라 현실감도 더해졌나 하고 의아해하며 눈을 깜박인다. 하지만 남자아이는 사라지지 않는다. 흥분해서 가슴이 두근거린다. 이 아이는 진짜, 살아 있는, 살아 숨 쉬는 소년이다. 아이의 검은색 긴 외투는 앞이 열린 채로 조그만 새끼양이 소년의 겨드랑이 밑에서 코를 삐죽 내밀고 있다.

"으음, 그거 사람 뼈야?" 소년이 내 손에 들린 넓적다리뼈와 돌담 위에 세워놓은 갖가지 뼈들을 살핀다.

"응. 아니." 나는 허둥대며 자리에서 일어나 제일 가까이에 있는 뼈를 아이가 못 보게 가린다. 누가 봐도 사람 해골이다. "그러니까, 내 말은 다 가짜라고." 나는 거짓말이 목구멍에 걸려서 얼굴이 빨개지는 걸 느낀다.

"진짜 같은데." 아이가 입 꼬리를 올리며 웃는다. 그저 호기심일 뿐 무서워하는 기색은 없다.

"뭐, 그럼 진짜 뼈인가 보네." 돌담 위에 넓적다리뼈를 올려놓는 내 손가락이 떨린다. 아이를 겁먹게 해서 떠나보낼 생각은 없다. "그러니까 내 말은, 최근에 생긴 뼈는 아니라는 거야."

아이가 눈썹을 치올린다.

"그러니까, 내가 누구를 죽이거나 그러지는 않았다고."

"아, 나도 네가 누굴 죽였다고 생각한 건 아니야." 아이가 눈으로 담을 따라가다 그 너머에 있는 우리 집을 본다.

지금은 집이 다리를 접은 채로 밑에다 깔고 낮게 앉아 있어서, 그냥 작은 통나무집처럼 제법 평범해 보인다. "방학이나 뭐 그런 거야?"

"난 이사 온 지 얼마 안 됐어. 우리 할머니랑."

"전에는 여기에 이 집이 없었는데. 어디에서 나타난 거지?"

"집이 걸어 왔어."

사실대로 말했다고 바바 할머니가 혼낼지도 모르지만, 나는 집이 걷는다고 하면 어차피 아무도 안 믿는다는 걸 이미 오래 전에 배웠다. 황당한 이야기를 꾸며내는 것보다 그게 더 쉽다. 집을 바라보던 아이가 나를 보며 짐짓 점잖게 웃는다. 내가 장난친다고 생각하는지 제대로 설명해주기를 기다린다.

"난 마링카야." 나는 화제도 바꾸고 진짜, 살아 있는, 살아 숨 쉬는 사람을 만지고 싶은 간절한 마음에서 손을 앞으로 내민다. (엄밀히 말하면 바바 할머니도 살아 있는 사람이다. 하지만 할머니는 해당이 안 된다. 아무래도 나이가 너무 많다.)

소년이 내 손을 잡는다. 따뜻하지만 땀에 젖어 약간 축축하다. 얼굴 한가득 웃음이 번지는 걸 참아내느라 볼이 아프다. 살아 있는 사람을 만져보는 건 물론이고 살아 있는 사람과 마지막으로 얘기해본 게 언제인지도 기억나지 않는다. 가장 최근 이래 봐야 1년 전이었을 거다. 내 또래와 얘기한 건 그보다 훨씬 오래 됐다.

"난 벤자민이야." 아이가 손을 빼서 잠시 내가 손을 너무 세게 잡고 있었던 건 아닌가 걱정한다. 하지만 외투 밑에서 꼬물거리는 새끼 양 때문에 금방 잊어버린다.

"만져도 돼?" 내가 묻는다. 벤자민이 고개를 끄덕이고, 나는 새끼 양의 머리를 살살 쓰다듬는다. "정말 작다."

"태어난 지 며칠 안 됐어. 고아야. 내가 데려다 키울 거야."

"좋겠다. 나도 새끼 양 키우고 싶어."

벤자민이 경계하는 눈빛으로 잭을 본다. 잭은 새끼 양에게 시선을 고정한 채 담장 위에서 앞뒤로 왔다 갔다 서성이고 있다.

"아, 잭이 새끼 양을 다치게 하진 않을 거야." 과연 그럴까? 잠깐이지만 미심쩍어하며 내가 말한다.

"저 까마귀 네가 키우는 거야?"

"비슷해." 내가 팔꿈치를 들어 올리자 잭이 그 위로 껑충 뛰어 오른다. "새끼 때부터 키웠거든. 얘도 고아야. 서 있는 돌들의 섬The Island of Standing Stones에서 발견했어.”

“거기까지도 너희 집이 걸어갔어?” 미소를 짓는 벤자민의 눈망울이 장난기로 반짝인다.

“집이 물 위는 걷지 못 하거든! 헤엄쳐서 갔지.” 나는 벤자민에게 이 말이 얼마나 우스꽝스럽게 들릴까 해서 초조하게 웃는다.

벤자민이 새끼 양을 외투 안으로 더 깊숙이 밀어 넣고 하늘을 힐긋 쳐다본다. 벤자민은 이제 곧 떠날 거고, 그러면 난 다시 혼자가 된다는 생각에 서늘한 기운이 온몸으로 퍼지며 두려워진다. 어쩌면 한동안, 적어도 수년 안에 산 사람과 말할 기회는 이게 마지막일지도 모른다.

“크바스 마실래?” 내가 재빨리 묻는다.

“그게 뭐야?”

“그냥 마시는 거야.” 벤자민에게 다른 걸 권할 수 있으면 좋겠다는 생각에 나는 입술을 깨문다. 우리는 대초원에서 멀리 떨어져, 바바 할머니가 호수의 땅The Land of Lakes이라고 부르는 곳에 있다. 벤자민이 크바스를 모르는 건 당연하다. 벤자민에겐 진짜 이상한 맛일 수도 있다. 새끼 양이 메~에 하고 운다. 작은 몸집 치고는 깜짝 놀랄 만큼 힘찬 소리다. “새끼 양이 먹는 거야!” 그럴듯한 생각이 떠오르자 내가 지나치게 큰 소리로 외친다.

"으으음. 난 그게 좀……." 벤자민이 의심스러운 눈초리로 집을 본다. 나는 집이 잠에서 깨어 자세를 바꾸거나 발톱이라도 내밀어서 벤자민을 놀라게 하지는 않을까 신경이 곤두선다. 하지만 힐긋 돌아보니 아직 자고 있어서 마음을 놓는다.

"마셔봐." 벤자민이 조금 더 같이 있어 주기를 바라는 마음 때문인지 가슴이 조여 온다. "지금까지 주변에서 아무도 만나지 못했어. 이 마을을 알고 싶기도 하고, 그리고……." 나는 벤자민의 눈을 들여다보며 말끝을 흐린다. 친근해 보이는 커다란 갈색 눈동자다. 벤자민이 지금 떠나지 않을 거란 확신이 들자 내 심장이 두근거린다.

"그래, 알았어." 벤자민이 웃는다. "*크바스*는 내가 마실게. 양에게 먹일 건 따로 있으니까 따뜻한 물만 조금 갖다주면 돼."

나는 집을 깨우지 않으려고 조심조심 발을 내딛는다. 내가 어렸을 때 우리는 '야가의 발걸음' 놀이를 하며 놀았다. 집이 내 발걸음 소리를 먼저 듣고 나를 쫓아내기 전에, 내가 살금살금 다가가 닭다리를 만지는 놀이였다. 그 덕분에 집에게는 들리지도 않고 보이지도 않게 혼자 앉아 살아 있는 사람들을 구경할 수 있는 장소를 모조리 알아냈다.

바바 할머니는 난롯가 할머니 의자에 앉아서 자고 있다. 나는 코코아가 벤자민에게 더 익숙하고 마시는 데도 *크바스*보다 시간이 오래 걸릴 것 같아서 마음을 바꾼다. 일단 난로 위 선반에서 머그잔 세 개를 조용히 내려 두 개에만 코코아와 우유 가루, 설탕을 넣은 다음, 조심스럽게 불 위에 걸어둔 주전자를 내려 세 잔 모두에 따뜻한 물을 따른다.

잭이 쿵 소리를 내며 현관에 내려앉더니 나무 바닥에서 발톱으로 딸깍딸깍 소리를 내며 내게로 다가온다. 나는 눈을 부릅뜬 채 잭을 쏘아보며 손가락을 들어 입술에 갖다 댄다. 잭이 멈춰 서서 고개를 갸웃하더니, 덤덤하게 미안하다는 듯 날개를 으쓱한다. 하지만 내가 머그잔을 챙겨 몰래 집밖으로 빠져나오자 잭이 심지어 이번에는 아까보다 더 크게 발톱 소리를 내며 따라온다. 솔직히 말해서 나는 가끔 잭이 내가 곤경에 빠지는 꼴을 보고 싶어 하는 건 아닐까 생각한다.

벤자민이 바로 울타리 너머 계곡을 내려다보는 커다란 바위에 앉아 있다. 바위는 둘이 같이 앉기에 충분하다. 잠시 뒤면 진짜 살아 숨 쉬는 사람과 나란히 앉을 거란 기대감에 나는 온몸이 떨린다.

우리는 얘기를 나누다 친구가 될지도 모른다. 벤자민이 다시 나를 찾아올지도 모르고, 다른 아이들처럼 같이 산책하고 게임을 할지도 모른다. 어디까지나 내 생각이지만, 다른 아이들도 그렇게 놀 것 같다. 그 생각에 가슴이 터질 것만 같고 머그잔을 든 손이 부들부들 떨린다.

뼈다귀 문이 달그락거리며 집을 깨우곤 해서, 나는 울타리가 무너진 곳을 찾아 돌담을 넘어간다. 한줄기 차가운 돌풍이 부는 바람에 숨을 쉴 수가 없다. 나는 원래 울타리를 벗어나면 안 되지만, 울타리를 넘을 때마다 더욱 살아 있는 느낌을 받는다. 몇 발짝 가지도 못하면서 말이다. 모든 것

이 더 선명하고 환하고 다채롭게 보인다. 한밤중에 집을 나가 곤돌라를 훔친 엄마도 이런 기분이었을까?

"코코아 냄새 같은데?" 벤자민이 코를 킁킁거리며 냄새를 맡더니 묻는다.

"아, 코코아야."

"*크바스* 마시자는 것 아니었어?"

"이게 *크바스*보다 따뜻해." 내 몫의 코코아를 한 모금 마시자 따뜻한 기운과 달콤한 맛이 흘러들어 뱃속이 요란하게 웅성거린다.

벤자민이 바위 끝에 머그잔을 떨어지지 않게 잘 놓고 주머니에서 병과 구깃구깃한 봉투를 하나씩 꺼낸다.

"양이 먹는 거야?" 내가 묻는다.

"응, 이건 특제 분유야." 벤자민이 분유를 병에 조금 넣더니 따뜻한 물을 붓고 흔들어서 녹인 다음 젖꼭지가 달린 뚜껑으로 갈아 낀다. "네가 한번 먹여 볼래?"

"정말? 그럼 내가 해볼게." 내가 머그잔을 내려놓자 벤자민이 새끼 양을 내 무릎 위로 옮겨준다. 숄로 양을 감싸주고 싶은데 양이 버둥거리며 사방으로 발길질을 해서 잘 안된다. 결국 새끼 양이 불편한 자세로 내 무릎에 자리를 잡고 나서야 벤자민이 내게 젖병을 건네준다.

새끼 양은 입가로 우유를 흘리면서도 게걸스럽게 젖병을 빤다. 잭이 괜히 깍깍거리며 시든 야생화 덤불로 활보해 가더니 돌을 뒤집으며 벌레를 찾는 척한다. 샘이 난 거다. 나중에 찬장에서 맛있는 거라도 꺼내 달래줘야겠다.

한동안 새끼 양을 지켜보던 벤자민이 다시 머그잔을 집어 든다. "그럼 넌 시내에 있는 학교를 다닐 거야?"

나는 고개를 젓는다. "난 집에서 공부해. 이사를 너무 자주 다니거든." 나는 집에서 다음 수호자가 되는 법을 배워야 하기 때문에 진짜 이유는 말하지 않는다. 죽은 사람들의 언어와 저승길 고별사를 배워야 하고, 죽은 사람들을 위한 요리법과 그들을 저승길로 인도하는 절차도 익혀야 하니까. 바바 할머니의 지론에 따르면 살아 있는 사람은 이런 걸 알면 안 된다. 어쨌든 난 벤자민의 삶에 대해 말하는 편이 더 좋다. "넌 학교 다녀?" 아이들로 가득한 교실에 앉아 있는 느낌이며, 쉬는 시간에 친구들과 노는 기분은 어떨까 궁금해서 내가 묻는다. 나로서는 상상만 해도 아찔하다.

"평소엔 다녀. 근데 지금은 정학 당했어."

"그게 뭔데?"

"1주일 동안 학교에 못 가는 거야. 그렇다고 내가 나쁘다거나 뭐 그런 건 아니야." 벤자민이 재빨리 덧붙인다. "어떤 바보들과 말싸움을 하다가 좀 심해졌어. 누구도 그렇게까지 갈 생각은 없었는데." 벤자민이 한숨을 쉰다. "그냥 내가 거기와 안 맞아. 뭔지 알지?"

나는 고개를 끄덕이지만 사실 잘 모르겠다. 내가 학교와 맞는지 어떤지 알아볼 기회조차 없었으니까.

"이사는 왜 그렇게 자주 다녀?" 벤자민이 묻는다.

"우리 할머니는 음악가야. 여행하는 걸 좋아해. 영감을 얻으려고." 나는 새끼 양을 내 무릎 위에 그대로 둔 채, 빈 젖병을 벤자민에게 돌려준다. 양이 참 따뜻하다. 세상 그 무엇도 생명의 온기만한 건 없다. 내 영혼 깊숙이 스며드는 것 같다.

"부모님은?" 벤자민이 마지막 남은 코코아까지 꿀꺽꿀꺽 들이켠다.

"내가 아기였을 때 돌아가셨어." 야가의 집이 매연을 없애려고 필사적으로 연기를 들이마시는 광경이 떠오르며 내 마음을 온통 태워버린다. 나는 가슴에서 일어나는 통증을 지우려고 애쓰며, 눈을 깜빡여서 그 장면을 떨쳐내고 천천히 숨을 들이마신다.

"우리 엄마도 내가 아기였을 때 돌아가셨어." 벤자민이 조용히 말한다.

공감이 만들어낸 파동이 내 갈비뼈에 뭉친 근육을 풀어 준다. 참 슬프고 끔찍한 일이지만, 그렇게라도 벤자민과 공통점이 있어서 좋다.

"난 항상 엄마를 생각해." 벤자민이 새끼 양의 젖병을 밀랍을 먹인 종이로 조심스럽게 싼다. "엄마 기억은 조금도 없으면서."

"무슨 말인지 알아." 나는 고개를 끄덕인다. "우리 부모님이 살아 있다면 내 인생이 어땠을까 궁금해." 곤돌라 도둑 엄마와 지붕 위의 무용수 아빠 생각에 다시 가슴이 조여 온다. 두 분은 내가 왜 수호자가 되기 싫어하는지 이해했을까? 내가 다른 꿈을 꾸는 걸 허락했을까? 나는 화제를 바꿨으면 하고 벤자민을 돌아본다.

"그러니까 너, 할머니, 까마귀, 걸어 다니는 집뿐이란 말씀?" 벤자민이 눈썹을 치올리며 미소를 짓는다.

"응. 그리고 이사도 엄청 다님. 난 학교 안 다녀. 덕분에 많이 외로워." 전혀 웃기지 않은 얘기지만, 나는 소리 내어 웃는다.

"뭐, 학교에서도 외로운 건 마찬가지야. 심지어 사람들에게 둘러싸여 있을 때도 그래."

"사람들에게 둘러싸여 있는데 어떻게 외로워?"

"그 사람들이 친절하게 대해주지 않거나 너를 이해해주지 않으면."

나는 죽은 사람을 인도하면서 보낸 모든 밤과 그들에게 둘러싸여서 느끼는 외로움을 떠올린다. 나는 그게 다 그들은 죽었고 나는 살아 있기 때문이라고 여겼다. 살아 있는 사람 사이에서도 그런 느낌을 받을 줄은 몰랐다.

"근데 저 담에 있는 뼈는 뭐야?" 벤자민이 묻는다.

"일종의 전통 같은 거야."

"할로윈이나 뭐 그런 거?"

"비슷해." 나는 호숫가 도시와 그 주변에 있는 작은 마을들을 내려다본다. "넌 시내에 살아?"

"난 저 마을에 살아. 저기." 벤자민이 몸을 내 쪽으로 기울이며 손가락으로 계곡 너머를 가리킨다. 벤자민의 따뜻한 숨결이 내 볼에 닿아서 난 그만 꽁꽁 얼어붙고 만다. 몸 전체가 찌릿찌릿하다. 벤자민이 다시 뒤로 몸을 기대며 산을 따라 맞은편을 가리킨다. "저기 저쪽, 계곡 옆에 있는 농장에서 일을 돕고 있어. 우리 아빠 생각이야. 정학 기간에도 내가 바쁘게 지냈으면 하는 거지. 저기에서 양을 발견했어." 벤자민이 지금은 내 무릎에서 자고 있는 양을 향해 고갯짓을 한다. "솔직히 말해서 아빠가 양을 키우지 못하게 할까 걱정이 되기도 해."

"아, 분명 키우게 해줄 거야. 얘를 어떻게 거부하겠어?" 나는 새끼 양 턱 아래에 있는 보들보들한 솜털을 쓰다듬는다.

"네 말이 맞을 거야." 벤자민이 천천히 고개를 끄덕인다. "그래도 아빠에게 먼저 물어볼걸 그랬어. 너도 알잖아, 나 정학 당한 거. 아빠 기분이 좋은 편은 아닐 텐데." 말을 멈춘 벤자민이 눈을 크게 뜬다. "와, 좋은 생각이 났어. 딱 하루만 네가 양을 데리고 있는 건 어때? 오늘밤 아빠에게 물어보고 내일 아침에 데리고 갈게. 너만 괜찮으면."

"나…나는……." 머리가 어지럽다. 두말할 필요도 없이 새끼 양을 데리고 있고 싶고, 아침엔 벤자민도 다시 보고 싶다. 언제부터 친구가 생기기를 바랐는지 이제는 기억도 나지 않는다. 내 또래 살아 있는 사람 친구와 함께 시간을 보내며 얘기 나누는 걸 꿈꿔왔다. 게다가 벤자민과 나는 공통점도 굉장히 많다. 이건 꼭 하늘이 정해놓은 운명 같다! 하지만 집은 어쩌지? 바바 할머니는? 내가 살아 있는 사람과 얘기했다는 걸 그 둘이 알면, 꼬박 한 달은 결코 내가 그들 시야에서 벗어나는 걸 허락하지 않을 거다. 어쩌면 그보다 더 오랫동안. 하지만 벤자민을 보자 활짝 웃는 미소에 내 모든 걱정이 녹아내린다. "나야 물론 괜찮지."

　벤자민이 떠난 뒤 담장 안으로 발을 들여놓자마자 나는 다시 온갖 근심에 휩싸인다. 전보다 백배는 더 어둡고 무거워진 느낌인데, 그게 왜냐하면…어느새 잠에서 깨어난 집이 엉덩이를 깔고 앉아 정면 두 개의 유리창으로 인상을 잔뜩 쓰며 나를 똑바로 보고 있기 때문이다.

너무 무거운 담요

"살을 좀 찌워서 봄에 양고기 보르스치를 끓이면 되겠구나." 바바 할머니가 환하게 웃는다.

"안 돼요!" 나는 양을 품에 꼭 끌어안고 숄로 감싸준다.

"그래, 그럼 양으로 뭘 하려고? 곧 살도 오르고 배고파하는 양으로 자랄 텐데? 집이 초원에만 자리를 잡는 것도 아니고."

"오래 데리고 있을 건 아니에요. 밖에서 혼자 살 수 있을 정도로 튼튼해질 때까지만 키울 거예요." 나는 창밖을 힐끔거린다. 내일 벤자민이 양을 데려가면 둘러댈 말도 생각해 놓았다. 양이 도망갔다고 말하면 된다.

발밑에서 마룻장들이 빙그르르 도는 바람에 내가 앞으로

비틀거린다.

바바 할머니가 눈을 커다랗게 뜬다. "정확히 어디에서 양을 발견했다고?"

"말씀 드렸잖아요. 버려졌는지 혼자 울타리 근처에 있었다고." 새끼 양을 내려다보는 내 얼굴이 화끈거린다.

"울타리 어느 쪽?"

굴뚝이 요란하게 숨을 내쉰다. 내가 담을 넘어오는 모습을 집에게 들킨 건 알지만, 벤자민과 함께 있는 광경은 집이 못 봤기를 바란다. "정확히는 모르겠어요." 나는 입술을 깨물며 서까래로 눈길을 돌린다. "울타리가 허물어져 있어서 어느 쪽이라고 꼬집어서 말하기가 어렵거든요. 울타리를 손보고 있는데 얘가 메~에 하고 울었어요."

바바 할머니가 고개를 좌우로 흔들며 얼굴을 찡그린다. "울타리를 넘으면 안 된다는 것 알면서. 위험하……."

"멀리 가지도 않았어요." 내가 끼어든다. "그럼 어떡해요? 그냥 거기 혼자 내버려둬요?"

"내게 말할 수도 있었잖아. 그럼 당연히 내가 같이 갔을 거야."

"할머니가 자고 있어서 깨우기가 좀 그랬단 말이에요. 사실 양도 울타리 바로 옆에 붙어 있었지 멀리 떨어져 있지도 않았어요." 그 부분만큼은 사실이었기 때문에 나는 할머니 눈을 똑바로 바라본다.

굳었던 바바 할머니 얼굴이 조금 펴진다. "알았다. 하나만 약속하⋯⋯."

"다시는 안 그럴게요. 약속해요." 나는 눈을 반짝이며 가장 사랑스러운 미소를 지어 보인다. "그럼 키워도 돼요?"

고개를 살짝 끄덕이며 바바 할머니가 마주보고 웃는다. "현관으로 뼈를 몇 개 가져다가 양에게 우리를 지어줘도 괜찮을 것 같구나."

"할머니, 고마워요!" 뒷문으로 뛰쳐나온 나는 현관을 한 바퀴 빙 돌아, 빗물 통 근처 널찍한 마룻장이 고르게 깔린 곳까지 온다. 여긴 집이 듣지 못하는 장소 중 하나라서 내가 양에게 말을 해도 듣지 못한다.

나는 양을 숄로 둘둘 감아 큼지막한 빈 양동이에 넣은 뒤, 남은 시간 최대한 솜씨를 발휘해서 양에게 우리를 지어준다. 부모님의 집에서 나온 뼈는 어떤 걸까 궁금해하며 나는 뼈를 꼼꼼히 살펴가면서 우리를 만든다. 바바 할머니의 말로는 부모님의 집은 불에 홀랑 타버리고 울타리를 세웠던 뼈만 남았다고 한다. 그래서 할머니가 울타리 뼈를 여기로 가져왔는데, 그만 원래 우리 집에 있던 뼈와 뒤섞이고 말았단다. 부모님 물건 중 다른 것도 남았으면, 그래서 뼈말고 다른 걸로 두 분을 기억할 수 있으면 좋겠다.

땅거미가 내려 하늘이 어둑해지자 잭이 울타리 끝에 있는 해골에 앉아 깍깍거린다. 벌써 촛불을 밝혀야 할 시간이다. 나는 새끼 양을 먼저 먹인 다음, 우리 안이 포근해지도록 낡은 모직 담요를 넣어준다. 그러고 나서 해골 안에 촛불을 밝히고 뼈다귀 문을 열어 죽은 사람들을 맞이할 채비를 갖춘다.

저녁이 깊어갈수록 나는 멍하니 정신을 놓는다. 평소에도 산만하지만 오늘은 정도가 심하다. 그릇을 떨어뜨리질 않나, 의자를 넘어뜨리질 않나, 밖에서 무슨 소리라도 나면 그때마다 펄쩍 뛴다. 바바 할머니는 내가 양을 너무 걱정해서 그런 거라고 생각한다. 물론 양이 신경 쓰이는 것도 사실이다. 하지만 내 머릿속은 온통 내일 아침에 다시 돌아오겠다고 약속한 벤자민 생각뿐이다. 들뜨고 긴장된 나머지 내 안에서 나비들이 파닥거린다.

내가 두 번째 유리잔을 깨뜨리자 바바 할머니가 양을 데리고 내 방으로 가는 게 좋겠다고 제안한다. 할머니는 내 볼에 가볍게 입을 맞추며 눈을 좀 붙이라고 하지만, 내일 일로 이렇게 들떠 있는데 잠이 올 턱이 없다.

방문을 여는 순간 내 얼굴에 환한 미소가 번진다. 집이 방 한 구석에 양을 위한 보금자리를 만들어 놓았다. 풀이 돋은 바닥에다 자그마한 울타리까지 갖췄다. 바로 옆에는 이끼가 낀 요새도 있다. 내가 어렸을 때도 집이 안에 들어가서 놀라며 똑같이 생긴 요새들을 만들어내곤 했다.

문제는, 더는 내가 어리지 않다는 사실이다. 요새를 보고 있자니 너무 무거운 담요처럼 불편한 감정이 나를 짓누른다. 어렸을 때는 집과 가장놀이를 하며 재미있게 놀았다. 집은 아늑한 동굴과 모형 세상을 만들어내고, 자그마하지만 걷는 나무와 춤추는 꽃들도 만들어냈다. 너무 기뻐서 가슴이 터질 것만 같았다.

하지만 이제 나는 나이를 먹었고, 집이 날 위해 무엇을 만들어내든, 이곳을 떠나서 진짜 세상을 탐험하며 살아 있는 사람도 만나고, 하룻밤보다 오래 지속될 우정을 쌓고 싶다.

딴 생각을 하려고 책을 읽어 보지만, 이야기 속 등장인물들이 호숫가를 걷는 바람에 벤자민과 산책하면 어떨까 하는 상상에 빠지고 만다. 그 대신 나무 조각으로 친구나 삶 같은 단어 만드는 놀이를 해보지만, 놀이판에 비어 있는 상대방의 자리가 눈에 들어와서 벤자민은 이 놀이를 알까 하고 궁금해하고 만다. 나는 모든 걸 포기하고 창가에 앉아 저 아래 멀리 떨어진 도시에서 무리 지어 빛나는 가로등을 바라본다.

죽은 사람들을 인도하는 소리가 정점에 달했다가 가라앉는다. 바바 할머니가 *발랄라이카*를 조율하는 소리가 들린다. 내가 어렸을 때 제일 좋아하던 자장가를 연주한다. 하지만 오늘밤엔 이끼 낀 요새처럼 그저 답답하고 불편한 느낌만 줄 뿐이다. 드디어 할머니가 발을 끌며 침실로 들어가고 그제야 나도 마음을 놓고 상상의 세계로 돌아간다.

새벽 녘 첫 햇살에 하늘이 분홍빛으로 물들고 집도 느릿느릿 편안하게 자세를 잡는다. 집이 잠들었다는 확신이 들자마자 나는 숄을 어깨에 단단히 두르고 몰래 문으로 빠져나온다.

내가 울타리까지 살금살금 내려가는 동안 잭이 울타리 해골 위에 앉아 나를 지켜본다. 나는 손가락을 입술에 갖다 대며 잭에게 눈빛으로 '제발 이르지 마'라고 당부한다. 다행히 이 방법이 먹힌다. 그런데 내 심장이 어찌나 쿵쾅거리며 뛰는지 그 소리에 집이 깨어날 판이다. 바바 할머니에게 약속한 말도 귓가에서 맴돈다.

울타리 뼈 주변으로 차가운 안개가 피어올라 얼음 수정

처럼 빛나는 얇은 막을 입힌다. 나는 집이 보지 못하는 곳
에 있는 게 확실한지 주위를 둘러보며 몸을 부르르 떤다.
집이 볼 수 없다는 것에 만족한 나는 울타리를 넘어 어제
벤자민과 앉았던 바위에 자리를 잡고 앉아 벤자민을 기다린
다.

잭이 내 옆으로 와서 앉더니 쓰다듬어 달라는 듯 가끔 팔
밑으로 고개를 들이민다. 나는 앞치마 주머니에서 매콤한
벌꿀 빵 한 조각을 꺼내 잭에게 먹이며 서서히 안개가 걷히
는 광경을 지켜본다.

"깍!" 잭이 어설프게 퍼덕거리며 날아가다가 울타리에서
해골 하나를 떨어뜨리고는 시끄럽게 운다.

심장이 목구멍으로 튀어나오는 줄 알았다. 잭이 집을 깨
우지는 않았을까 해서 돌아본다. 하지만 집은 현관 밑으로
다리를 고이 접어 넣은 채 아직 자고 있다. 바위에서 미끄
러져 내려와 해골을 제자리에 올려놓고 허리를 펴는데, 눈
앞에 소년이 보인다. 벤자민이다. 나는 함박웃음을 지으며
얼굴이 달아오르고 신이 나서 손을 흔든다.

"안녕." 벤자민도 마주 웃어준다. "오늘도 뼈를 가지고
노는 거야?"

나는 해골을 손에 들고 있다는 걸 깨닫고는 얼굴을 붉

힌다. "아, 그렇구나. 미안. 방금 이게 울타리에서 떨어져
서……."

"내가 들어봐도 돼?" 벤자민이 묻는다. 내가 벤자민에게
해골을 건네주자 벤자민이 해골을 얼굴 높이로 들어 올리
더니 텅 빈 눈구멍을 들여다본다. "기분이 좀 이상하지 않
아?"

"뭐가?"

"그냥 뭐, 이것도 한때 살아 있는 사람이었을 테니까 걸
어서 돌아다녔을 거 아니야. 어떤 사람이었는지, 그 사람
인생은 어땠는지 궁금하기도 해."

"글쎄, 누군지 모르겠지만, 지금은 죽었어." 나는 벤자민
이 들고 있던 해골을 가져다가 울타리 위에 균형을 잡아 올
린다. 나는 밤마다 죽은 사람들이 떠들어대는 지난 삶에 대
한 얘기를 들으며 보낸다. 바로 지금 이 순간, 나는 내 삶에
집중하고 싶다.

"양은 어떻게 지내?" 벤자민이 묻는다.

"잘 지내. 내 방에서 자고 있어. 네가 원하면 지금 데리
고 나올 수도 있는데, 난 혹시 우리가……." 말이 입술 끝에
서 얼어버린다. 지난밤엔 벤자민에게 함께 산책하지 않겠
느냐고 물어보는 게 제법 근사한 생각인 것 같았다. 하지만

지금은 과연 그럴까 싶다. 나는 여태껏 울타리에서 몇 걸음 이상 떨어진 적이 없다. 바바 할머니의 말이 맞으면 어쩌지? 울타리 너머 세상이 정말 위험하면 어떡하지?

"산책하자고?" 벤자민이 대신 마무리를 지어준다. "나도 그 말을 하려고 했어. 산막을 다시 채워 넣어야 하거든." 벤자민이 산자락을 따라 손으로 가리킨다. "여기서 멀지 않아. 같이 갈래?"

여전히 말도 못하고 숨도 쉬지 못하면서, 나는 고개를 끄덕이고 손가락을 떨지 않으려고 주먹을 꽉 쥔다. 산막이 뭔지, 그걸 채운다는 게 뭘 의미하는지 모르겠지만, 이제 난 평생 처음으로 이 집에서 벗어나 나만의 모험을 펼칠 작정이다. 흥분과 기대감으로 현기증이 난다. 훔친 곤돌라를 타고 있는 엄마를 떠올리며 숨을 깊이 들이마시고는 다 잘 될 거라고 나에게 말해준다.

울타리 너머

일단 집이 눈앞에서 사라지자 나는 마음을 놓는다. 여전히 문제가 생길까 걱정되기도 하지만, 기회가 왔을 때 매 순간을 더욱 즐겨야 한다고 마음을 굳혔다.

"산막이 뭐야?" 결국 내가 묻는다.

"산에 오르는 사람들을 위한 보호소야. 주로 작은 오두막인데, 누구나 들어가서 사용할 수 있도록 보통은 문을 그냥 열어 둬. 하지만 지금 우리가 가는 곳은 산 한 쪽에 있는 동굴이야."

"거길 왜 다시 채우는데?"

"우리 아빠가 선생님이야. 내일 이 위로 아이들과 소풍을 온다면서 나더러 산막에 몇 가지 물건을 좀 갖다 놓으라고 했거든." 벤자민이 나를 돌아보며 웃는다. "사실은 내가 바쁘게 지내도록 핑곗거리를 하나 더 준 거지."

"아빠가 너희 학교에서 가르쳐?"

"응. 그게 내가 학교와 안 맞는 이유 중 하나야."

"정말? 왜?"

벤자민이 어깨를 으쓱한다. "선생님 아들과 친구 하기 싫은 애들도 있는 법이거든."

나는 눈썹을 살짝 찡그린다. 살아 있는 사람에게는 내가 이해 못할 일이 정말 많다. 잭이 안개 속에서 날개를 펄럭이며 나타나자 나는 잭과 함께 있다는 이유만으로도 순식간에 기분이 좋아진다. "학교와 맞지 않는 다른 이유는 뭐야?" 내가 묻는다.

"남자아이들 대부분은 하루 종일 축구에 관해 얘기하거나 축구만 하면서 시간을 보내."

"넌 축구가 싫어?" 나는 주위를 힐끗 돌아보다가 눈앞에 펼쳐진 광경에 숨을 멈춘다. 우리는 반들반들한 바위가 펼쳐진 벌판을 가로지르고 있다. 안개에 푹 파묻힌 바위가 마치 구름 위에 둥둥 떠 있는 것 같다.

"응, 별로. 난 그림 그리는 걸 좋아해." 벤자민이 바위에서 바위로 깡충깡충 뛸 때마다 기묘하고 낭랑하게 짤랑거리는 소리가 울려 퍼진다. "여긴 '속이 빈 돌들Hollow Stones'이라고 불리는 곳이야. 돌 위를 걸으면 이런 소리가 나거든."

나는 흔들리는 바위로 뛰어 올라 몸을 앞뒤로 움직여본다. 꼭 음악소리 같다. 집에서 멀지 않은 거리에 이런 곳이 있다는 게 믿어지지 않는다. 한 번 와보지도 못할 뻔했다. 울타리를 넘으면 안 된다는 이유로 다른 무언가를 놓친 건 아닐까 궁금하다. 그럴수록 바위가 내는 소리가 내 안 여기 저기로 튀어 오른다. 그 생각이 나를 바위들처럼 텅 비게 한다.

벤자민이 뒤로 팔을 뻗어 내게 손을 내민다. 옆에 있는 바위로 건너뛰는 것쯤은 나도 쉽게 할 수 있지만, 나는 손가락으로 벤자민의 손을 잡는다. 벤자민이 나를 옆으로 끌어당겨주자 절로 웃음이 난다. "무슨 그림 그리는 걸 좋아해?" 내가 묻는다.

"주로 새를 그려." 아래를 내려다보는 벤자민의 귀가 빨개졌다. "그것도 내가 학교와 안 맞는 이유일 거야. 학교에 열두 살짜리 새 관찰자는 많지 않거든. 그것 때문에 가끔 놀림을 받기도 해."

"나도 새를 좋아해." 내가 팔을 쭉 펴자 잭이 쏜살같이 날아와 묵직하게 내려앉는다.

벤자민이 올려다보더니 활짝 웃는다. "우와, 멋진데."

"맞아. 멋져." 나는 고개를 끄덕인다.

바위 벌판이 갑자기 끝난다. 우리는 자갈이 깔린 경사지에 도착해서 언덕을 천천히 걸어 올라간다. 이제 절벽 앞쪽으로 나지막하고 넓은 흉터 같은 동굴 입구가 보인다. 거기까지 거의 기어오르다시피 해서 가다 보니, 동굴에 도착할 때쯤엔 다리가 쑤시고 손의 느낌이 이상하다. 얼음장 같은 바위를 잡고 몸을 끌어올리느라 손이 차갑고 얼얼하다. 하지만 벤자민 옆에 서서 마주한, 해골 울타리가 시야를 가리지 않은, 풍경은 믿을 수 없을 정도다. 뭐든 할 수 있을 것 같다.

"불이라도 피울까?" 벤자민이 어깨에서 배낭을 벗으며 묻는다. "이 안에 차도 좀 있을 거야."

"불이라면 나도 피울 수 있어. 늘 집에서 하는 일이거든."

동굴에서는 땀에 젖은 축축한 양말 냄새가 나지만 상관없다. 진짜, 살아 있는, 살아 숨 쉬는 사람들이 오는 곳에 진짜, 살아 있는, 살아 숨 쉬는 사람과 같이 있으니까 좋기만 하다. 동굴 뒤쪽 구석으로 뛰어갔더니 온갖 흥미로운 것들로 가득하다. 누군가가 나무로 낮은 무대 같은 걸 만들어

났는데, 앉거나 눕는 곳인 것 같다. 근처에는 위쪽 바위 사이를 뚫고 굴뚝을 올린, 작은 화로도 자리 잡고 있다. 주변에는 장작까지 차곡차곡 쌓아두었고, 냄비와 법랑 그릇 몇 개도 바위 위에 균형을 잘 잡아 올려놓았다.

불 피우기는 수월하다. 이미 불쏘시개가 준비된 데다 나뭇가지도 잘려 있고 장작도 잘 말라 있다. 불과 몇 분 만에 화로에서 불꽃이 춤을 추며 동굴 구석구석으로 따뜻한 기운을 흘려보낸다.

"좋다." 벤자민이 불에다 손을 쬐며 이렇게 말해서 내가 웃는다.

"내일 소풍 오는 아이들은 여기에서 뭘 하는 거야?" 이 높은 산에서 과연 무슨 수업을 할지, 아이들과 무리 지어 여기에 올라오면 기분이 어떨지 상상해본다. 정말 재미있을 텐데.

"아마 바위에 관해 공부할 거야." 벤자민이 배낭에서 종이 묶음을 꺼내 내게 건넨다. "우리 아빠가 만든 수업 자료가 거기 다 있어." 벤자민이 줄자며 끈 뭉치, 작은 돋보기 같은 잡동사니를 꺼내서 한쪽 구석에 있는 상자 안에 깔끔하게 정리한다.

나는 벤자민이 차를 끓이는 동안 종이 묶음을 휘리릭 넘겨보지만 무슨 내용인지 이해가 잘 안 간다. 내일 이곳에 와서 아이들이 뭘 하는지 직접 볼 수 있길 바란다.

"샌드위치 먹을래?" 벤자민이 작은 꾸러미를 풀어서 내게 권한다. 바바 할머니표 수제 빵과는 전혀 다른, 정사각형으로 반듯하게 자른 새하얀 빵이다. 벤자민이 얇고 바삭한 감자를 어떻게 빵에 넣는지 보여준다. 한입 베어 물자 입에서 바사삭 하고 부서진다. "맛있지?"

"음." 나는 잭에게 빵 부스러기를 떼어주며 고개를 끄덕인다.

"얘는 어디든 널 따라다녀?"

"거의 그런 편이야." 나는 잭의 부드러운 가슴 깃털을 쓰다듬고 빵 한 조각을 더 준다. 잭이 그걸 내 양말과 신발 끈 사이로 밀어 넣는다. "잭은 나중을 위해 음식을 숨겨." 내가 설명한다. "본능적으로 그러는 것 같아. 잭은 음식도 나눠 먹고, 장난도 잘 쳐. 데굴데굴 구르거나 미끄러지기, 나뭇가지에서 그네 타기를 좋아해. 가끔 내가 나뭇가지와 끈으로 퍼즐을 만들어주기도 해." 이런 생각을 하니까 마음이 아프다. 나는 잭과 노는 게 좋고, 어렸을 때는 잭하고 노는 것도 좋아했다. 하지만 난 언제나 진짜 사람과 놀고 싶어 했다. 내 또래와. 바바 할머니도 재미있지만, 달리기 시합을 하거나 공을 차며 놀기엔 할머니는 여기저기 뼈가 쑤신 곳이 너무 많다.

"내가 잭을 그려 볼게." 벤자민이 배낭에서 연필이 든 양철 필통과 두툼한 도화지 묶음을 꺼낸다.

"네가 그린 것 봐도 돼?" 표지 위 낙서를 보려고 내가 몸을 기울이며 묻는다.

벤자민은 귀가 또 빨개지며 내게 도화지 묶음을 건네준다. 세부 묘사가 완벽한, 새와 야생 동물이며 농장에서 키우는 가축들 그림으로 가득하다. "놀라운데." 도화지를 한 장 넘기자 반쯤 완성한 긴 생머리에 벤자민처럼 눈이 친근해 보이는 여자 초상화가 나온다.

"우리 엄마야." 벤자민이 도화지 묶음을 향해 손을 뻗는다. "사진을 보고 그리는 중이야." 벤자민이 종이를 한 장 넘기고 양철 필통에서 연필을 꺼낸다. "널 그려도 돼? 사람을 그릴 기회가 많지 않거든."

벤자민의 연필이 사각거리며 종이 위를 가로지르는 동안, 어디를 봐야 할지 몰라서 난 그저 잭에게 빵 조각만 계속 먹인다. 벤자민은 그림 공부를 계속해서 나중에 화가가 되고 싶다고 한다. 나도 자라서 되고 싶은 것을 선택할 수 있으면 좋겠다. 너무나도 간절한 바람이라 가슴 깊숙한 곳이 아리다.

"넌 운명을 믿어?" 내가 불쑥 내뱉는다.

"모르겠어, 넌?"

나는 고개를 들어 동굴 밖을 올려다보며 깊이 숨을 들이쉰다. 나는 평생 나에겐 정해진 운명이 있다는 말을 들어왔다. 거기에서 벗어날 수 있다고, 아니면 어떻게든 바꿀 수 있다고 믿고 싶다. 하지만 이걸 어떻게 벤자민에게 설명해야 할지 모르겠다.

내가 뭐라고 대답해야 할지 고민 중일 때 벤자민이 연필을 내려놓고 내게서 눈길을 돌려 종이를 보더니 나에게 도화지를 건네준다. 나는 종이 위 여자아이를 바라본다. 곱슬머리에 주근깨 코를 한 여자아이가 바닥에 앉아 위풍당당한 까마귀에게 빵 부스러기를 먹이며 웃고 있다. 다른 사람의 눈을 통해 내 모습을 본다는 게 참 낯설다. 어쩐지 더 진짜 나 같다.

"잭이랑 완전히 똑같이 그렸어. 그리고……." 나는 그림 속 내 눈을 본다. 웃고 있지만, 어딘가 슬퍼 보이는 눈이다. 벤자민이 일부러 그렇게 그린 건지도 모르겠다. 아닐 수도 있지만, 어느 쪽이든 벤자민은 내 모습도 완벽하게 담아냈다는 생각이 든다. "너 진짜 잘 그린다."

"고마워." 벤자민이 도화지 묶음을 배낭 속으로 미끄러뜨려 다시 넣는다. "오늘 밤에 좀 더 다듬어 볼게. 그 다음엔 네가 갖고 싶으면 가져도 돼. 내일 나랑 시내에 같이 갈래? 내가 구경시켜 줄게."

심장이 멎는다. 호숫가 작은 도시에 가는 거야말로 내가 제일 원하는 바다. 하지만 무슨 수로?

분노가 치민다. 집과 바바 할머니가 나를 울타리 밖으로 못 나가게 하는 건 정말 불공평하다. 도대체 친구와 시내에 놀러가는 게 뭐가 나쁘다는 건지 모르겠다.

"응, 갈게." 나는 단호하게 말한다. 어떻게 갈는지는 모르겠지만, 어쨌든 갈 거다. 우정을 나누고 울타리 너머의 삶을 경험할 이번 기회를 놓친다면, 내 심장은 수천 조각으로 산산이 부서지고 말 테니까.

속이 빈 돌들을 가로질러 돌아오는 길, 공기는 차갑지만 내 피부는 뜨거워서 가렵다. 집에서 빠져나올 방법이 이것저것 떠오르다가도, 내가 잡으려고 하면 사라져 버려서 내 마음이 왱왱거리며 날아다닌다.

벤자민은 집이 보일 때까지 나와 같이 걸어준다. 집은 내가 나올 때와 똑같은 자세로 아직 자고 있는 것 같다. 빠져나간 걸 들키지 않을 수도 있다는 생각에 입꼬리로 웃음이 번진다.

우리는 다음날 만나기로 한다. 벤자민이 양에 관해 아직 아빠에게 물어보지 않았다고 해서 난 기꺼이 하루를 더 맡아주기로 한다. 울타리 안으로 살금살금 기어들어갈수록 모든 것이 완벽해 보인다. 한밤중에 곤돌라에서 노를 젓던 엄마를 생각한다. 규칙을 어기는 일이 멋진 결과로 이어질 수도 있구나. 오늘은 정말 굉장했다. 내일은 훨씬 근사하겠지.

현관문을 열자 따뜻한 기운이 몰려온다. 바바 할머니는 아직 자고 집은 조용하다. 새끼 양도 내 방에서 이끼 낀 둔덕을 벤 채 자고 있다. 나는 매트리스에 푹 파묻혀 미소를 짓는다. 그러다가 흥분을 감추지 못하고 비명을 지를 것 같아서 베개로 입을 틀어막는다. 이런 일이 일어나다니 믿어지지 않아! 별들이 내 공상을 지켜보다가 소원을 들어주는 것 같다. 나는 별들이 내 운명도 바꿔주길 바라면서 눈을 감고 서서히 잠이 든다.

2분도 안 된 것 같은데 뼈들이 달그락거리는 소리에 잠

을 깼더니 바깥이 벌써 어둑어둑하다. 내가 온종일 자버렸나 보다. 나는 침대에서 일어나 창밖을 응시한다. 휘몰아치는 바람에 울타리가 흔들리고 서늘한 공포의 물결이 나를 뒤덮는다.

엄청난 돌풍이 울타리를 마구 흔들어서 해골과 뼈가 풀어진다. 그것들은 심장이 오그라드는 소리를 내며 날아가다가, 집이 굉장한 힘으로 숨을 들이마시자 데굴데굴 굴러서 뼈 창고로 빨려 들어간다. 창고 문이 쾅 하고 닫히자 집이 비틀비틀하더니 순식간에 벌떡 일어선다.

"안 돼!" 나는 외마디 비명을 지르며 침대에서 뛰쳐나가다가 이끼 낀 요새에 걸려 넘어진다. 새끼 양이 요란하게 울며 울타리를 훌쩍 넘어가 마루 위를 가로질러 미끄러진다. 잭이 내 침대 발판에 앉아 있다가 날개를 퍼덕이며 날아오르더니 깍깍거리며 방안을 휘젓고 다닌다. 집은 조용하지만, 벌써 길쭉하고 육중한 다리로 성큼성큼 걷고 있다.

"안 돼! 안 돼! 안 돼!" 나는 침실 문을 날려버릴 듯 열어젖힌다. "바바 할머니! 집 좀 멈춰주세요!"

몇 가닥 안 되는 가느다란 머리카락을 후광처럼 머리 주위로 휘날리며 바바 할머니가 내 앞에 나타난다. "뭐야? 왜 그래?"

"세우라고요!" 나는 눈물을 줄줄 흘리며 비명을 지른다. 집이 박자에 맞춰 느리게 걷다가 속도를 높인다. 나는 바닥에 주저앉아 두 손으로 머리를 감싼다.

바바 할머니가 내 옆에 무릎 꿇고 앉아서 팔로 내 등을 감싸 안는다. "뭘 세우라고? 뭔데 그래?"

"집이요!" 내가 할머니에게 소리친다.

할머니가 한숨을 내쉰다. "그렇게 할 수 없다는 건 너도 알잖니. 움직일 때가 된 거야."

"하지만 여기 온 지 겨우 2주밖에 안 됐어요." 이럴 수는 없다. 지금은 아니다. 커다란 갈색 눈의 벤자민이 다정한 미소를 지으며 다시 올 거다. 우린 시내에 함께 가기로 했다. 우리는 친구가 될 참이었다. 내 평생 처음으로 용기를 내서 집을 벗어나 울타리 너머 세상을 탐험할 기회를 잡았다. 그런데 지금 집이 그걸 몽땅 앗아가고 있다.

"할머니, 난 여기 있고 싶어요." 내가 흐느껴 운다.

"오, 마링카." 바바 할머니가 꼭 안아줘서 위로가 되지만, 숨이 막혀 온다. 이제 집은 전속력으로 질주한다. 벤자민에게서, 우정을 쌓을 기회로부터 빠르게 멀어진다. 호숫가 반짝이는 도시를 구경할 기회도 이젠 안녕이다. "너도 알다시피 집은 계속 옮겨 다닐 수밖에 없어. 그래야 살

아 있는 사람들이 저승문을 찾아내지 못하니까. 중요한 건……."

"도대체 왜요!" 나는 분노로 얼굴이 벌겋게 달아올라 할머니를 밀쳐내며 소리친다. "왜 그렇게 중요한데요? 살아 있는 사람들도 결국에는 다 저승문을 찾아오잖아요! 어차피 다 죽잖아요! 그게 왜 그렇게 대단한 비밀이어야 하는데요! 왜 우리는 친구들이 생길 때까지 한 곳에서 오래 살면 안 되는 거냐고요?" 나는 이글이글 타오르는 눈빛으로 할머니를 쏘아본다. 할머니는 집을 멈춰 세워야 한다. 되돌려야 한다. "새끼 양!" 내가 울부짖는다.

"양은 키워도 돼. 봄이 오면 채소를 넣고 *보르스치*를 끓이자." 바바 할머니가 부드럽게 말한다.

"그런 게 아니라고요." 새끼 양을 데리러 벤자민이 돌아올 거란 말을 할머니에게 할 수도 없다. 벤자민은 내 꿈과 희망처럼 텅 비어버린 절벽 끝 바위투성이 집터만 마주하겠지. 그게 얼마나 내 마음을 아프게 하는지도 할머니에게 말할 수 없다.

"난 이 집이 싫어! 이렇게 살기 싫다고!" 악을 쓰는 내 목소리가 들린다. 바바 할머니 손을 뿌리치는 내 손이 보인다. 내 감정이나 행동을 나 스스로 통제할 수 없다는 두려움에 온몸이 오싹해진다. 내가 이 집에 사는 한, 나는 결코 내 삶과 미래, 또는 내 운명도 스스로 결정할 수 없을 거다.

나는 침실로 달려가 침대 위로 몸을 던진다. 그렇게 집은 밤새도록 달리고 나는 울다가 지쳐 잠이 든다.

사막

뜨겁고 건조한 공기가 내 목구멍을 할퀸다. 창문으로 들어오는 햇빛이 눈부시게 환하다. 나는 한 손으로 눈을 가린 채 풍경을 보려고 발을 질질 끈다. 모래와 그보다 더 많은 모래. 이글거리는 태양. 아지랑이가 피어오르는 열기. 시야에 인간이 거주하는 흔적은 전혀 없다.

나는 이마에 붙은, 땀에 젖어 축축한 머리카락을 떼어내려고 입으로 바람을 세게 분다. 심장이 어찌나 무겁게 느껴지는지 이러다 심장이 가슴 아래로 떨어질 것만 같다. 이것만큼 나를 아프게 한 일은 없었다. 내 꿈과 희망을 잔뜩 부풀려놓고 사정없이 산산조각을 내더니, 부서진 꿈과 희망을 이 집에 달린 멍청이 같은 닭다리들 옆에서 춤추게 했다.

잭이 부리로 창문을 두드리자 들창이 미끄러져 올라간다. 화덕 문이라도 연 것처럼 뜨거운 공기가 몰아쳐 들어온다. 잭은 날개를 들어 올리고 한동안 가만히 서서 지평선을 훑어보더니 볼썽사납게 날갯짓을 하며 바깥쪽 모래밭으로 날아가 버린다. 부디 밖에서 뭐라도 먹을 걸 찾길 바란다.

나는 어떻게든 나와 얘기를 나누려는 바바 할머니를 모른 척하며 아침으로 나온 *카샤*와 자두 젤리 냄새를 맡는다. 할머니는 모래찜질을 하거나, 모래성을 쌓거나, 잭과 함께 쇠똥구리와 전갈을 찾아보라고 권한다.

"아이고 마링카, 그렇게 싫어? 오늘 밤 죽은 사람들이 도착하면 우린 또 굉장한 파티를 벌일 거잖니."

"손님이라곤 죽은 사람들뿐인데 그게 무슨 파티에요." 내가 웅얼거린다.

"당연히 파티지!" 바바 할머니의 얼굴에 미소가 번지며 기대로 눈동자가 빛난다. 내가 돌아서자 할머니가 한숨을 쉰다. "어젯밤에 넌 친구를 사귈 수 있게 어디서든 오래 머물고 싶다고 했잖니."

나는 창밖을 내다본다. 눈이 따끔거리고 피부가 땅긴다.

"너에게는 매일 밤 친구를 사귈 기회가 있어." 할머니가 부드럽게 말한다.

"죽은 사람들과?" 나는 코웃음 친다.

"그래, 죽은 사람들과." 할머니가 어깨를 으쓱한다. "살아 있는 사람, 죽은 사람, 차이가 있을까? 사람은 다 똑같아."

나는 두 손으로 머리를 감싼다. 살아 있는 사람, 죽은 사람은 다르다. 결코 똑같지 않다.

"네가 충분히 시간을 가지고 귀를 기울이면……."

"그들 얘기를 들어봐야 무슨 소용이에요?" 내 목소리가 높아진다. "어차피 아침이면 다 사라지는데!"

"네가 그 사람들 얘기를 집중해서 들으면 말이다," 바바 할머니가 잔잔하게 처음부터 다시 말한다. "그러면 그들의 이야기가 들릴 거야. 그들의 삶이 네 삶에 더해져서 영원히 네 곁에 머무는 거야."

"그건 우정이 아니에요!" 내가 소리친다. "우정이란 대화도 나누고 같이 뭔가도 할 수 있는 누군가를 곁에 두는 거라고요. 하룻밤보다 긴 시간 동안."

"하지만 죽은 사람들은 저승문을 넘어가야 해. 너도 알잖니."

"그러니까 내가 살아 있는 사람과 친구가 될 수 있게 해 달라고요." 나는 할머니에게 대들면서, 할머니에게 애원하면서, 할머니의 눈을 빤히 쳐다본다.

"우린 그럴 수 없어." 할머니가 고개를 저으며 먼 곳으로 시선을 보낸다. "그건 야가의 방식이 아니야. 우린 살아 있는 사람들한테서 집과 저승문을 보호해야 해."

"집이나 저승문에 관해서는 입도 뻥긋 안 할게요."

"그건 나도 알지." 바바 할머니가 손으로 내 손을 감싼다. "하지만 그건 안전하지가 않아. 우린 두 세계를 계속 떨어뜨려놔야 해. 그것도 우리 수호자들의 의무야."

"수호자가 되기 싫다면요?" 오랫동안 마음속에 품어왔던 말이 한꺼번에 터져 나온다.

"수호자가 되는 건 네 운명이야."

"그게 아니라면요?" 나는 할머니의 손에서 내 손을 빼낸다. "그렇게 되는 걸 원하지 않는다면요?"

"그건, 마링카," 소리를 지르진 않지만, 말에 실린 힘만으로도 나를 설득할 수 있다는 듯 바바 할머니의 목소리가 점점 단호해진다. "처음부터 모든 게 정해진 일들도 있어. 그런 건 우리가 바꿀 수 있는 게 아니야." 잭이 어슬렁거리며 들어오더니 날개를 퍼덕이며 바닥에 드리운 의자 그림자 속으로 향한다. "새는 날고 물고기는 헤엄치고, 너는 다음 수호자야."

"부모님이 살아 있다면……." 내 목소리가 떨리며 갈라진다.

"그들 집에서 다음 수호자가 됐겠지. 준비할 시간이야 좀 더 있었겠지만, 수호자가 되는 건 마찬가지였을 거야." 바바 할머니가 다시 내 손을 잡는다. "나도 네 부모가 죽은 게 아니었으면 좋겠다. 정말이야. 그래도 난 두 사람이 키우는 것처럼 널 키우려고 최선을 다했어. 그들이 널 사랑했던 만큼 나도 널 사랑해. 할머니는 그저 네가 행복했으면 좋겠다."

"그런데 전 행복하지 않아요." 나는 흐느껴 운다. 차오른 눈물에 빛이 번져서 방안이 별과 거품으로 채워진 만화경 같다.

바바 할머니가 내 손가락을 꼭 쥔다. "네 운명을 받아들여야 해. 네 몸에 흐르는 야가의 피를 네가 바꿀 수는 없어. 네게 주어지지 않은 삶을 꿈꾸는 대신 네가 이미 살고 있는 삶에 집중하면 더 행복해질 거야."

바바 할머니의 말은 도움이 안 된다. 내가 이 모든 것에서 탈출하기를 얼마나 바라는지 할머니는 이해하지 못한다. 내가 너무 급하게 일어나는 바람에 의자가 바닥에 나뒹군다. "전 새끼 양을 좀 먹이러 갈게요." 나는 날카롭게 쏘아붙이고 수통에서 물을 뜨기 위해 쿵쿵대며 밖으로 나간다.

생명의 기운은 하나도 없다. 식물도, 동물도 없다. 심지어 하늘을 나는 새나, 잰걸음으로 모래밭을 가로지르는 곤충도 없다. 물은 흔적도 없는데 수통은 겨우 반밖에 차 있지 않다. 이 물로 1주일만 견뎌도 다행이겠다. 적어도 집이 이곳에 오래 머물 수는 없겠다.

집이 내 생각을 읽고 여기가 얼마나 편안한지 보여주겠다는 듯, 벽들을 삐걱거리며 모래 깊숙이 몸을 묻고는 몸통을 털듯이 몸을 살짝 흔든다. 나는 집에게 모래를 걷어차고 양에게 줄 물을 데우려던 것도 멈추고 발을 구르며 내 방으로 들어와 버린다.

잭이 날아와 내 어깨 위에 앉더니 귓속으로 부리를 밀어 넣는다. 나는 잭을 쓰다듬으며 *코지나키*를 준 뒤, 새끼 양에게 먹일 젖병을 준비한다. 벤자민이 준 특제 분유가 얼마 남지 않았다. 특제 분유가 떨어진 뒤에는 일반 분유를 먹여도 괜찮길 바란다.

양이 하룻밤을 꼬박 내 방에서 지낸 탓에 방이 꼬질꼬질하고 냄새도 고약하다. 오늘은 종일 방 청소나 하면서 보내야 할 것 같다. 물론 울타리도 손봐야 한다. 그런 다음에는 요리도 해야 하고 죽은 사람들을 맞이할 준비도 해야 하고…… 이럴 수는 없다. 이것이 영원토록 내게 주어진 전부일 리 없다. 난 더 많은 걸 원한다. 도시와 마을을 구경하고 싶다. 공연과 음악회를 관람하고, 축제에 가서 춤도 추고 싶다. 사람을 만나고 싶다. 친구도 사귀고 싶다.

나는 새끼 양을 벤지라 부르기로 한다. 양을 볼 때마다 이 바보 같은 집에 다리만 달리지 않았어도 내가 가질 수 있었던 친구가 생각나게끔. 그러면 지금 내 심정이 어땠는지도 기억나겠지. 이 삶에서 달아날 방법을 찾아야 한다는 것 또한 잊지 않게 해주겠다.

하루가 괴로울 정도로 더디게 간다. 열기는 참기 어렵고 집안일을 해치우느라 기진맥진했지만, 평소와 달리 오후에는 좀체 잠을 잘 수 없다. 해가 뉘엿뉘엿 저물고 기온이 떨어져도 내게는 위로가 되지 않는다.

바바 할머니가 노을 지는 하늘이 참 아름답다며 현관에서 같이 보자고 나를 부른다.

"지금 *보르스치*를 끓이고 있어요." 나는 마늘을 한 주먹

냄비에 던져 넣으며 날카롭게 소리친다.

잠시 뒤 바바 할머니가 발을 끌며 안으로 들어오더니 내가 들고 있는 국자를 들어올리고는 별처럼 생긴 연분홍색 꽃 한 송이를 손바닥에 올려놓는다. 이렇게 예쁜 꽃은 난생처음 본다. "저기 밖에서 찾은 거예요?" 내가 묻는다.

"그게, 도움을 좀 받았어." 바바 할머니가 잭에게 고개를 끄덕인다. 잭이 으스대듯 가슴 깃털을 날리며 현관에서 들어온다. "우리 *페치카*에게 줄 꽃을 찾아달라고 부탁했지." 바바 할머니가 내 볼에 입을 맞추고는 나를 끌어당겨 품에 안는다. 내 머리가 할머니의 머리에 닿는 순간 나는 할머니가 이렇게 작았나 하고 깜짝 놀란다. 올해 내 키가 많이 자랐는지 이제는 내가 할머니를 내려다본다.

"저를 그렇게 부르면 안 되죠. 이젠 아기도 아닌데."

"넌 언제까지나 나의 작은 벌일 거야." 바바 할머니가 꽃을 가져다가 내 귀 뒤에다 꽂아준다. 익숙한 할머니의 냄새가 나를 감싼다. 라벤더 기름, 빵 반죽, *보르스치*와 *크바스* 향이다. 이런 냄새를 들이마시자 화가 조금 누그러진다. 아직 내 뱃속에는 뜨거운 화가 남아 있다. 하지만 할머니가 날카로운 모서리를 조금은 부드럽게 깎아낸 것 같다.

　죽은 사람들은 별과 함께 온다. 오늘 저녁 그들은 유난히
도 다채롭다. 넘실거리는 긴 겉옷과 강렬한 색상의 우아한
스카프. 나이가 제일 많은 이들조차 검은색 긴 머리가 흑요
석처럼 반짝인다. 죽은 사람들이 *보르스치*에 향신료를 더
하고 공중에 반짝이를 뿌린다. 바바 할머니가 그들에게 기
타를 건네자 한 번도 들어보지 못한 방식으로 조율하더니
낯선 곡을 연주한다. 신비로움이 느껴지는 현란한 화음이
다. 죽은 사람들이 박수를 치고 발을 구르는 것에 맞춰 집
이 들썩인다.

　죽은 사람들이 내 주위에서 춤추는 동안 내 발가락이 제
멋대로 음악에 맞춰 바닥을 두드리며 배신자가
된다. 모두가 미소를 짓고 웃는다. 오늘
온 사람들은 행복한 인생을 살았나 보다.
어떤 기억과 추억이기에 저토록 크나
큰 기쁨을 가져다주는 건지 궁금하다.
그들의 이야기를 들어보려고 하지만
도무지 죽은 사람들의 언어는 알아듣지

못하겠다.

저승문이 열리자 내 뱃속에 공허감이 차오른다. 내가 만나는 모든 사람처럼 그들 역시 내가 그들과 친해지기도 전에 떠나겠지. 바바 할머니가 죽은 사람들의 양 볼에 입을 맞추고 저승길 고별사를 읊어주자 한 사람씩 차례로 멀어져 간다. 살아 있건 죽었건, 결국 사람들은 다 똑같을지 모른다. 둘 다 오래 머무르지 않는다.

내가 뒷정리를 하겠다고 먼저 말한다. 어차피 잠을 잘 수도 없을 것 같다. 바바 할머니가 나를 꼭 안아준 다음 침대로 가고, 나는 그릇과 유리잔을 정리하며 방을 돌아다닌다. 설거지거리를 한 바구니 가득 들고 밖으로 나간다.

그때 나는 소녀를 발견한다.

초록색 긴 드레스를 입고, 비단처럼 부드러운 데다 봄비가 내린 뒤의 나뭇잎처럼 눈부신 스카프를 두른 소녀가 현관 계단에 앉아 하늘을 올려다보고 있다. 소녀는 밤의 어둠 속으로 녹아들었을 뿐, 형체는 꽤 선명하다.

별똥별이 밤하늘을 가로지르며 사라진다. 한번은 바바 할머니가, 원로회 야가들은 별똥별이 저승길에 오른 죽은 사람들의 영혼이라고 믿는다고 말했다. 나는 입을 떡 벌린 채 소녀를 바라본다. "넌 원래 여기 있으면 안 돼. 저승문을 넘어갔어야 했어."

"그러기 싫었어."

"그래야 해." 말은 그렇게 하면서도 내 마음속에서는 의문이 생긴다. 그래? 정말 이 아이가 가야만 해? 어쨌거나 지금은 저승문이 닫혀서 넘어갈 수도 없다. 지금껏 이런 일은 한 번도 없었다. 죽은 사람들은 모두 떠난다.

그 순간 천둥소리처럼 온몸을 울리며 문득 이상한 느낌이 든다.

"아무거나 또 말해봐!" 나는 쨍그랑 하는 소리와 함께 설거지 바구니를 바닥에 떨어뜨리며 다짜고짜 부탁한다.

"난 떠나기 싫어." 소녀가 부드럽게 말한다. 그러자 나는 이 아이를 꽉 껴안고 싶어진다. 여자아이가 죽은 사람들의 언어로 말했지만, 내가 그 단어 하나하나를 모두 알아들었기 때문이다.

니나

소녀의 이름은 니나다. 얘기한 지 5분 만에 나도 니나를 떠나보내기 싫어졌다. 나보다 키는 작지만 우린 둘 다 열두 살이다. 니나는 까만 생머리고 나는 빨간 곱슬머리다. 하지만 우린 둘 다 앞니 사이에 가느다랗게 벌어진 틈이 있다.

별똥별을 지켜보며 우리는 서로가 알고 있는 별똥별 이야기를 해준다. 하지만 난 별똥별이 죽은 사람들의 영혼일 수도 있다는 얘기는 하지 않는다. 죽음에 대한 얘기도, 니나가 왜 여기 있는지도 절대 얘기하고 싶지 않다.

니나는 천상에 사는 염소들이 발굽을 끌며 하늘을 가로질러 갈 때 생긴 자국이 별똥별이라는 얘기를 들었다. 니나 얘기에는 동물이 자주 등장한다. 우리는 어떤 특정한 모양이 되게 별들을 엮어놓고 거북이와 기린, 전갈과 뱀 같은 별자리에 얽힌 전설을 얘기하며 몇 시간을 보낸다.

하지만 끝내 별빛이 희미해지면서 하늘이 분홍빛으로 물든다. 니나가 일어나더니 현관에서 몇 발자국 걸어간다.

"잠깐만! 어디 가는 거야?" 니나의 팔을 잡으려고 하지만 당연히 내 손은 니나의 팔을 그대로 통과한다.

니나가 멈춰 서더니 끝도 없이 펼쳐진 모래밭을 바라보며 눈살을 찌푸린다. "잘 모르겠어. 내가 지금 어디에 있는지도 모르겠어." 니나가 속삭인다.

"저기 바깥에는 아무것도 없어." 나는 사막을 향해 손을 휘휘 내젓는다. "나와 여기 있자." 온갖 생각들로 내 마음이 요동친다. 밤에 저승문이 열리면 니나를 내 방에다 숨기고, 낮에는 수다를 떨며 같이 지내고, 집이 움직이면 함께 새로운 풍경을 감상하면 된다……

"내가 해야 할 게…뭔가 할 일이……"

"나와 새끼 양 보러 가자." 내가 재빨리 말한다.

"양을 키워?"

"고아야. 내가 젖병을 물려서 키우고 있어." 나는 조금 전 떨어뜨렸던 설거지 바구니를 집어 들고 니나를 뒤쪽 현관으로 데려간다. 어제 내 방을 청소하면서 벤지를 거기로 옮겨 놨다. 벤지는 내 낡은 숄을 파고들어 잠이 들었다. 소리를 듣고 잠에서 깨어난 벤지가 젖병과 누군가의 손길이 그리운 듯 빗물 통 근처 벌어진 틈으로 머리를 밀어 넣는다.

"정말 귀엽다!" 니나가 벤지의 턱 밑을 간지럽히며 웃는다. 벤지는 니나의 손가락을 핥으려고 애쓴다. "우리에겐 낙타가 있었는데, 아빠가 몇 년 전에 팔았어. 우리는 사막 가장자리에 있는 하얀색 새 집으로 이사를 갔어." 추억이 밀려드는지 니나가 더 환하게 웃는다. "새 집에 우물이 있어서 아빠가 마당으로 물을 보내려고 작게 수로도 팠어. 아빠는 무화과와 호호바, 작은 오렌지 나무, *마가리아*도 키웠어. 엄마가 협죽도 꽃을 정말 좋아해서 그것도 키웠어." 슬픔으로 니나의 얼굴이 어두워진다. "우리 엄마. 엄마가 먼저 아팠어. 그 다음엔 언니들. 그리고 나……." 기억을 떠올릴수록 니나의 눈이 가늘어진다. "난 왜 여기에 있는 거야?"

나는 죽은 사람들이 저승문을 넘어가지 않으려고 할 때 바바 할머니가 그렇게 하듯이 니나에게 숄을 둘러준다. 내 숄이 니나에게 무슨 위로가 될지 모르겠지만, 어차피 내 손으로는 니나를 만질 수 없다. 바바 할머니의 말로는 그건 집과 관련이 있다고 한다. 집이 죽은 사람들에게 저승길에 오를 기운을 줘야 그들이 거의 진짜처럼 보일 수 있다. 어떤 식으로든 살아 있는 사람으로 보이는 구석이 생기지만, 전체가 다 그렇게 되는 것도 아니고, 영혼마다 방식도 다르며 심지어 시시각각 변하기도 한다. 저승길 인도 의식이 진행되는 동안 죽은 사람들의 몸이 실제로 있지도 않은데 어떻게 먹고 마실 수 있겠는가. 게다가 나중에는 무중력 상태에서 별로 둥둥 떠서 간다.

나는 설거지를 끝내고 그릇이 마르도록 바구니에 차곡차곡 쌓는다. "*카샤* 좀 먹을래?" 내가 묻는다. "죽 같은 거야." 니나가 알아듣지 못하겠다는 표정으로 나를 봐서 내가 고쳐 말한다.

발소리가 집 전체로 울려 퍼진다. 잠에서 깬 바바 할머니가 흥겹게 콧노래를 부르고 있다.

"쉿!" 온몸이 뻣뻣하게 굳어가는 중에도 나는 부리나케 손가락을 입술에 갖다 댄다. "벤지와 여기 있어. 내가 죽 갖다 줄게." 내가 속삭인다.

문이 너무 시끄럽게 삐걱거려서 나는 집이 니나의 존재를 알아채고 바바 할머니에게 이르는 건 아닐까 걱정한다.

나는 문을 최대한 빨리 밀어서 연다. 초조한 마음에 손에서 땀이 난다. 나에게 친구를 사귈 기회가 생기기만 하면 집이 그걸 망치려 든다.

"일찍 일어났구나." 바바 할머니가 내 볼에 입을 맞춘다.

"양을 돌보고 있었어요." 나는 얼굴로 피가 몰리는 걸 할머니가 눈치 채지 못하게 고개를 돌린다. "벤지와 밖에서 아침 먹어도 돼요? 참 좋은 아침이네요."

"그럼 되고말고. 어제보다 기분이 한결 나아진 것 같아 다행이다." 할머니가 웃는다.

나는 죄책감을 느끼며 고개를 끄덕이고 벤지에게 먹일 젖병과 나와 니나가 먹을 *카샤*를 준비한다. 나는 냄비 가득 죽을 뜬 뒤 강판에 초콜릿을 갈아 그 위를 덮은 다음 여분의 숟가락도 몰래 챙겨 주머니에 넣는다.

나와 니나는 뒤편 베란다에서 벤지와 함께 아침을 먹는다. 집이 듣지 못하는 장소에 벤지의 우리를 지어 다행이다. 설령 집이 니나의 존재를 안다고 해도 최소한 우리가 하는 얘기는 듣지 못할 테니까. 잭도 우리 사이에 한몫 낀다. 잭이 새끼였을 때처럼 내 손가락에서 *카샤*를 빨아먹는 동안, 나는 니나에게 잭을 처음 발견해서 키운 이야기를 들려준다.

"다른 형제나 자매는 없어?" 니나가 묻는다.

"없어." 나는 고개를 젓는다. "할머니와 단둘이 살아. 부모님은 내가 어릴 때 돌아가셨어."

"난 언니가 다섯 명이야. 잠시도 평화롭거나 조용할 틈이 없어." 니나가 앓는 소리를 낸다.

"좋겠다. 여긴 너무 조용해." 여전히 집안에서 흥얼거리는 바바 할머니의 콧노래를 들으며 나는 입술을 깨문다.

니나가 먼 곳을 응시한다. 왠지 니나의 형체가 조금 옅어진 것 같다. "집으로 가는 길을 모르겠어. 우리 언니들에게는 어떻게 가지?"

"우리 집은 움직일 수 있으니까 너희 집으로 데려다 줄지도 몰라." 내가 밝게 말한다.

"정말?" 니나가 눈썹을 찡그린다.

"어쩌면." 나는 거짓말로 붉어진 얼굴을 잭에게로 돌린다. "여기 오래 머물 것 같지는 않아. 기껏해야 1주일이나 2주일? 그 다음엔 집이 우리를 새로운 곳으로 데려갈 거야. 정글일 수도 있고 산이나 바닷가일 수도 있어."

"넌 바다를 본 적 있어?" 니나의 눈이 밝아진다.

"그럼."

"어때?" 니나가 눈빛을 반짝이며 몸을 앞으로 기울인다.

"어떤 면에서는 사막과 비슷해. 모래 대신 물이 끝없이 펼쳐져 있다고 생각하면 돼. 파도가 모래 언덕처럼 움직이지만 더 빠를 뿐이야. 바람에 모래가 날아와 얼굴이 따갑듯이 소금기도 얼굴을 따갑게 해."

"그래도 엄청 다를 거야."

"그야 그렇지. 바다는 시원하고 상쾌하고 그리고……."

"축축해?" 니나가 추측한다.

"응, 굉장히 축축해." 나는 소리 내어 웃는다.

"다음엔 집이 바다로 가게 할 수 있어? 정말 바다가 보고 싶은데."

그럴 수 있다면 얼마나 좋을까. 니나에게 바다를 보여주면 집에 가고 싶다는 생각을 잊어버릴지도 모른다. "어디로 갈지는 집이 정해." 나는 떨떠름하지만 사실대로 말한다. "하지만 해안가로 자주 가는 편이야." 니나가 실망하는 표정을 짓는 바람에 내가 서둘러 말한다. "바로 얼마 전에도 눈곱만한 섬에 자리를 잡았어. 어디를 둘러봐도 보이는 건 모두 바다였어. 하늘의 상태와 빛에 따라 하루에도 수백 번씩 색깔을 바꿔. 조약돌을 어루만지며 파도가 해안선에서 부서져. 죽은……." 나는 입을 다문다.

"죽은?" 니나가 묻는다.

죽은 사람들은 수면 위를 걸어서 곧바로 바다를 가로질러 온다는 얘기를 막 하려던 참이었다. 나는 실수를 덮을만한 말을 급히 생각해낸다. "죽은 해파리들이 해안으로 어마어마하게 많이 떠밀려온 날도 있었어. 모두 투명하고 질퍽했어. 잭이 하나를 주워 먹고 배탈이 났어."

잭이 깃털을 털더니 돌아서서 가버린다.

"바보." 니나가 웃는다. "잭은 정말 멋져. 저런 새를 키우다니 넌 정말 좋겠다."

"엄밀히 말해서 내가 키우는 건 아니야. 이제 잭은 알아서 잘 지내거든. 잭이 나는 법을 익혔을 땐 떠날 줄 알았어. 그런데 늘 돌아오더라고. 그래서 기뻐."

"지금은 잭이 너와 영원히 함께 할 거라고 생각해?" 니나가 묻는다.

"그랬으면 좋겠어." 잭을 바라보니 목이 멘다. 영원한 건 없다. 살아 있는 사람, 죽은 사람, 이 집까지 모두 변하기마련이다. 나는 이런 생각을 마음 한 구석으로 밀어버리고

자리에서 일어난다. "나와 울타리 확인하러 갈래?"

니나가 고개를 끄덕이기에 나는 니나를 데리고 집과 창문들의 시야에서 벗어나 멀리 떨어진 구석으로 간다. 경계선을 훑으며 확인해보니 무너지거나 떨어져나간 뼈는 없다. 벤자민에게 말한 것처럼 니나에게도 울타리는 우리의 전통이라고 얘기해준다. 니나가 해골을 보더니 몸을 부르르 떤다. "우리 문화엔 이 정도로 이상한 건 없을 거야."

잠깐 동안 나는 니나의 눈으로 울타리와 집을 본다. 텅빈 해골이 빛이 바랜 뼈들 위에 안정감 있게 놓여 있다. 뒤틀린 나무 벽은 삐뚤어진 굴뚝이 있는 비틀어진 지붕으로 이어진다. 희한한 각도로 오르내리는 난간이 현관을 두르고 있는 데다, 집이 다리를 파묻느라 발로 모래를 차대는 바람에 마른 모래가 잔뜩 쌓여 지저분하다.

니나가 그림을 그리듯 설명해준 니나의 집도 상상해 본다. 깨끗하고 새하얀 데다 각양각색의 아름다운 꽃들의 향기로 둘러싸였다. 니나에게는 우리 집이 얼마나 이상하게

보일까. 무서울 만큼 이상하게 보이겠지. 나는 집에서 등을 돌리고 울타리를 기어오른다.

"이리 와. 산책하러 가자." 니나를 부른다.

울타리 건너편에 발이 닿자마자 온몸에 전율이 밀려온다. 지금 이 순간 바바 할머니의 말을 어기는 것 따윈 신경도 쓰이지 않는다. 들키건 말건 상관없다. 순간일망정 탈출했다는 기쁨만이 충만하다.

집에서 멀어지자 나는 신발을 벗어던지고 발가락 사이로 모래가 스며들게 놔둔다. 거대한 황금빛 태양이 정체된 대기를 뜨겁게 달구며 지평선에 낮게 걸린다. 니나가 걸음을 멈추더니 내 손바닥 크기밖에 안 되는 작고 동그란 모래 구덩이 옆에 쭈그리고 앉는다. "개미귀신의 함정이야." 니나가 가운데를 가리킨다. "저 안에 개미귀신이 있어. 턱이 크고 뾰족한 곤충이야. 저 아래 숨어서 개미가 들어올 때까지 기다리고 있을 거야."

"그럼 개미가 그냥 저 안으로 굴러 떨어져?" 개미가 왜 구덩이를 피해서 돌아가지 않는지 의아하다.

"개미가 가파른 경사면에서 미끄러져 내려오면 개미귀신이 모래를 뿌리는 거야. 개미는 벗어나려고 발버둥치지만 성공하지 못해." 니나가 연극이라도 하는 것처럼 목소리를 잔뜩 낮추고 손가락으로 개미가 발버둥치는 모습을 흉내 낸다. "오히려 모래에 쓸려서 자꾸 아래로 미끄러지기만 하는 거야. 그러다가 결국 개미귀신 턱에 도달하고 말지." 니나가 손을 찰싹 부딪쳐 꽉 잡고는 웃는다.

"잠깐 구경할래? 정말 개미가 오는지?"

우리는 모래 위에 앉아서 개미귀신의 함정을 뚫어져라 바라본다. "개미가 나타나면 구해줘야 할까? 제일 마지막 순간에?" 내가 묻는다.

"우리 언니가 그렇게 개미를 구해주곤 했어." 니나가 미소를 짓는다. "네가 구해주고 싶으면 구해줘. 하지만 그렇게 하면 개미귀신은 먹을 걸 얻지 못해. 있잖아, 개미귀신은 사실 애벌레야. 충분히 잘 먹으면 아주 예쁜 잠자리와 비슷한 생명체로 탈바꿈해. 해 질 녘에 날아다닐 때 보면 은빛으로 반짝이는 눈과 얼룩무늬 날개 네 개가 달렸어."

"으음." 이제 어떻게 할지 판단이 서지 않는다. 개미귀신이 아름다운 잠자리로 변하는 걸 막고 싶지도 않지만, 개미가 죽는 모습을 보고 싶지도 않다. 다행히 개미가 한 마리도 나타나지 않아서 안심이 된다.

태양이 더 높아지자 지평선이 열기로 아른거린다. 지금은 날이 너무 뜨거워서 개미가 개미귀신의 함정에 빠지기도 전에 모래 위에서 타 죽을 형편이다. 그늘 때문에라도 집으로 돌아가야 한다는 걸 깨닫자 난 가슴이 내려앉는다.

집이 잠을 자고, 바바 할머니도 *발랄라이카*를 품에 꼭 안은 채 꺼져버린 난롯가 앞에서 낮잠에 빠진 사이, 나는 니나를 데리고 몰래 내 방으로 들어간다. 굴뚝이 벽난로 위로 이어지는 배 부분을 부풀려 천천히 공기를 들이마시고 조심스럽게 내뱉자 한 줄기 시원한 바람이 안으로 흘러 들어온다. 낡고 이상한 집이지만, 바바 할머니만큼은 끔찍이도 챙긴다. 나는 아무도 깨지 않도록 문을 살살 닫는다.

열린 창문으로 뜨거운 기운이 밀려들어온다. 잭은 산들바람이라도 불어주길 바라는 마음으로 날개를 들어 올린 채, 반쯤 감은 눈으로 사막 너머를 바라보며 창턱에 앉아 있다. 우리는 그 아래 바닥에 앉아 내가 니나에게 체커 게임을 알려주고, 니나는 나에게 상대방이 생각하는 것을 알아맞히는 게임을 가르쳐준다. 나는 그 게임을 제법 잘 해내지만, 니나가 오렌지 꽃을 생각하고 있다고 맞추려다가 더위 속에서 잠이 들고 만다.

잠에서 깨어보니 공기가 선선하다. 니나는 창밖을 바라보고 있다. 해골 안의 촛불도 이미 켜져서 노란 불빛을 던지며 아무것도 없는 모래밭 너머로 어두운 그림자를 드리운다. 죽은 사람들을 위한 음식을 준비하며 노래하는 바바 할머니의 목소리가 들린다.

가슴을 내리 누르는 느낌 때문에 숨 쉬기가 힘들다. 니나가 원하지 않는다면, 니나는 저승문을 넘어서는 안 되고, 나도 또 다른 친구를 잃어서는 안 된다. 집이 우리 두 사람의 인생을 쥐고 흔들려고 한다. 그건 부당하다.

나는 니나가 죽은 사람들을 부르는 해골을 보지 못하도록 커튼을 닫고, 읽을 만한 책을 건네준다. 어떤 일이 벌어져도 절대 내 방을 떠나지 않겠다는 약속도 받아낸다.

하지만 나는 바바 할머니가 의식을 준비하는 걸 도우러 가는 길에도, 마음속에서 어떤 장면 하나를 떨쳐내지 못한다. 저승문이 열리자, 개미가 개미귀신의 함정으로 빨려 들어가듯, 니나가 그 안으로 빨려 들어가는 모습이다. 니나를 잃는다는 생각에 피가 차갑게 식는다. 어떻게 그런 일이 일어나지 않도록 막을 수 있는지 방법을 모르겠다. 내가 내 운명을 결정하려면 어떻게 해야 하는지 모르듯이.

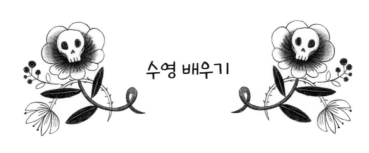

수영 배우기

바바 할머니가 통조림 메기와 채소로 우하를 끓였다. 벽난로에선 장작불이 타오르고 불길이 가마솥 겉면을 핥는다. 열기와 더불어 생선과 양념 냄새가 니나를 잃는다는 생각과 뒤섞이면서 속이 메스꺼워진다.

"오늘밤엔 사막의 죽은 사람들에게 생선 요리를 대접하려고 해." 바바 할머니가 식탁을 향해 고개를 끄덕이고 웃는다. 식탁에는 벌써 *크바스*와 유리잔, 누가 봐도 비린내를 주제로 한 음식이 차려져 있다. 냉장 선반에 있던 사워크림으로 절인 청어, 훈제 연어와 허브로 구운 *블리니*, 짭짤하게 말린 *보블라*, 작은 생선 만두 등. 나는 따로 할 일이 없어서 자리에 앉아 뒤집어진 속이나 달래줬으면 하고 *블리니*

를 먹는다.

"잘 잤니?" 바바 할머니가 묻는다.

나는 고개를 끄덕인다. "요리하는 것 도와드리지 못해서 죄송해요."

"괜찮아." 바바 할머니가 나를 뚫어지게 바라봐서 나는 할머니가 뭔가 수상한 낌새를 눈치 챈 건 아닐까 걱정한다. 나는 앉은 자리에서 몸을 움직이며 식탁을 훑어본다.

"다 맛있어 보여요."

"보르스치에서 메뉴를 바꿔 봤다." 바바 할머니가 생선 육수 맛을 보고 후추를 더 넣는다. "저승길 고별사를 한 번 외워 보겠니?"

"전 몰라요." 내가 그걸 알고 있다는 것 자체가 싫어서 절로 인상이 찌푸려진다. 지금까지 천 번도 넘게 고별사를 들었지만, 그때마다 난 그걸 듣지 않으려고 별짓을 다했다.

"그래도 해봐." 할머니가 재촉한다. "노래하려는 나이팅게일은 노래를 찾기 마련이거든."

나는 앓는 소리로 더듬거리며 고별사를 외운다. "그대 앞에 놓인 멀고 고된 여행길 힘내서 가세요. 별들이 당신을 기다립니다."

"당신을 부릅니다." 할머니가 틀린 부분을 고쳐준다.

"*지상에서 보낸 시간 감사하는 마음으로 나아가세요.*" 나는 기억을 떠올리기 위해 최선을 다하는 것처럼 보이려고 관자놀이를 어루만진다.

"*이젠 매 순간이 영원입니다.*" 바바 할머니가 속삭인다.

"*한없이 귀중한?*" 나는 질문을 하면서도 생각은 니나를 향한다. 니나에게 바다를 보여주면 얼마나 좋을까…….

"*한없이 소중한 그대의 추억을 가지고 가세요.*" 할머니가 격려해준다. "그 다음은…….."

"그 다음 대목은 그때그때 달라요." 나는 바바 할머니가 더는 아무것도 묻지 않길 바라며 마지막 남은 *블리니* 조각을 입에 구겨 넣는다.

"맞았어." 할머니가 빙그레 웃는다. "그런 다음에는 네가 그 영혼이 이번 생에서 어떤 선물을 받았고 무엇을 별로 가져가는지 설명해주는 거야. 선물은 주로 가족이나 친구들의 사랑이지. 하지만 죽은 사람들이 가지고 가는 선물은 셀 수 없을 만큼 다양해. 음악의 힘이라든가 새로운 걸 발견할 때 맛보는 기쁨, 희망이라는 빛……."

바바 할머니가 이야기를 계속하지만, 난 또 정신을 딴 데다 판다. 평생을 죽은 사람만 인도하면서 보낸다면, 정작 내가 별로 가져갈 건 도대체 어떻게 구한단 말인가.

"마링카?" 바바 할머니가 양념한 벌꿀 빵이 담긴 접시를 식탁 위에 올려놓자 그제야 할머니가 시야에 들어온다.

"뭐라고 했어요?" 내가 웅얼거리며 묻는다.

"마지막 말을 기억하느냐고."

나는 고개를 저으며 한숨을 쉰다.

"*별로 돌아가는 길 부디 평화롭기를.*" 바바 할머니가 양손으로 커다란 원을 그린다. "*위대한 순환 고리는 완전합니다.*"

단단하게 깍지를 끼고 내 눈을 똑바로 들여다보는 바바 할머니의 눈길에 마음이 불편해지면서 목덜미가 뜨거워지고 따끔거린다. "순환 고리가 계속 완전할 수 있게 유지해야 해."

심장이 너무 빨리 뛰어서 뱃속이 뒤집어질 것 같다. 할머니가 안다. 할머니가 니나에 관해 알고 있다. 나는 땀에 젖은 손바닥을 치마에 문지르며 눈길을 돌린다.

"그래서 우리 수호자가 중요한 거야. 영혼들이 여행을 끝내도록 돕는 게 우리 책임이거든. 그들이 떠나왔던 별로 돌려보내는 일이 우리 역할이야."

"만약 돌아가지 않으면요?" 내가 조용한 목소리로 묻는다. 머리가 통째로 쑤신다.

바바 할머니가 큰 충격을 받았는지 입을 떡 벌린다. 어쨌든 니나에 관해서는 모르는 눈치다. "어떻게 되긴, 영원히 사라지고 말지!" 그런 일이야말로 전 우주에서 발생할 수 있는 최악의 사건이라는 듯이 바바 할머니는 숨도 제대로 쉬지 못한다.

나는 접시에서 벌꿀 빵 한 조각을 집어 들고 빵가루를 털어낸다. 배가 고프지는 않지만 정신을 딴 데 쏟아야 한다. 방금 바바 할머니가 한 말은 생각하고 싶지 않다.

"오늘 밤엔 네가 저승길 고별사를 읊어주는 게 좋겠다." 할머니가 천천히 고개를 끄덕인다. "이젠 너도 누군가를 저승문 너머로 인도해야 해."

"안 돼요, 난 못 해요." 나는 정신없이 머리와 두 손을 동시에 흔든다. "난 아직 멀었어요."

"무작정 뛰어드는 게 상책일 때도 있는 거야." 바바 할머니가 웃는다. 바바 할머니의 눈썹과 이는 방향이 제멋대로다. "처음 수영 배웠을 때 기억나니?"

나는 눈알을 굴리며 끙끙거린다. 예전에 우리 집이 수심이 깊은 석호가 내려다보이는 깎아지른 절벽 위에 자리를 잡은 적이 있다. 옥빛 물은 따뜻했고 수면에 햇살이 하얗게 부서지면 얼룩무늬가 생기는 곳이었다. 바바 할머니는 내게 수영을 해보라며 계속 다그쳤지만, 나는 얼굴이 젖는 게 싫었다.

하루는 내가 절벽에 서서 먼 바다로 이어지는 석호를 내다보고 있었다. 그런데 집이 불쑥 몸을 일으켜 세우더니 길고 호리호리한 다리 하나를 쭉 뻗어 나를 뻥 차서 물속으로 날려버렸다. 나는 비명을 지르며 한없이 밑으로 떨어지다가, 이상한 메아리가 울리는 고요한 물 속 세상으로 세차게 내려앉았다. 영원처럼 느껴지는 시간 동안 발버둥을 치다가 마침내 수면 위로 솟구쳐 올라 헐떡이며 숨을 들이켜고는 필사적으로 뭔가 단단한 것을 찾았다. 붙잡을 만한 것은 아무것도 없었다. 발밑에는 아무것도 닿지 않았고 머리 위에는 하늘뿐이었다.

얼굴이 자꾸 파도 아래로 가라앉았다. 발버둥을 칠수록 더 깊이 끌려 내려갔다. 짠 물을 여러 번 벌컥벌컥 들이켜고 나서는 마지막이라는 생각으로 허파 가득 숨을 들이마신 뒤 수면 아래로 가라앉게 내버려 뒀다.

내가 눈을 뜨고 몇 번 깜빡거리자 모든 공포가 썰물처럼 빠져 나갔다. 너무도 고요하고 평화로웠고 끝없이 파랗기만 했다. 알록달록한 모래알맹이가 쏟아지는 햇살에 반짝이며 물속에 동동 떠 있었다. 나는 어느 아침에 헤엄치던 거북이들처럼 느리지만 조심스럽게 움직이기 시작했다. 팔다리를 움직이자 미끄러지듯 몸이 앞으로 나아갔다. 그래서 나는 발만 더 세게 차며 같은 동작을 반복했다. 금세 나는 물속을 가로질러 날아가고 있었다. 위로 솟구쳐 올라 공기를 들이마시고 다시 수면 아래로 내려가 해안가를 향해 팔다리를 저었다.

그날 이후 난 매일 수영을 했다. 그것도 눈을 뜬 채 얼굴은 물속에 담그고. 하지만 꽤 오랫동안 집을 용서하지 않았다. 솔직히 말해서 용서를 한 적이나 있는지 모르겠다. 너무 화가 나서 집이 덩굴을 키워 만들어준 그네도 무시했다. 술래잡기를 하자며 나를 찔러대는 발톱도 모른 척했다.

그 사건 이후로 집과 함께 놀았던 기억은 전혀 없다. 불현듯 어릴 적, 집과 내가 친구였던 때가 그리워진다. 하지만 집이 내게 한 짓을 생각하면 또 다시 속에서 화가 끓어오른다.

"그때 난 죽을 뻔했죠." 나는 바바 할머니와 집, 모두가 들으라고 말한다.

"말도 안 돼!" 바바 할머니가 크게 웃으며 고개를 흔든다. "집은 줄곧 너를 지켜보고 있었어. 너도 알다시피 집이 수영을 얼마나 잘 하는데. 넌 절대 위험하지 않았어." 할머니가 벽난로 윗부분을 다정하게 다독인다. "마링카, 집은 언제나 너를 지켜줄 거야. 너도 이제는 그걸 알아야 해."

문이 삐걱거리며 열리더니 첫 번째 죽은 사람이 물 흐르듯이 밀려들어온다. 형체가 흐릿한 노인은 눈이 크고 안색이 창백하다. 바바 할머니가 함박웃음을 지으며 노인을 맞이하러 달려간다. 나는 할머니의 입에서 쏟아져 나오는 말을 집중해서 들으려고 애쓰지만, 마음속에선 니나에 대한 생각과 위대한 순환 고리, 별로 돌아간다는 것, 그리고 아직 수영할 준비가 안 된 내가 푸른 석호 속으로 가라앉으며 느꼈던 공포의 기억이 한 데 섞여 빙글빙글 돌아가고 있다.

죽은 사람들이 속속 도착한다. 형체가 희미한 자도 있고 또렷한 자도 있다. 말수가 적은 자도 있고 수다쟁이도 있다. 내가 니나의 말을 이해하는 것처럼, 이중에도 내가 알아들을 수 있게 말하는 사람이 또 있을지 모른다는 호기심이 생긴다. 하지만 나는 어느 누구의 말도 이해하지 못한다. 제대로 알아듣지 못하겠다. 그들이 무엇을 기억하고 어떤 생각을 하는지, 몸짓과 얼굴 표정으로 어렴풋이 느낌만알 뿐이다. 간혹 알아듣는 말이 있긴 하지만, 니나와 있을 때랑 전혀 다르다.

니나. 니나를 확인해보고 싶지만, 니나가 빨려 나올 수도 있어서 방문을 열고 싶지 않다. 지금은 저승문이 열려서 죽은 사람들이 차례로 사라지고 있기 때문이다.

"마링카." 바바 할머니가 부른다. 할머니가 저승과 연결된 영혼 줄을 잡고 한 남자를 저승문으로 천천히 인도하고 있다. 할머니가 뭘 원하는지 안다. 할머니는 내가 이 남자에게 저승길 고별사를 읊어주고 저승문 너머로 보내길 바란다. 할머니는 이 나이든 남자 영혼이 너무나도 준비가 잘된 나머지 이미 여정에 오른 거나 마찬가지여서 그를 선택했다. 그에게는 이미 별들도 보이고 별과 함께 있는 자신도 보이는지 꿈꾸는 듯한 눈빛이다.

나는 바바 할머니를 등지고 선 채 할머니의 말을 못 들은 척한다. 거짓 미소를 흘리고 위안주를 따르며 방안을 돌아다닌다. 나는 어느 누구도 저승문 너머로 인도하고 싶지 않다. 노인은 물론이고 하물며 니나는 더더욱 아니다.

나는 허리를 쭉 펴고 심호흡을 하며 나 자신에게 말한다. 집이 나에게 강제로 수영을 익히게 했던 때처럼, 내가 죽은 사람을 인도하도록 억지로 시키지는 못 할 거라고. 바바 할머니를 무시했다는 죄책감에 나도 날카롭게 찌르는 듯한 아픔을 느끼지만, 순간일지라도 내 삶을 내가 주도하고 있다는 강력한 느낌이 그 모든 것을 상쇄하고도 남는다.

세리나

몇 시간 뒤 내 방으로 돌아와 보니 니나는 더 옅어진 데다 흐릿해져서 김처럼 뿌연 윤곽선만 공기 중에 떠다닌다. 아까 바바 할머니가 했던 말이 머리를 스친다. *그들은 영영 사라지고 말아.* 하지만 난 그런 생각 따위는 한쪽으로 밀어버리고 바바 할머니와 집이 자는 동안 함께 놀기 위해 니나를 데리고 밖으로 나간다.

우리는 모래에서 재주넘기도 하고 모래성을 짓겠다며 물을 낭비한다. 수통 물이 줄어들면 집이 해안가처럼 비가 내리는 곳으로 옮겨갈지도 모른다.

집이 바다 근처로 이동하면 니나는 너무 행복한 나머지 과거를 잊어버릴지도 모른다. 가족 얘기만 나오면 니나는 슬퍼하면서 집에 가고 싶어 한다. 집에 갈 수 없다는 사실을 니나는 모른다. 죽은 것도 인식하지 못한다.

왠지 불안해서 뱃속이 울렁거리고 아프다. 니나가 과거 기억을 떠올리지 못하게 하는 데도 애를 쓰지만, 나 역시 언젠가 니나에게 사실대로 털어놔야 한다는 생각을 하지 않도록 다른 곳에 신경을 쓰려고 노력 중이다. 사실을 말하고 나면 니나를 잃을 테니까. 친구와 하룻밤 더 있고 싶어 하는 게 그렇게 나쁜 건가?

나는 현재나 미래에 관한 이야기만 하려고 우리의 대화를 이끌어 간다. 우리는 나중에 자라서 되고 싶은 것에 관해 얘기한다. 니나는 아빠처럼 농부가 되고 싶어 한다. 사막에서 음식 재료나 꽃을 키워, 건조하고 공허한 모래밭을 생명으로 채우고 싶어 한다. 니나 말로는 씨앗만 제대로 심으면, 식물을 재배하는 데서 끝나는 게 아니라 흙과 물은 물론이고 곤충이며 새와 동물까지 길러낼 수 있다고 한다. 작은 씨앗을 심고 거기서 자라는 걸 잘 돌보기만 해도 온전한 세상을 통째로 만들어낼 수 있다고 한다.

니나가 뭐가 되고 싶으냐고 내게 묻는다. 나는 다음 세대 수호자가 될 운명이라고 말하지 않는다. 내 미래는 정해지지 않았다고 가정한다. 벤자민처럼 화가가 될 수도 있고,

선생님, 또는 극장에서 공연하는 배우가 될 수도 있다. 책에서 읽은 직업을 모두 떠올린다. 살아 있는 사람과 어울려 일하며 삶을 즐길 수 있는 직업을 생각하니 가슴이 부풀어 오른다. 한 곳에 정착해 다리가 달리지 않은 평범한 집에서 살며 친구를 사귀는 인생도 상상해본다.

태양이 머리 위로 높이 떠오르자 집이 움직이기 시작한다. 현관문을 활짝 열어젖히며 게으르게 하품을 하고 두 다리를 뜨거운 모래 위로 쭉 뻗는다. 우리는 그늘과 비밀 공간을 찾아 뒤쪽 베란다로 물러나 벤지를 먹인다. 가끔 음식 부스러기를 공중으로 던져주며 잭이 부리로 받아먹게 한다. 마침내 잭이 싫증을 내고 지붕 위 굴뚝 그늘 밑으로 숨어든다.

나는 바바 할머니에게 '야가서'를 읽고 있겠다고 둘러댄다. 야가서는 너무 오래 돼서 당장이라도 바스러질 것 같은 책인데, 야가를 위한 일종의 안내서다. 그래서 바바 할머니는 나 없이 혼자 요리를 시작한다. 니나가 늦은 오후 지평선 위로 날아가는 커다란 능에(*몸집이 큰 유럽의 새)들을 손으로 가리켜 보여준다. 니나가 눈을 반짝이며 자기 집 정원에서 카멜레온과 코브라를 발견했던 일과 아빠가 사막여우의 굴을 보여줬던 일을 기억해내는 바람에, 나는 또 니나에게 향수병이 도질까 얼른 주의를 딴 데로 돌린다. 나는 바다에서 산산이 부서지는 파도와 폭풍우가 몰아친 다음 수면 위로 뛰어오르는 거대한 고래 이야기를 한다.

날이 너무 빨리 저문다. 나는 창문을 통해 니나를 다시 내 방에 들이고 해골 안에 불을 밝히기 위해 밖으로 나간다. 이상하게 몸이 무겁다. 지쳐서 그렇다고 스스로 말해보지만 그보다 훨씬 깊은 사정이 있다는 걸 나는 알고 있다. 니나와 관련된 일이다. 니나에게 진실을 말해주지 않고 있다는 게 원인이다.

첫 번째로 온 죽은 사람이 니나와 너무 닮아서 나는 니나가 저승문을 찾아서 밖으로 나온 줄 알고 소스라치게 놀란다. 그런데 이 소녀는 니나보다 몇 살 많아 보인다. 니나처럼 이 소녀도 검은색 긴 생머리에 구리 빛 눈동자가 반짝인다. 길을 잃고 기억나는 게 없어서 당황하는 표정도 똑같다. 바바 할머니가 소녀에게 숄을 둘러주고 탁자로 데려가 크바스를 따라준다.

"아가, 넌 죽었단다." 바바 할머니가 밝게 말한다. 나는 깜짝 놀라 할머니를 돌아본다. 분명 할머니가 죽은 사람들의 언어로 말하고 있는데 내가 그걸 완벽하게 이해했기 때문이다. "이번 생을 기념하고, 기쁜 마음으로 나아가기 위해서 여기로 온 거야. 넌 이제 막 지구를 떠나 별들 가운데 있는 네 자리로 돌아가기 위한 긴 여행을 시작할 참이거든."

소녀는 바바 할머니를 빤히 쳐다보며 전염성 강한 할머니의 미소를 눈에 담는다. "내가 죽었어요?" 소녀는 기어들어가는 목소리로 할머니의 말을 따라한다.

"응. 지구에서 보낼 네 시간이 다해서 저승길 떠날 준비를 하려고 여기에 온 거야. 여행이 호락호락하지는 않겠지만 그래도 굉장히 멋질 거야. 네가 가기 전에 우리는 너의 삶과 추억을 기념할 거란다. *보르스치*를 좀 줄까? 마링카, 손님께 *보르스치*를 갖다 주겠니? 아가, 이름이 뭐지?"

"세리나예요. 전 아팠어요." 세리나가 기억을 떠올리느라 눈을 가늘게 뜬다. "우리 엄마랑 다른 자매들도 아팠어요."

나는 국자를 솥단지 안에다 떨어뜨린다. 니나와 똑같은 얘기를 한다.

"자매가 몇 명 있었는데?" 바바 할머니가 묻는다.

"다섯 명이요. 잘 먹겠습니다." 세리나가 그릇을 건네받고 김이 나는 붉은 액체에다 코를 킁킁거린다. "우리는 사막 가장자리에 살았어요. 아빠가 집을 빙 둘러 협죽도를 심었죠."

니나의 언니다. 틀림없다. 나는 방문을 힐끔거린다. 손잡이가 천천히 돌아가더니 문과 문틀 사이가 점점 넓게 벌어진다. 나는 바람처럼 달려가 니나를 뒤로 밀어붙이고 나도 벌어진 문틈으로 몸을 구겨 넣는다. 니나는 눈이 왕방울만 해져서 궁금하다는 듯 나를 쳐다본다.

"언니 목소리를 들은 것 같아."

"아니야." 나는 거세게 고개를 젓는다. "할머니 친구들이야. 넌 이 안에 있어야 해."

"하지만 언니 목소리와 똑같아." 보이지 않는 끈이 니나를 문으로 잡아당기기라도 하듯, 니나가 내 주변을 맴돈다.

"아니라니까." 나는 발끈했다가 호흡을 가다듬고 애써 침착하게 말한다. "부탁이야, 니나, 이 안에 있어. 나 대신 잭을 돌봐줘." 침대 밑에서 왔다 갔다 하는 잭을 눈치 채고 내가 한마디 덧붙인다. "조금 있다가 잭에게 먹일 음식 부스러기를 갖다 줄게."

니나는 여전히 시선을 문에 고정한 채 마지못해 고개를 끄덕인다.

"약속하는 거지?" 나는 더욱 강한 말로 밀어붙인다. "중요한 거야."

니나가 나를 보더니 한숨을 쉰다. "약속할게."

나는 문을 닫고 나오자마자 바바 할머니에게 달려간다. 한창 얘기 중인 죽은 여자에게서 사실상 할머니를 떼어내다시피 해서 다른 곳으로 끌고 간다. "내가 세리나를 저승문으로 인도하고 싶어요." 내가 다급하게 속삭인다.

할머니가 놀란 눈으로 나를 바라본다. "그거 멋지구나. 하지만 저승문은 아직 열리지도 않았는걸."

나는 모여든 죽은 사람들 너머로 항상 저승문이 나타나는 방 한쪽 구석을 확인하고는 끙 하며 앓는 소리를 낸다.

"네가 정말 돕고 싶다면, 첫 번째 할 일은 듣는 거야." 세리나가 기품 있게 착착을 조금씩 오물거리며 앉아 있는 곳을 바바 할머니가 고갯짓으로 가리킨다. "세리나가 네게 추억을 얘기하며 지구에서의 시간을 다시 살도록 도와줘. 이번 생에서 무엇을 얻었는지 먼저 명확하게 밝힌 다음 자기만의 고별사를 해야 다음으로 넘어갈 수 있는 거야."

기운이 쭉 빠진다. 인도하는 과정이 뭐 이렇게까지 복잡해야 하는 거지? 그냥 저승길 고별사를 읊어주고 알아서 가라고 하면 안 될까?

"어서 가봐." 바바 할머니가 나를 세리나 쪽으로 살짝 민다. "어렵지 않아. 세리나의 인생에 관해 물어 봐. 그리고 들어줘. 정말, 귀를 기울여서 들어."

나는 느릿느릿 세리나에게로 다가간다. "안녕." 나는 어색하게 웃어 보인다. "난 마링카야."

"난 세리나야." 내게 웃어 주는 세리나가 니나와 너무 닮아서 벌써 세리나를 알고 있는 듯한 기분이 든다.

"그러니까……." 나는 시간이 오래 걸리지 않길 바라며 무엇을 물을까 고민하느라 머리를 굴린다. 나는 최대한 빨리 세리나를 저승문 너머로 보내버리고 싶다. 그래야 니나가 세리나의 목소리를 듣고 언니를 찾겠다며 나오지 않을 테니까. "사막 근처에서 살았다고?"

"맞아." 세리나가 얘기를 시작하자 이상한 일이 벌어진다. 니나에게 이미 들은 얘기지만, 세리나도 자기 집과 가족에 대해 말해준다. 그런데 세리나가 말을 할수록 우리 집과, 식탁이나 벽난로 주위에 모여 있던 죽은 사람들이 점점 멀어지더니 마침내는 잘 보이지도 않는다. 이건 마치 내 일부가 문자 그대로 세리나네 정원으로 순간 이동이라도 한 것 같다. 내 발밑에서는 땅이 느껴지고, 코 바로 아래에서는 꽃들이 있는지 향기가 난다. 이파리 사이로 바스락거리며 숨어드는 새들의 지저귐도 들린다.

이번에는 세리나의 감정이 느껴진다. 세리나가 제비꼬리를 뒤쫓아 달리자 내 심장도 두근거리고 동생들이 태어날 때마다 기뻐서 가슴이 터질 것만 같다. 세리나의 엄마가 죽었다는 것을 느끼고는 소리 내어 울지 않으려고 이를 앙다물어야 한다. 죽은 사람들의 삶이 내 삶에 더해진다던 바바 할머니의 말이 이런 의미일까 궁금하다. 만약 그렇다면, 난 싫다. 다른 누군가의 기억과 감정을 내 머릿속으로 가져온다는 게 두렵다.

"때가 됐어." 바바 할머니가 내 팔을 만지자 다시 집이 보인다. 저승문이 열리고 방 안의 모든 것이 그쪽으로 휘어진다. 저 멀리, 거의 감지할 수도 없는 어둠 속에서 은하계가 소용돌이 치고 성운이 온갖 색깔로 폭발한다.

"당신은 무엇을 별로 가져가나요?" 바바 할머니가 세리나에게 묻는다.

"우리 가족에게서 받은 사랑을 가져갑니다." 한 치의 망설임도 없이 나온 세리나의 대답이 너무나도 완벽해서 나는 손바닥을 마주쳐 박수를 친다. 나도 그런 느낌을 받았기 때문이다. 세리나의 삶은 바로 그런 인상으로 영원히 기억될 것이다.

바바 할머니가 세리나의 양 볼에 입을 맞추고 내게 고개를 끄덕인다.

난 내가 무엇을 해야 하는지 알고 있다. 세리나를 저승문으로 인도하는 내 입에서 저승길 고별사가 막힘없이 흘러나온다. "그대 앞에 놓인 멀고 고된 여행길 힘내서 가세요. 별들이 당신을 부릅니다. 지상에서 보낸 시간 감사하는 마음으로 나아가세요. 이젠 매 순간이 영원입니다. 한없이 소중한 그대의 추억, 가족에게 받은 사랑을 가지고 가세요." 세리나가 저승문 안으로 발을 들여놓더니 어둠 속으로 멀어진다. "별로 돌아가는 길 부디 평화롭기를. 위대한 순환 고리는 완전합니다."

내 머리 위에서는 구름이 피어오르고 저 아래에서는 바다가 물결친다. 유리 산에 걸린 무지개가 빛난다. 전에 이곳에 와 보기라도 한듯, 왠지 이곳을 알 것 같은 느낌이다. 기억은 너무 생생한데 생각날 듯 생각나지 않는다. 혹시 기억을 떠올리는 데 도움이 될까 해서 내가 저승문 안쪽으로 몸을 기울이자 바바 할머니가 나를 반대편으로 확 잡아당긴

다. 어찌나 세게 잡아당겼는지 어깨뼈에서 툭 하는 소리가
난다.

"절대 문지방을 넘으면 안 돼!" 바바 할머니의 주름이 깊
어지며 얼굴이 구겨진다. "결코 저승문 안으로 발을 들여놓
아선 안 된다!"

뼛속으로 냉기가 흐른다. 바바 할머니가 이렇게까지 엄
하게 말하는 건 처음이다. 뭔가 엄청난 재앙이 스치고 지나
갔고, 내가 아슬아슬하게 살아남았다는 느낌이 들어서 머
리털이 곤두선다. 하지만 난 뭐가 위험했던 건지 모르겠다.
바바 할머니의 반응도 이해가 안 간다. 저승문 안으로 몸을
기울였을 때 받은 느낌도 이상하기 짝이 없다.

조금만 더

나는 현관 계단에 앉아 새파란 하늘을 가로질러 별똥별이 떨어지는 모습을 바라보며, 저 중 하나가 혹시 여정에 오른 세리나는 아닐까 생각한다. 현관문이 삐걱거리며 열리고 바바 할머니가 발을 끌며 나온다. 바바 할머니가 뜨거운 코코아가 든 머그잔 두 개를 내게 건네고 난간을 잡는다. 난간은 할머니가 내려가기 쉽게 낮아지고 계단은 할머니를 맞이하려는 듯 올라간다.

"방석을 갖다 드릴까요?" 내가 묻는다.

"아니. 괜찮다." 할머니가 내 옆 계단에 앉자 뼈에서 우두둑 소리가 난다. "오늘 정말 잘했다. 기특하구나." 할머니가 내 손에서 머그잔 하나를 가져가고는 웃으면서 내 뺨을 쓰다듬는다. 나는 얼굴을 찌푸리며 몸을 뒤로 뺀다. 내가 세리나를 저승문으로 인도한 건 단지 니나가 언니를 못 찾게 하기 위해서였다. 그건 기특해할 일이 아니다.

할머니는 코코아를 홀짝이며 사막 저편을 내다본다. 지평선 위로 주황색 빛의 띠가 굵어지며 주름진 모래밭 고랑으로 어두운 그림자를 드리운다. 바바 할머니가 별다른 말을 하지 않아서 다행이다. 수많은 생각과 감정이 내 마음속에서 소용돌이친다. 말 한마디에도 내가 걷잡을 수 없이 휘둘리겠다는 생각이 든다.

나는 세리나를 인도하기 싫었다. 내가 진짜 해낼줄은 몰랐다. 그런데 막상 성공하고 나니, 이게 혹시 내가 수호자가 될 운명에서 벗어나지 못한다는 의미는 아닐까 걱정스럽다.

수호자로 살아갈 삶이 내 앞에 탄탄대로처럼 곧게 뻗어 있다고 상상하니, 아직 잘 알지도 못하는 친구와 기약 없는 미래를 꿈꾸던 그 모든 시간이 허물어진다. 영원히 이 집에 처박혀 살겠지. 매일 밤, 죽은 사람들을 저승문 너머로 떠나보내기도 전에 내게 더해진 그들의 기억에 짓눌린 채로. 내 인생은 작별 인사로 가득할 거다. 바바 할머니가 떠나고 나면, 혼자 수호자로 남을 테고. 이런 생각을 하니 밤의 사막처럼 춥고 쓸쓸해진다.

"죽은 사람을 인도하는 건 꽤 피곤한 일이야." 바바 할머니가 팔을 뻗어 내 머리를 쓰다듬고는 내 손에서 머그잔을 가져간다. "넌 좀 자야해."

"그럴게요, 할머니. 해가 떠오르는 걸 조금만 더 보고요." 할머니가 나를 보고 있다는 느낌이 들지만 나는 할머니의 눈길을 마주할 수 없다. 나는 입 밖으로 꺼내지 않은 그 모든 말을 할머니가 감지한 건 아닐까 궁금해한다. 우리 사이에 감도는 침묵 속에서 그 말들이 떼를 지어 날아다닌다. 할머니는 나를 기특하게 여길지 몰라도 나는 내가 창피하다. 할머니는 내가 다음 수호자가 되는 것에 한 걸음 더 다가갔다고 생각할지 모르지만, 그건 절대 내가 원하는 일이 아니다. 난 다른 미래를 원한다. 내가 선택해서 스스로 만들어 갈 수 있는 미래를 꿈꾼다. 하지만 무슨 수로 할머니를 설득한단 말인가.

바바 할머니가 내 볼에 입을 맞추며 좋은 꿈꾸라고 인사하고는 현관을 올라가려고 한다. 할머니가 잡기 쉽게 난간이 아래로 휘어지자 할머니가 애정을 듬뿍 담아 난간을 토닥이며 나지막이 말한다. "고맙구나, 우리 집." 난간이 곧게 펴지자 할머니도 쉽게 일어나서 발을 끌며 집안으로 들어간다.

현관문이 휙 닫히자마자 내 방 유리창을 두드리는 소리가 들린다. 들창이 미끄러져 올라가고 잭이 어설픈 날갯짓을 하며 내 발밑에 내려앉는다. 잭이 깍깍거리며 인사하더니 내 발목에 목을 비빈다. 애정을 표현하는 잭을 보자 눈앞이 흐릿해진다. 나는 지금 당장은 잭의 사랑을 받을 자격이 없다고 느낀다.

"저리 가." 나는 가볍게 잭을 밀어낸다. "가서 전갈이나 뭐 그런 걸 찾아봐." 잭이 고개를 갸웃하며 반짝이는 은빛 눈동자로 나를 빤히 쳐다본다. "가라니까!" 내가 더 세게 밀었더니 잭이 화가 나서 깍깍거리며 날개를 쫙 펴고는 걸어가 버린다. 자신을 함부로 대하는 내게 항의하듯 깃털을 마구 흐트러뜨린다.

참 다양한 이유로 나에게 실망하고 나니 절로 앓는 소리가 난다. 니나에게 거짓말을 한 데다 어디까지나 이기적인 이유로 세리나를 저승길로 인도했다. 내가 무슨 생각을 하는지 할머니에게 설명하지도 못하면서 이제는 잭에게 못되게 굴기까지 한다.

집이 삐걱거리더니 내가 앉은 계단이 비비 꼬인다. "뭐야?" 나를 향한 좌절감이 화로 바뀌면서 발끈한다. "또 뭘 원하는데?" 나는 바닥을 손으로 짚고 균형을 잡는다. 집이 현관 계단을 통째로 돌려서 정확히 내 침실 창문이 보이는 지점으로 나를 데려다 놓는다.

창턱에 앉은 니나가 새벽빛 속으로 스며드는 것 같다. 형체 가장자리도 흐릿하고 어찌나 투명한지 니나를 그대로 통과해서 볼 수 있을 정도다. 니나의 가슴팍 언저리에서 기름등의 윤곽선이 보인다. 길을 잃고 혼란스러워하는 니나가 텅 빈 것처럼 보인다. 죄책감이 뱃속을 쥐어짠다.

"알았어." 나는 현관 계단을 향해 인상을 쓴다. "말할게." 하지만 이 말이 입 밖으로 나오기가 무섭게 다시 삼키고 싶어진다. 심장 박동이 빨라지고 손바닥이 축축해진다. 내가 진실을 숨겼다는 사실을 니나가 아는 것도 싫고 니나가 떠나는 것도 싫다.

"니나에게 말한다고." 나는 같은 말을 되풀이하지만, 머릿속에는 다른 꿍꿍이가 있다. "일단 우리를 바닷가로 데려다주면."

집이 모래 속으로 쑥 들어가더니 창문을 깜박이다가 닫아버린다.

"어떻게 안 될까?" 나는 일어나서 현관 문 근처 울퉁불퉁한 나무 벽에 이마를 기댄다. 내가 만져서 차가웠는지 벽이 움츠러든다. 나는 한쪽 발로 현관 바닥을 쿵쿵 구른다. "그렇게 해달라고." 내가 강하게 말한다. "내가 언제 부탁한 적 있어? 니나에게 바다만 보여주게 해달라고. 그럼 니나에게 말한다고 약속한다니까. 내가 직접 니나를 인도해서 저승 문 너머로 보낼게. 그러니까 먼저 니나에게 바다만 보여줄 수 있게 해달라고."

집이 한숨을 쉬더니 몸을 앞으로 기울이며 다리를 쭉 편다.

"고마워." 나는 활짝 웃는다. 안도와 만족감이 온몸에 퍼진다. "잭!" 난 주변을 둘러보다가 울타리 근처에서 땅을 파고 있는 잭을 찾아낸다. 잭은 내게 등을 돌린 채 부리와 발톱으로 모래만 계속 헤집는다. "이리 와 잭, 우린 떠날 거야."

잭이 내 말을 무시한다.

나는 눈알을 굴린다. "알았어. 미안해." 나는 팔을 한껏 뻗으며 사과한다. 잭이 천천히 돌아서더니 눈도 마주치지 않고 느릿느릿 걸어서 집으로 돌아간다. 그러고는 내 옆을 지나치며 과장된 몸짓으로 깃털을 턴다.

뼈 창고 문이 열리고 울타리에 있던 뼈들이 달그락거리며 안으로 돌진해 들어간다. 집이 위로 솟구쳐 오르더니 걷기 시작한다. 나는 비틀거리며 내 방으로 들어가느라 양 팔로 균형을 잡는다. "우린 해변으로 갈 거야." 나는 거의 노래를 부른다. 들뜬 내 목소리가 너무 크다.

니나는 당황해서 그저 나만 바라본다. 내가 누구인지, 내 말이 무슨 뜻인지 알아내는 데 족히 몇 분은 걸리는 것 같다. 어쨌거나 니나가 얼굴빛을 되찾으며 웃는다. "정말?"

"그럼." 나는 얼굴이 아플 정도로 환하게 웃으며 고개를 끄덕인다. "너에게 바다를 보여줄 거야."

바닷가

집이 대낮에 이동하는 건 처음 본다. 이동할 때 친구와 함께 한 적도 없다. 웃느라 온몸이 흔들리고 무중력감이 마음을 어지럽게 한다. 집에게 한 약속 따위는 사막에 남겨진 채 잊힌다.

니나와 나는 빠르게 지나가는 바깥 풍경을 구경하며 창가에 앉아 있다. 집이 발길질을 해서 뒤로 고운 모래 구름을 일으키며 사막을 질주한다. 가파른 회색 산을 넘고, 푸른 수풀이 우거진 계곡으로 달려 내려가, 밀림 사이를 조심스럽게 걸어, 이른 오후쯤에는 눈부시게 흰 모래밭이 펼쳐진 좁고 긴 바닷가에 닿는다.

집은 현관문에서 바다까지 몇 발짝밖에 떨어지지 않은

해변 끝에 자리를 잡는다. 긴 다리를 쭉 뻗어 거대한 닭발을 조심스럽게 물속에 담그고는 기분이 좋은 듯 한숨을 내쉰다.

시원한 바람이 소금물과 바다 생물의 상쾌한 냄새를 풍기며 창문으로 불어 들어온다. 니나의 눈에 반짝이는 바다 풍경이 비치며 니나의 눈이 커진다.

"물에도 갈 수 있어?" 니니가 간절하게 묻는다.

"그럼." 나는 고개를 끄덕인다. "일단 할머니부터 확인하고 올게."

바바 할머니는 아직 자고 있지만, 곧 일어날 걸 알기 때문에 나는 설탕이 들어간 홍차를 준비하고 빵과 *콜바사*를 자른다. 니나의 몫과 화해의 표시로 잭에게 건넬 여분까지 챙긴 다음 벤지에게 분유를 먹이러 나간다. 다시 돌아와 보니 바바 할머니가 현관에 앉아 바다를 바라보며 차를 홀짝이고 있다. 할머니의 하얀 머리카락이 스카프 밑으로 삐져나와 구름처럼 보인다.

"정말 아름답지 않니? 여기에서 잠이 깰 줄은 몰랐다." 할머니가 난간을 다정하게 두드린다. "집이 사막에서 지내느라 발이 뜨거워져서 식히려고 그랬나 보구나."

나는 어떻게 할머니를 방으로 돌려보내고 니나와 함께

빠져나갈지 고민하며 고개를 끄덕인다. "오늘은 무슨 요리를 할 거예요?" 내가 묻는다.

"오늘은 쉬려고." 바바 할머니가 내 팔짱을 낀다. "수영도 하고, 바닷가에서 빈둥거리자. 오늘 밤에는 단둘이 별빛 아래에서 불을 피워 밥도 해먹고."

"하지만 죽은 사람들은요?" 내 목소리가 높아진다. "저승 문 너머로 보내야죠!"

"누구나 어쩌다 한 번은 쉬어야 해. 우리가 해골에 불을 밝히지 않으면 죽은 사람들은 알아서 다른 야가의 집으로 찾아갈 거야. 하룻밤 정도는 괜찮아." 할머니가 신이 나서 한 발씩 번갈아 폴짝거리며 춤을 춘다. "집이 발을 물에 담그는 건 정말이지 몇 년 만에 보는구나. 우리에게 보내는 신호일지도 몰라. 자, 우리도 홀랑 벗고 수영하러 가자!"

"안 돼요! 죽은 사람들을 인도해야 하잖아요. 나, 난……." 나는 첫 번째 떠오른 핑곗거리를 와락 움켜잡는다. "이제 막 처음으로 죽은 사람들의 영혼을 인도했어요. 또 할 수 있는지 확인하고 싶어요."

"당연히 할 수 있고말고. 하지만 여길 좀 봐라." 해변이 나에게 주는 선물이라도 되는 것처럼 할머니가 두 팔을 들어 올린다. "아무래도 집이, 처음으로 죽은 사람들을 인도

한 걸 축하하려고 널 여기로 데려왔나 보구나. 오늘 하루는 재밌게 놀면서 편히 쉬자." 할머니가 두 눈을 커다랗게 뜨며 웃는다.

나는 바닥만 내려다본다. "오늘이 평소 같으면 좋겠어요. 내가 울타리를 고치는 동안 할머니는 죽은 사람들을 위해 음식을 준비하면 좋겠다고요. 그게 우리가 매일 하는 일이잖아요. 난 발가벗고 수영하는 것도, 바닷가에서 빈둥거리는 것도 싫어요." 이 말을 끝나자 입에서 쓴 맛이 난다. 새빨간 거짓말이니까. 난 수영도, 일광욕도 하고 싶다. 단지, 바바 할머니가 아니라 니나와 함께 하고 싶을 뿐이다.

"무슨 일 있니?" 바바 할머니가 부드러운 목소리로 묻는다.

"아니요." 내가 짜증을 낸다. "늘 나에게 죽은 사람들을 인도해야 한다고 말한 건 할머니에요. 그런데 지금은 내가 정말 하고 싶다고 말하는데도 할머닌 무슨 일 있다고 생각하잖아요."

바바 할머니 표정이 순식간에 어두워진다. 할머니가 깡충거리며 뛰던 발을 멈추고 늙은이처럼 뒤를 돌아 허리를 굽힌다. 심장이 튀어나온 것만 같다. 어쩌면 이런 게 심장이 없는 느낌일지도 모른다. 차갑게 속이 텅 빈 느낌. 나는 그런 감정 따윈 멀리 밀어내고 발을 쿵쿵 구르며 현관을 떠난다.

나는 새파랗게 멋진 하늘도, 부드러운 흰 모래와 잔잔하게 철썩이는 파도도 무시하며 뼈 창고로 성큼성큼 걸어가 울타리에 쓸 뼈들을 질질 끌고 나온다.

"마링카?" 바바 할머니가 등 뒤에서 부르지만 나는 그것도 무시한다. 넓적다리뼈를 모래 안으로 꽂아 넣는 내 손이 부들부들 떨린다. "화나게 하려던 건 아니야. 네가 원하면 죽은 사람들을 인도해도 돼."

고개를 끄덕이지만, 너무 미안해서 차마 할머니의 얼굴을 볼 수 없다. 나는 울타리 세우는 일만 계속한다.

"그럼 난 요리하러 들어가마." 할머니가 발을 끌며 현관을 지나 안으로 들어가자 문이 휙 닫힌다.

눈물이 뺨을 타고 흘러내려서 나는 모래에 얼굴을 긁혀가며 눈물을 닦는다. 나중에 할머니에게 잘 해줘야겠다. 꼭 그러겠다고 다짐한다. 할머니와는 다른 날 같이 시간을 보내면 된다. 하지만 오늘은 아니다. 오늘은 나와 니나를 위한 날이어야 한다. 니나에게 바다를 보여줘야 한다. 니나가 저승문을 지나 영영 사라지기 전에 함께 시간을 보낼 수 있는 마지막 기회다.

뼈다귀 몇 개를 들고 내 방 창문 앞을 지나는 길에, 나는 울타리 세우는 일이 끝나면 바로 밖으로 나갈 수 있다고 니나에게 속삭이며 말해준다. 니나가 환하게 웃는다. 기대에 찬 니나의 눈동자가 햇빛을 받아 반짝인다. 그 미소가 내 안에 있던 죄책감의 매듭을 풀어준다. 뼈를 가지고 작업하는 일도 나를 진정시키는 데 한 몫 한다. 덕분에 지금 옳은 일을 하고 있다는 확신이 생긴다. 내가 니나의 마지막 소원을 실현시켜 주는 것 같다. 바바 할머니도 이해할 거야.

바바 할머니가 밖으로 나와 뭐 좀 먹겠느냐고 묻지만, 나는 배가 고프지 않다고 대답한다. 그러자 할머니는 해가 지기 전에 낮잠을 자겠다고 한다. 집안으로 들어간 할머니가 한동안 플루트로 느리고 슬픈 곡을 연주하더니, 금세 정적이 내려앉는다. 나는 할머니가 깊이 잠들 때까지 30분을 더 기다렸다가 몰래 니나를 데리고 밖으로 빠져 나온다.

우리는 커다란 이파리를 늘어뜨린 야자수 나무에 가려 우리의 모습이 창문에서 보이지 않을 때까지 해안을 따라 걷는다. 니나가 샌들을 벗어던지고, 잔잔한 파도가 밀려들며 거품을 일으킨 모래밭으로 걸어 들어간다.

니나가 키득거리며 발가락을 꼼지락댄다. "와, 진짜 굉장하다!"

나도 니나에게 웃어준다. 니나가 저렇게 행복해 하는 모습을 보니 내 기분도 정말 최고다. 오늘 하루를 할머니와 보내고 싶지 않다는 내 말에 바바 할머니가 그렇게까지 실망하지만 않았어도 가슴 속 통증을 털어낼 수 있었을지 모른다.

"이것 봐!" 또 한 번 파도가 밀려들자 니나가 소리친다. 파도에 휩쓸려온 자그마한 물고기들이 니나의 발가락 사이로 쏜살같이 빠져나간다. 나는 신발을 벗고 니나와 함께 파도를 맞으며 바바 할머니에 대한 생각을 마음 속 저 끝으로 밀어낸다. 우리는 바닷가를 따라 걸으며 모래 속에서 반들거리는 조개와 얕고 잔잔한 곳에 숨어 있는 바다 생물을 구경한다.

니나는 불가사리나 성게 같은 것도 본 적이 없다. 내가 뭔가 새로운 걸 보여줄 때마다 니나의 눈동자가 호기심에 가득 차서 반짝이고, 마치 내가 이 모든 걸 처음 보는 것처럼 니나가 맛보는 환희가 내 몸을 통해 분출되는 걸 느낀다. 우리는 비단결 같이 부드럽고 따뜻한 물이 목에 닿을 때까지 물속으로 걸어 들어간다.

"진짜 굉장하다!" 활짝 웃는 니나의 얼굴에서 빛이 나고, 긴 머리카락과 녹색 스카프가 해초처럼 니나 주변에서 넘실

댄다.

"바닥에서 발을 떼고 밀어 올려봐." 나는 다리를 물 위로 걷어차며, 니나에게 수면에서 찰랑거리는 나무처럼 누운 자세로 물에 뜨는 방법을 알려준다. 니나는 곧잘 나를 따라 하고, 우리는 나란히 물 위에 누워 바닷새가 시야에서 보였다 사라지는 새파란 하늘을 올려다본다. 우리 밑에서 넘실대는 파도가 부드럽게 오르내리며 우리를 밀어 올리자 귓가에서 물이 찰랑거린다. 물밑에서 바다 메아리와 기쁨에 겨운 니나의 탄성이 들린다.

"이렇게 엄청난 양의 물은 상상도 못 했어." 니나가 몸을 뒤집어 배를 깔고 얼굴을 파도 아래로 담근다. "진짜 짜다."

"괜찮아, 익숙해질 거야. 눈을 뜨고 나를 따라와 봐." 내가 니나를 마주보며 수면 아래로 가라앉자 니나도 똑같이

따라 한다. 니나가 내 얼굴이 제대로 보일 때까지 눈을 깜빡이더니 곧 미소를 짓는다. 나는 아래쪽을 가리키며 더 깊이 내려가고 해안에서도 더 멀어진다. 나는 잔물결이 이는 해저에서 자라는 깃털 모양의 해초도 니나에게 보여주고, 모래밭을 가로질러 허둥지둥 도망치는 게와, 반짝이는 빛줄기 주변에서 평화롭게 헤엄치는 물고기 떼도 보여준다. 난데없이 문어 한 마리가 우리 앞에 나타나더니 시커먼 먹물을 한바탕 뿜고 달아난다.

"문어였어?" 우리가 크게 숨을 내쉬며 수면 위로 올라오자 니나가 묻는다. "문어는 말로만 들었어. 그런 게 진짜 있을 거란 생각은 못했어. 우리가 따라갈 수 있을까?"

우리는 다시 파도 밑으로 뛰어들어 있는 힘껏 문어를 따라간다. 하지만 문어가 너무 빠르다. 결국 우리는 빛과 거

품이 폭발하는 물속에서 문어 대신 서로를 쫓아다닌다. 너무 웃어서 옆구리가 아프고, 짠 물을 얼마나 들이켰는지 코와 목구멍이 따갑다.

금세 몸이 떨린다. 물은 더 차가워지고, 파도가 우리를 전보다 더 높이 밀어 올렸다가 더 낮은 곳으로 잡아당긴다. 가느다란 해안선이 자꾸 뒤로 멀어지는 것 같다. 나는 니나에게 파도를 타고 해변으로 돌아가는 법도 가르쳐준다. 우리는 바위 뒤 모래밭에 앉아 마지막 햇살을 받으며 몸이 따뜻해지고 물기가 마르기를 기다린다.

태양이 바닷가 너머 밀림 속으로 저물자, 차갑고 어두운 집의 그림자가 우리 위로 길게 드리워진다. 피부에 닭살이 돋는다. 나는 돌아가고 싶지 않다. 집은 내가 약속을 지키게 하겠지. 바바 할머니에게 니나를 보여주고 억지로 저승문을 넘어가게 하겠지. 나는 숄을 단단히 두르고 니나의 스카프를 잡아당긴다.

"이쪽으로 걷자." 나는 집과 반대 방향으로 니나를 잡아끈다. 해변을 따라 집에서, 그리고 저승문에서 더 멀어지게.

해안은 끝도 없이 뻗어 밤 속으로 이어지는 것 같다. 바다에서 쌀쌀하고 축축한 바람이 불어오고, 우리 옆에서 파도가 부서지며 모래를 휘젓고는 물에 부딪쳐 거품을 일으킨다. 서로 뒤엉킨 시커먼 뱀장어처럼 파도에 실려 몸을 뒤트는 바다 생물을 몇 번 본 것 같다. 하지만 니나는 내가 잘못 본 거라고 말한다.

수평선 위로 주황색 불빛이 반짝이나 했는데, 가까이 다가갈수록 바닷물에 반사된 일그러진 불빛이란 걸 깨닫는다.

"시내나 도시가 있나 봐." 나는 그 규모를 어림잡으며 사람들이 얼마나 살까 궁금해한다. 시장이나 도서관, 극장 같은 것도 있으려나…….

"춥다." 니나가 나지막이 말한다.

나는 숄을 벗어 니나의 어깨에 둘러준다. 숄이 니나의 몸을 그대로 통과해 모래 위 니나의 발밑으로 떨어진다. 나는 깜짝 놀라 니나를 바라본다. 니나가 거의 사라졌다. 니나가 조금씩 옅어진다는 건 느끼고 있었지만, 진짜 니나가 이렇다는 건, 그러니까 죽었다는 건, 여전히 큰 충격이다.

니나가 바닥에 떨어진 숄을 보더니 두 팔로 자기 가슴을 끌어안는다. "내가 왜 이래?" 투명한 니나의 눈이 휘둥그레진다. 니나의 눈동자 너머로 밤하늘에 빛나는 별이 보인다.

"아무 일도 아니야." 나는 재빨리 이렇게 말하며 니나의 손을 잡으려고 팔을 뻗는다. 하지만 니나를 만질 수 없다는 걸 기억해내고는 다시 팔을 내린다.

불어오는 돌풍에 몸이 떨린다. 밀림에서 알 수 없는 무언가의 비명소리가 들린다. 내가 지금 뭘 하고 있는 거지? 우리가 시내에 도착했다고 하자. 그 다음은 뭘 어쩔 건데? 지금은 한밤중이다. 나는 바바 할머니, 잭, 벤지와 함께 집에 있어야 한다. 나는 그 모든 걸 뒤로 한 채 떠나왔다. 도대체 뭘 위해? 니나는 죽었다. 게다가 옅어지는 속도도 전보다 훨씬 빨라졌다. 니나는 저승문을 넘어가야 하는 존재다. 나는 니나를 보며 벤자민이 했던 말을 떠올린다. 벤자민은 사람들과 함께 있을 때 느끼는 외로움에 대해 말했다. 이제야 실감한다. 니나와 있지만, 완벽하게 홀로 있는 느낌이다.

나는 집 쪽을 흘깃 본다. 땅거미가 지고 몇 시간이 흘렀지만, 바바 할머니는 해골에 촛불을 밝히지 못했나 보다. 그랬다면 멀리에서도 반짝이는 게 보였을 텐데. 바람결에 우하 냄새를 맡은 것 같은데, 아마도 바다 냄새였나 보다. 불현듯, 무엇보다 집으로 돌아가고 싶어졌다. 바바 할머니가 나를 꼭 안아줬으면 좋겠다. 내 발밑에서 흔들리는 집을 느끼고 싶다.

"우리 저쪽으로 가야 하는 것 아냐?" 니나가 해변을 따라 어둠 속 어딘가에 숨어 있는 집을 찾으며 내 눈길을 좇는다. "저쪽으로 가야할 것 같아." 니나가 자신의 손을 바라본다. 손가락이 거의 사라졌다. "무슨 일이 벌어지는 거야?" 니나가 떨리는 목소리로 다시 묻는다.

이런 얘기를 쉽게 돌려 말할 길은 없다. 목구멍이 조여온다. "넌 죽었어." 내가 간신히 들릴 정도로 니나에게 말한다. 그 말을 입 밖으로 꺼내자마자 어깨에 지고 있던 무거운 돌덩이가 사라진 기분이다.

"아." 니나가 고개를 끄덕인다. 내 예상만큼 놀란 눈치는 아니다.

나는 발만 내려다보며 발가락으로 모래를 헤집는다. "미안해. 진작 말해줬어야 했는데." 일단 시작한 말은 도무지 멈출 수가 없다. 나는 니나에게 우리 집과 저승문과 죽은 사람들을 인도하는 일에 관해 말해준다. 니나도 이번 생을 기념하며 여정에 오를 준비를 해야 했는데, 내가 친구가 되고 싶어서 돕지 않았다는 얘기도 한다. 닭다리가 달린 집에 살면서 죽은 사람들만 만나고, 그조차 매일 밤 떠나보내야 하는 게 얼마나 외로운 건지도 얘기한다. 나는 사과에 사과를 거듭하며 미안하다고 말하지만 기분은 조금도 나아지지 않는다. 큰 소리로 진실을 털어놓는 내 목소리를 듣고 있으니 오히려 속이 더 조여 오는 느낌이다. 나는 할 말이 한 마디도 남지 않을 때까지 얘기를 계속 한 뒤, 니나만 바라본다. 이제 달빛으로도 니나의 모습이 거의 보이지 않는다.

"너도 죽었어?" 니나가 묻는다.

"아니." 나는 고개를 젓는다. "당연히 안 죽었지." 바람이 불어와 차가운 바닷물을 내 얼굴에 뿌린다. 입술에서 짠 맛이 난다.

"그런데 넌 왜 희미해져?"

진실과 거짓

나는 당황해서 니나를 바라보고는 내 손을 내려다본다. 반투명해진 내 손가락을 통해 모래며 조개들이 선명하게 보인다. 나는 거듭해서 손을 뒤집어본다. 이게 뭐지? 이건 불가능해. 난 죽지 않았어. 그런데 왜 내 모습이 옅어지지?

숨이 턱 막힌다. 집 쪽으로 뛰어가려고 하지만, 모래에 발이 빠져서 느린 동작으로 움직이는 기분이다.

머릿속에 온갖 생각이 스쳐간다. 울타리를 넘는 건 나에게 금지사항이다. 살아 있는 사람은 얼마나 따뜻해 보이는지! 저승문 안으로 몸을 기울였을 때 왠지 익숙한 느낌을 받았다. 내가 죽었을까? 그게 가능해? 벤자민과 산막에 갔을 때 지금처럼 손의 느낌이 이상했던 기억이 난다. 다시 손을 내려다본다. 손을 통과해서 내 발이 보인다. 손톱으로 손바닥을 힘껏 눌러보지만 아무 느낌도 없다.

손이 차가워져서 감각이 무뎌진 것뿐이다. 내 모습이 옅어지는 건 달빛이 장난을 치기 때문일 거야. 나는 더 세게 손톱으로 손바닥을 찌른다. 아프다. 거봐. 내가 죽었을 리 없다. 하지만 여전히 마음을 걷잡을 수 없다. 뭔가 잘못됐다.

"가자. 집으로 돌아가야 해." 나는 이렇게 소리치고 바다 쪽으로 더 붙어서 달린다. 젖은 모래가 단단해서 속도가 붙는다. 바바 할머니가 필요하다. 할머니가 설명해줄 거야. 할머니가 모든 걸 원래대로 돌려놓을 거다.

"천천히 가!" 니나가 숨이 턱에 차서 나를 부른다. "왜 그래?"

나는 속도를 줄이지 못한다. 설명도 못하겠다. 머릿속이 빙빙 돌고 눈앞이 뿌옇다. 양 볼이 뜨겁고 축축하다. 눈물 때문인지 흩뿌리는 바닷물 때문인지 잘 모르겠다.

심장에서 천둥소리가 나고 귓가에서는 맥박이 쿵쿵거리며 뛴다. 무슨 일이 벌어지는지 몰라도, 분명 바바 할머니가 내게 말해주지 않은 그 무엇 때문이라는 생각이 들자 분노가 들끓는다.

맥박소리가 점점 커지더니 마침내는 땅이 통째로 흔들린다. 어둠을 헤치고 우리를 향해 전속력으로 달려오는 집이 보인다. 그러자 커다란 안도의 물결이 내 몸을 휩쓴다. 거대한 닭다리가 급정거를 하느라 한바탕 모래폭풍을 일으

키며 모래를 뿌린다. 집이 당장이라도 나를 퍼 올릴 기세로 나를 향해 몸을 기울인다.

"마링카." 집이 땅바닥까지 몸을 낮추자 바바 할머니가 문을 연다. "내가 얼마나 걱정했는데!" 하지만 니나를 보자 할머니의 표정이 달라진다. 걱정하던 표정에서 뭔가 알아 낸 듯, 실망하는 기색이 역력하다.

나는 할머니의 눈을 똑바로 바라보며 두 손을 들어 보인다. "내가 사라져요!" 내가 소리친다. "내가 왜 희미해지는 거죠?"

할머니의 눈에서 뭔가가 번쩍인다. 슬픔 같기도 하고 죄책감 같기도 한데, 내가 파악하기도 전에 할머니가 눈을 깜빡여서 없애 버린다. "나중에 얘기하자. 이 아이 좀 봐!" 할머니가 니나에게로 돌아선다. "맙소사, 아가. 넌 안으로 들어와야 해." 할머니가 현관 계단으로 니나를 부른다. "이름이 뭐지?"

"난……." 니나가 입술을 깨문다. 니나 눈에서 눈물이 차오른다. "모르겠어요." 니나는 지금 당장이라도 홀연히 사라질 것만 같다. 이제 니나에게는 빛바랜 녹색 드레스와 그림자처럼 희미해진 검은색 긴 생머리, 그리고 혼돈에 빠진 커다란 두 눈밖에 남지 않았다.

"마링카, 얘 이름이 뭐냐? 얼마나 오래 여기에 있었던 거야?" 바바 할머니가 묻는다.

"내가 왜 희미해지냐고요!" 나는 발로 모래 위를 구르며 전보다 더 큰 소리로 다시 묻는다. "죽었어요?"

바바 할머니의 어깨가 축 늘어진다. "내가 곧 다 말해줄게. 안으로 들어가자." 할머니가 니나를 숄로 감싸고 안으로 이끈다. 벌써 집이 니나에게 여행길에 오를 기운을 불어넣고 있어서 니나가 훨씬 생생해 보인다. 나는 내 손가락을 살핀다. 다시 단단해졌다. 손톱으로 손바닥을 누르자 곧바로 손톱이 느껴진다.

문이 홱 닫힌다. 바바 할머니는 내 질문에 대답도 없이 안으로 들어가 버렸다. 할머니에게는 죽은 사람들과 그들을 인도하는 일이 전부다. 나는 어쩌고? 나는 누구고, 왜 닭다리가 달린 이 멍청이 같은 집에 처박혀 있어야 하는지 그 이유를 내가 알 권리는 없는 건가? 나는 현관 계단을 힘껏 걷어찬다. 그 때문에 엄지발가락에서 피가 난다. "으악!" 나는 허공에 대고 소리친다. "난 이 집이 싫어!"

집이 모래 속으로 파고들어 나를 향해 세우고 있던 현관 계단을 누그러뜨리더니 현관문을 열어준다. 나는 집에서 등을 돌리고 바다를 바라본다. 이건 공정하지 않아. 바바 할머니는 내 질문에 대답해줬어야 한다. 왜 내가 사라지는지 설명해줬어야 한다. 눈꼬리를 타고 눈물이 한 방울 떨어진다.

잭이 내 어깨로 내려앉았다가 한쪽 날개로 내 귀를 세차게 때린다. "저리 비켜!" 잭을 밀치며 내가 소리친다. "넌 진짜 엉망진창이야!" 나는 나 자신이 너무 창피해서 모래 위로 무릎을 꿇는다. 이 모든 게 잭 탓만은 아니다. 어지러움을 멈추려고 두 손으로 머리를 감싼다. 잭이 뭔가 보들보들하고 축축한 걸 내 손바닥 안으로 밀어 넣는다.

손을 펴보니 으깨진 생선 만두다. 웃음이 난다. 걷잡을 수 없는 여러 감정이 뒤섞인 탓에 웃음소리가 이상하다. 잭이 한쪽으로 고개를 갸우뚱한다. 달빛에 은빛 눈동자를 반짝이며 잭이 나를 향해 다시 깍깍거린다.

"우리 *페치카*, 어서 안으로 들어오렴." 우리 위로 바바 할머니의 그림자가 드리워진다. 나는 힘을 내서 두 발로 일어나 눈물을 닦아낸다. 울었다는 걸 할머니에게 들키고 싶지 않다. 나에게 뭘 숨겼든, 그 일로 내가 얼마나 화가 났는지 할머니가 알아야 한다.

니나는 할머니의 숄을 두른 채 벽난로 옆에 앉아 이제 막 끓인 *우하* 그릇을 손에 들고 있다. 가마솥 밑에서 날름거리는 불꽃을 보고 있는 니나의 눈동자 속에서 지난 추억이 춤을 춘다. 아까보다 모습이 조금 더 또렷해졌지만, 아직 가장자리는 주변과 구분이 안 되는 것 같다. "니나는 괜찮을까요?" 내가 할머니에게 묻는다. 뱃속이 비비 꼬인다.

바바 할머니가 얼굴을 찡그리며 말총으로 짠 담요를 내 어깨에 둘러주고는 나를 탁자 앞에 놓인 의자로 데려간다. 그릇에 *우하*를 담아 내 앞에 놓는다. 우리 사이에 놓인 그릇에서 김이 피어오른다. "니나가 여기 있는 걸 왜 말 안 했니?"

나는 *우하* 그릇을 내려다보며 어깨를 으쓱한다.

"죽은 사람들을 인도하는 게 얼마나 막중한 책임인지 너도 잘 알잖아. 우린 이 영혼들이 순환 고리를 완성할 수 있도록 도와줘야 해. 죽은 후에는 영혼들이 이 세상에 오래 머물 수 없어. 너도 알잖아. 그렇게 되면 죽은 이의 영혼이 점점 옅어지다가 영원히 사라져버려."

나는 허연 생선 덩어리를 숟가락으로 한 번 꾹 눌러서 국물 아래로 가라앉혔다가 다시 떠오르는 걸 지켜본다. 바바 할머니는 내 질문에 대답도 없이 계속 죽은 영혼이니 책임감이니 잔소리만 늘어놓는다. 정말 이럴 수는 없다.

바바 할머니가 고개를 절레절레 흔든다. "니나를 숨기다니 정말 실망이야."

"할머니가 나에게 숨긴 건 어떻고요?" 내가 소리친다. "내가 죽었다는 얘기는 언제 해주려고요?" 나는 이글이글 타오르는 눈으로 할머니를 쏘아본다. 부디 내가 안 죽었다고 할머니가 얘기해주기를 애타게 기다린다. 할머니는 잘못된 걸 모두 바로잡아야 한다.

바바 할머니가 내 맞은편에 털썩 주저앉더니 한숨을 쉰다. 뭔가 말하려는 듯 입을 움직이지만, 할머니 입에서는 아무 말도 나오지 않는다. 할머니가 의자를 당겨 앉으며 다시 시도한다. "네가 죽었다는 게 무슨 상관이냐?" 할머니가 뻣뻣하게 어깨를 들었다 내려놓는다. "넌 다음 수호자야. 내가 항상 말했듯이."

"나에게는 중요해요." 내게로 스며든 진실이 눈물이 되어 얼굴 위로 쏟아져 내린다. 난 죽었다. 어떻게 내가 죽을 수 있지? 밤이면 우리 집으로 흘러들어오는 희미해진 죽은 사람들과는 다르다. "이건 말이 안 돼요." 나는 머리를 흔든다. "난 살아 있는 걸 느껴요. 실제로 존재하는 걸 느낀다고요. 영혼은 죽은 다음에 이 세계에 머물 수 없다고 할머니가 말했잖아요. 그런데 어떻게 내가 여기 있냐고요!"

"넌 달라. 넌 야가야. 다음 세대 수호자……."

"그럼 야가는 다 죽은 거예요?" 어떻게든 모든 걸 이해하려고 안간힘을 쓰며 내가 끼어든다. "할머니도 죽은 거예요?"

"아니. 야가들은 죽은 게 아니야. 하지만 네가 죽은 사람이라 해도 그건 중요하지 않아." 바바 할머니는 내가 죽었다는 사실이 대수롭지 않다는 듯 손을 휘휘 내젓는다. "네가 이 집에서 오래 살았기 때문에 살아 있는 사람으로 보일 만큼 집이 너에게 기운을 준 거야. 이 집에 있으면 살아 있는 사람이 할 수 있는 전부를 할 수 있어."

"그런데 조금 전에는 왜 희미해졌어요?" 이미 대답을 알면서도 내가 묻는다.

"네가 집을 떠났으니까." 바바 할머니의 눈에 눈물이 차오른다. "집에서 멀리 갈수록 더 희미해지는 거야. 넌 오로지 여기, 삶과 죽음의 문턱에서만 존재할 수 있어."

나는 숟가락을 그릇에 떨어뜨리고 지금까지 먹는 척 연기하던 걸 집어 치운다. 어지럽고 속이 메슥거린다. 어떻게 여기에서 영원히 살 수 있겠는가? 내가 죽은 거라면, 그래서 오로지 여기에서만, 이 집에서만 존재할 수 있다면, 모든 희망은 사라진다. 적어도 오늘 아침에는 이 운명에서 어떻게든 도망치겠다는 희망이 있었다. 하지만 이제 난, 내가 간혔다는 걸 알았다. 다리가 달린 이 집에, 항상 옮겨 다니는 이 집에 갇힌 채 절대 친구도 사귈 수 없는 처지로 살아야 한다는 걸 깨달았다. 영원히.

"이건 불공평해!" 내가 소리친다. 어찌나 크게 소리를 질렀는지 내 귀가 다 얼얼하다. "난 여기에서 살고 싶지도 않고 다음 수호자가 되고 싶지도 않아요!" 몸이 달아오르고 목 근육이 전부 굳어버린다.

바바 할머니의 얼굴이 어두워지고, 나는 할머니의 눈에서 슬픔 비슷한 걸 본다. "마링카, 네가 너인 걸 바꾸진 못해. 네가 이 선택을 했어."

"난 절대 이런 선택을 하지 않았어요. 이건 내가 원하는 게 아니에요. 난 평범한 삶을 원한다고요. 평범한 집에 평범한 할머니." 이 말을 하자마자 후회가 밀려오지만, 주워 담을 수 없는 노릇이라 그저 눈앞에서 서서히 굳어가는 우하만 뚫어지게 바라본다.

바바 할머니가 내 손을 잡는다. "넌 아기일 때 죽었어. 내가 너를 저승문 너머로 보냈고. 그런데 네가 돌아온 거야. 네 영혼이 이곳에 남기로 한 거야. 네가 이 집에서 나와 살기로 선택했어. 넌 틀림없는 야가야."

나는 의자에 등을 기대고 할머니를 바라본다. 내가 야가

일 리 없다. 바바 할머니는 침착하고 지혜로우며 죽은 사람들과 함께 하는 이 삶을 사랑한다. 이 삶이 할머니를 웃게 하고 노래하며 춤추게 한다. 하지만 난 할머니와 다르다. 같은 구석이 조금도 없다. 불쑥 어떤 가능성에 생각이 미치자 냉기가 혈관을 타고 온몸에 퍼진다. "할머닌 진짜 내 할머니가 아니죠?"

바바 할머니가 내 손을 꼭 쥔다. "난 여느 할머니가 손녀를 사랑하듯 널 사랑해. 그보다 더. 네가 나에게 온 건, 나에게 일어났던 일 중 가장 멋지고 근사한 사건이었어."

나는 입이 떡 벌어진다. "이해가 안 돼요. 할머니가 내게 해줬던 부모님 얘기는 다 뭐죠?" 나는 할머니가 부모님에 관해 얘기해준 추억담을 더 단단히 붙잡지만 조금씩 풀려나기 시작한다. "다 거짓말이었어요?" 내 목소리가 높아진다. 뭐가 진짜고 뭐가 거짓인지 모르겠다. "부모님이 정말 죽기는 했어요?"

"그래. 두 사람은 집에 불이 나서 죽었어. 내가 말한 대로. 단지, 너도 그들과 같이 있었어."

화염에 휩싸인 야가의 집이 머릿속을 스치고 지나간다. 이전에도 천 번쯤 그랬지만 이번에는 모든 게 의심스럽다. "그것도 야가의 집이었어요?" 내가 따지듯이 묻는다. 방이 빙글빙글 돌고, 나의 모든 세계가 무너져 내린다.

바바 할머니가 탁자 위에서 꼭 맞잡고 있는 손을 내려다보며 고개를 젓는다.

"우리 부모님에 관해선 왜 거짓말을 했어요?" 나는 손을 잡아 빼며 할머니를 노려본다.

"미안하다. 거짓말을 하거나 진실을 숨길 생각은 없었어. 그냥……." 할머니는 찾고 있는 말들이 서까래에 매달려 있기라도 한 것처럼 천장을 올려다본다. "난 그저 네가 내 손녀였으면 좋겠다는 생각을 했어. 그래서 너에게 부모 얘기를 할 때 네 부모가 야가였다는 얘기도 슬쩍 끼워 넣은 것 같아. 시간이 갈수록 너에게 사실대로 얘기하기가 더 어려워졌고."

"그러니까, 부모님은 야가가 아니었네요?"

바바 할머니가 고개를 끄덕이자 내 마음속에서 한 가닥 희망의 불꽃이 피어오른다. 이 말은 내가 야가의 피를 물려받지 않았다는 의미이기 때문이다. 하지만 내가 죽었다는 걸 떠올리자 희망의 불이 여지없이 꺼지고 만다. 어찌 됐건 이 집에 갇힌 신세라는 걸 잊고 있었다.

"그 뼈들!" 무심코 이 말이 튀어나온다. 바바 할머니를 바라보는 내 시선이 험악해진다. 내가 울타리를 세우며 보낸 그 모든 시간 동안, 부모님도 그 뼈들을 가지고 일했다고 철썩 같이 믿었기 때문이다.

"넌 뭐든 네 부모 걸 가지고 싶어 했어. 게다가 넌 밖에 있기를 좋아했지." 바바 할머니가 미안한 눈빛으로 나를 본다. "그 뼈가 한때 네 부모 뼈였다고 하니까, 네가 정말 기뻐했어."

"뭐 하나라도 사실인 게 있나요?" 나는 벌떡 일어난다. 지금 당장 밖으로 뛰쳐나가고 싶지만 여전히 대답을 듣고 싶은 질문이 너무 많다. 게다가 밖으로 달려 나간다 해도 갈 곳이 없다. 나는 뒷걸음질을 치며 벽으로 다가가 기댄다. 다리가 후들거린다. 머릿속에서는 별빛이 흐르는 검은 물 위로 엄마가 노를 저어 간다. "곤돌라. 그것도 다 거짓말이었어!" 나는 흐느껴 운다.

"아니야. 그건 거짓말이 아니었어. 내가 너희 부모를 인도했기 때문에 두 사람의 삶이 나에게 더해진 거야. 너에게 들려준 두 사람의 이야기는 모두 사실이야. 두 사람은 정말로 가라앉는 도시에서 만났어. 내가 얘기한 대로. 부모 집이 야가의 집이었다는 부분만 내가 덧붙인 거야. 난 우리가 가족이기를 바랐어. 너와 나뿐만 아니라 네 부모도. 상상에 그쳤어야 하는 걸 어느새 내가 말로 떠들어대고 있었나 보구나. 난 항상 가족을 가지고 싶었거든."

나는 바바 할머니를 생전 처음 보는 것처럼 바라본다. 야가 말고 다른 그 무엇이 되기를 바랐던 사람, 닭다리가 달린 집 그 너머에 있을지도 모를 다른 삶, 그리고 가족을 꿈꿨던 사람이 보인다.

"너희 부모는 세상 그 무엇보다 너를 사랑했어." 바바 할머니가 숄로 눈물을 찍어낸다. "네가 자라는 모습을 보지 못한다는 게 두 사람에게 남은 가장 큰 미련이었지. 둘은 네가 살아남길 간절히 바랐단다. 두 사람을 인도하면서 난 두 사람의 감정을 내 감정인 것처럼 모조리 겪었기 때문에, 네가 돌아왔을 때 얼마나 기뻤는지 몰라. 나라면 네 부모와 똑같이 널 사랑하고 너에게 새 삶을 줄 수 있겠다는 걸 알았어. 살아 있는 사람으로서의 삶이 아니라 야가로서의 삶이지만. 똑같지 않다는 건 알지만, 맘만 먹으면 정말 멋질 수도 있어. 이런 마법 같은 집에 살면서 온 세상으로 여행을 다닐 수 있는 사람이 몇이나 되겠니?"

서까래에서 덩굴이 내려와 내 아래쪽에서 동그랗게 감긴다. 줄을 따라 작고 하얀 꽃을 피우더니 서로 뒤엉키며 그네 의자를 만든다. 나는 덩굴을 풀고 떨어져 나와 탁자로 돌아가 앉는다. "하지만 난 야가가 되기 싫다고요." 심장이 산산조각 나는 것 같다.

바바 할머니가 내 손을 다시 잡고 눈을 들여다본다. "넌 집에 묶인 몸이고, 집은 저승에 속한 존재고, 죽은 사람들은 인도되어야만 해."

나는 눈을 굴려 딴 곳을 보지만, 바바 할머니는 내가 다시 할머니를 볼 때까지 꽉 쥔 손을 놓지 않는다. "마링카, 넌 좋은 아이야. 집이 널 좋아하는 것처럼 너도 집을 좋아한다는 걸 알아. 난 네가 죽은 사람들을 위해 옳은 일을 할 거란 것도 알아." 할머니의 얼굴에 미소가 번진다. "하지만 넌 똑똑하고 고집이 센 데다 불같은 면도 있지. 어떻게 해야 야가가 되는지, 어떻게 야가 그 이상이 될 수 있는지 그 길을 찾아낼 사람이 있다면, 그건 바로 너야."

"하지만 어떻게⋯⋯. 그게 무슨 뜻이에요?"

"우린 저 아이가 저승문을 넘도록 인도해야 해." 바바 할머니가 니나 쪽으로 고개를 숙인다. "그러고 나면 깨달을 거야. 모든 것이 제자리를 찾을 거야. 난 확신해. 아침이 저녁보다 지혜로운 법이거든."

나는 벽난로 앞에 편안히 앉아 있는 니나를 바라본다.
"꼭 지금 보내야 해요? 내일 밤까지만 기다리면 안 돼요?"

바바 할머니가 고개를 젓는다. "저 아이는 여기에서 너무 오래 머물렀어. 가자." 바바 할머니가 나를 일으켜 세운다. "저 아이가 자기가 누구였는지 기억해내도록 도와줘."

나는 니나에게 이야기를 들려준다. 니나의 이름을 불러 주고 사막 가장자리에 있는 하얀 집을 떠올리게 한다. 아빠 가 팠던 수로와 심었던 씨앗들. 무화과와 감귤 나무, 엄마 가 협죽도 꽃을 정말 좋아해서 아빠가 협죽도까지 키웠다는 얘기도 해준다. 언니들이 있었다는 것과 한때 길렀던 낙타, 니나가 정원에서 발견했다던 카멜레온과 코브라도 떠올리 게 한다.

더 많은 걸 기억해낼수록 니나의 눈이 반짝인다. 먼 나라 에서 들여온 과일과 뺨을 분홍색으로 칠한 작은 나무 인형 을 가지고 할머니와 할아버지가 니나의 집을 방문한 적도 있다. 아빠와 씨앗을 심느라 손톱에 낀 흙과 생명을 가득 안고 무럭무럭 높이 자라던 나무들을 기억해낸다. 엄마와 함께 앉아 은빛으로 빛나는 눈과 얼룩무늬 날개를 가진 새 들이 노을 속으로 날아가는 광경을 지켜본다. 나도 그곳에 니나와 함께 있다. 나는 이 모든 걸 보고 그 전부를 느낀다.

니나의 행복한 추억과 친구를 잃는 내 슬픔이 한데 섞여 커다란 응어리가 되어 목구멍에 걸린다.

저승문이 열린다. 방안의 모든 것이 저승문을 향해 기울어진다. 나는 저승문으로 미끄러져 들어가지 않으려고 의자를 붙잡는다. 니나 옆으로 바바 할머니가 다가가며 묻는다. "당신은 무엇을 별로 가져가나요?"

"생명을 보살피는 기쁨이요." 니나가 대답한다.

바바 할머니가 니나의 뺨에 입을 맞추고 저승길 고별사를 읊으며 니나를 저승문으로 이끈다. 나는 멀어지는 두 사람을 당황한 눈빛으로 바라본다. 바바 할머니가 왜 나에게 고별사를 읊으라고 시키지 않지?

"생명을 보살피는 기쁨, 우리는 그 한없이 소중한 추억을 가지고 갑니다." 바바 할머니가 나를 돌아보며 미소를 짓는다. 할머니의 눈에 눈물이 가득하다. 뭔가 잘못 됐다.

"난 니나와 함께 가야 해." 할머니가 속삭인다. "미안하구나."

"네? 안 돼요!" 나는 자리에서 벌떡 일어나다가 의자에 걸려 넘어지며 탁자 모서리에 부딪친다. "절대 저승문 안으로 들어가선 안 된다면서요."

"니나가 여기에 너무 오래 있어서 약해졌어. 내가 길을 가르쳐줘야 해. 유리 산을 넘는 것도 도와줘야 하고. 어쩌면 조금 더 갈 수도 있고…마링카, 넌 괜찮을 거야. 난 너와 이 집을 믿어." 바바 할머니가 고개를 끄덕이며 어둠 속으로 발을 내디딘다. *"별로 돌아가는 길 부디 평화롭기를. 위대한 순환 고리는 완전합니다."*

"안 돼! 잠깐만요!" 나는 탁자를 밀어붙이고 할머니를 향해 내달린다. 너무 늦었다. 저승문이 깜박이다가 닫힌다. 그냥 그렇게, 난 혼자다.

다음 수호자

나는 조용히 앉아 저승문이 있던 자리를 바라보며 바바 할머니가 돌아오기를 기다린다. 할머니는 돌아온다. 그래야만 한다. 날 여기 혼자 내버려두고 떠날 수는 없다.

집이 한숨을 쉬자 굴뚝으로 바람이 들어와 촛불이 깜빡이다 꺼진다. 벽난로 장작에서 타오르던 불꽃도 잦아들어 새까맣게 어른거리는 그림자가 방을 가로질러 길어진다. 나는 바바 할머니의 의자 위로 기어 올라가 말총 담요를 끌어와 덮는다. 바바 할머니는 아침이 저녁보다 지혜롭다고 했다. 아침이면 할머니는 돌아올 테고, 그러면 모든 게 다 괜찮아진다는 뜻이겠지.

할머니가 돌아오지 않는다. 모든 것도 괜찮아지지 않는다. 아침이 밝자 천창에서 어김없이 햇살이 쏟아져 들어와 적막이 감도는 텅 빈 방을 구석구석 비춘다. 중얼거리는 소리도, 노래 소리도, 발을 끄는 소리도 들리지 않는다. 잭이 발톱을 세우고 걷는 소리나 벤지가 매~에 우는 소리도 없다.

"잭!" 크게 외치는 내 목소리가 갈라지더니 흐느낌이 된다. 잭이 천창으로 머리를 쏙 들이밀며 날카롭게 운다. 안도감이 온몸을 감싼다. 완전히 혼자는 아니구나. 잭은 언제나 돌아온다. 바바 할머니도 분명히 돌아올 거야.

나는 집안이 조금이라도 덜 쓸쓸해 보이도록 벤지를 안으로 들여온다. 또 바바 할머니가 돌아왔을 때 모든 것이 단정해 보이도록 바삐 정리도 시작한다. 내가 지난밤에 남은 음식과 그릇을 치우고 탁자를 닦는 사이 벤지는 바닥에서 미끄럼을 탄다. 할머니가 돌아오면 배가 고플 것 같아서 불을 피우고 신선한 검은 빵 반죽을 만든 뒤 온기에 부풀어 오르게 놔둔다.

할머니가 돌아오지 않아서 나는 해변을 따라 산책하며, 나중에 할머니와 발가벗고 수영하거나 일광욕하기에 적당한 장소를 찾는다. 바바 할머니에게 시원한 그늘을 만들어 줄 커다란 야자나무가 휘어진 곳을 점찍어 둔다. 할머니는 이 그늘을 맘에 들어 하겠지. 나는 모닥불을 피울 마른 나뭇가지를 모으며 무슨 요리를 할까 생각한다. 할머니가 원했듯이, 오늘 밤 우리는 죽은 사람들을 인도하는 일을 쉬며, 나와 할머니 단둘이서 밤을 보낼 예정이다. 모든 준비를 마쳤다. 먹을 것과 마실 것, 촛불과 책, 담요. 할머니가 별빛 아래에서 연주하며 노래할 수 있게 *발랄라이카*도 준비했다.

모든 준비를 끝냈지만, 할머니는 오지 않는다. 뱃속에 단단한 매듭이 생긴다.

해가 저물자 잭이 해골 위에 앉아 큰 소리로 깍깍거린다. 그렇지! 저승문이 열리기 전에 바바 할머니는 돌아올 수 없고, 저승문은 밤이 돼야 열린다. 진작 생각했어야 했다. 머리가 제대로 돌아가지 않나 보다. 나는 해골에 촛불을 밝히지만, 발목뼈 돌쩌귀가 잠긴 해골 문은 그대로 둔다.

어둠이 내리자 죽은 사람들이 울타리로 모여들지만, 난 그들을 무시해버린다. 그들을 안으로 들이지 않는다. 나는 바바 할머니 없이는 죽은 사람들을 인도하지 않는다.

탁자 위에 내가 구운 검은 빵과 소금을 뿌린 버터, *체르케스 치즈*, 서양 고추냉이와 *크바스*를 차린다. 모두 바바 할머니가 가장 좋아하는 것들이다. 그러고는 자리에 앉아서 저승문이 열리고 바바 할머니가 돌아오기를 기다린다. 벤지는 내 무릎 위에 놓인 방석에서 잠이 들었고 잭은 서까래에 앉아 꾸벅꾸벅 존다.

밤이 깊어갈수록 뱃속에 생긴 매듭이 더 조여 온다. 죽은 사람들이 영문도 모른 채 발을 끌며 돌아다니는 소리가 들린다. 참을성이 바닥난 듯 웅얼거리기도 하고 신음소리를 내기도 한다. 덧문을 잡아당겨서 닫고 빗장도 지르지만 여전히 그 소리가 들린다. 그 소리에 나는 뼛속까지 얼어붙는다. 그 소리가, 나도 저들 중 하나라는 사실을 떠올리게 한다. 나도 죽었다. 엄밀히 말해 내게는 속까지 얼어붙을 뼈가 없다.

난 뭐지? 저승문 너머로 가지 않으려고 했던 길 잃은 영혼, 오직 마법의 집에 의해서 진짜가 되는 아니, 거의 진짜처럼 되는 존재. 이곳에서만 살 수 있는데, 집 근처에서만 지내야 하는데, 과연 그것도 사는 거라고 할 수 있을까?

지난 삶의 기억들이 차례로 마음에 떠오른다. 내가 작았을 때는 바바 할머니 무릎 위에서 할머니가 이야기를 들려주는 동안 따뜻한 할머니 배를 파고들곤 했다. 기사처럼 차려 입고 집이 만들어준 막대기 무기로 전투를 벌이기도 했다. 집이 젖은 흙으로 가득한 웅덩이를 지나며 물을 튀길 땐, 지붕 위에서 부드러운 보풀이 덮인 덩굴을 꼭 붙잡고 통 통 뛰면서 놀았다. 밤새도록 집이 달릴 때면 풍경이 휙휙 지나갔다. 내 방 창문으로 홍학이나 고래, 북극곰들을 구경했다. 바바 할머니의 아코디언 반주에 맞춰 죽은 사람들과 춤을 추고, 할머니가 *발랄라이카*로 연주하는 자장가를 들으며 잠이 들었다. 내가 아기였을 때 저승문을 넘어갔다면, 이런 경험은 못 했겠지. 내가 살아온 삶이 조금도 살아보지 못한 삶보다 낫다는 건 분명하다.

나는 불에서 시선을 떼지 않는다. 죄책감이 나를 짓누른다. 할머니에게 내뱉은 그 많은 말들을 이제 와서 후회한다. 나는 나의 삶, 나의 죽음, 그 어느 쪽도 증오하지 않는다. 이 마법 같은 집에서 할머니의 보살핌 아래 성장했던 지난날은 좋았다. 할머니는 돌아와야만 한다. 다른 건 아무것도 중요하지 않다. 내가 죽었든 살아 있든, 야가든 아니든 더는 신경 쓰지 않는다. 그저 바바 할머니만 돌아오면 좋겠다.

잭이 날개를 퍼덕이며 바닥으로 내려온다. 내가 방을 서성이자 잭도 발톱 소리를 내며 나를 따라 다닌다. "쉬이이 잇!" 나는 뭘 할지 고민하며 잭을 조용히 시킨다. 멈춰 서서 항상 저승문이 나타나는 곳을 응시한다. "열려라! 저승문!" 내가 연극 대사를 외우듯이 소리친다. 아무 일도 벌어지지 않는다.

저승길 고별사를 읊어 본다. 최대한 목소리를 높여 또박또박 정확히 발음한다. 지난번 저승문이 열렸을 때 니나가 '생명을 보살피는 기쁨'이라고 말하던 광경이 생각나서, 늘 바뀌는 대목에서는 나도 그렇게 말한다. 더구나 이 말은 바바 할머니의 삶에도 딱 들어맞는다. 할머니는 무언가를 보살피며 행복을 느꼈다. 비록 살아 있는 사람 대신 죽은 사람들을 보살폈지만, 그 둘이 다르지 않다고 할머니는 입버릇처럼 말했다.

하지만 이 구절에도 저승문은 열리지 않는다. "야, 집!" 나는 서까래를 노려보며 명령하듯 말한다. "저승문 좀 열어봐!" 아무 일도 일어나지 않는다. 나는 발을 쾅쾅 구르고는 바바 할머니 의자에 털썩 주저앉는다.

잭이 날개를 퍼덕이는 바람에 잭이 내 어깨 위로 내려앉는 줄 알고, 나는 날개에 맞지 않으려고 팔 하나를 들어 올려 머리를 가린다. 하지만 잭은 내 머리 위로 날아오른다. 그러자 뭔가 부드러운 게 나풀거리며 내 팔 위로 떨어진다. 나는 그걸 무릎 위로 끌어당긴다.

해골과 꽃무늬가 그려진 바바 할머니의 스카프다. 할머니 냄새가 난다. 라벤더 수액, 빵 반죽과 *보르스치*, 그리고 *크바스* 냄새. 나는 할머니의 스카프를 두르고 다시 불을 들여다보며 기다린다. 할머니는 돌아온다. 시간이 좀 더 걸릴 뿐이다. 유리 산이 얼마나 높은지, 별로 가는 길이 얼마나 먼 지 누가 알겠는가. 할머니는 이 정도면 충분하다는 생각이 들 때까지 니나를 데려다주고 돌아온다. 그러면 모든 게 다 괜찮아지겠지.

나는 하염없이 생각에 잠겨 있다가 가볍게 문을 두드리는 소리에 정신을 차린다. 내가 얼마나 오랫동안 불만 들여다보고 있었는지 불이 다 사그라져서 방이 춥다. 천창에서 달빛이 쏟아져 들어와 잭이 은색으로 빛난다. 잭이 깃털을 곤두세우고 눈을 동그랗게 뜨고는 현관문 쪽으로 고개를 갸웃한다. 나는 잭의 눈길을 좇는다. 여윈 노부부가 입구에 서 있다. 나는 못마땅한 눈초리로 서까래를 노려본다. 집이 마음대로 죽은 사람들을 뼈다귀 문으로 들어오게 해줬다.

"저기, 실례지만……." 할아버지가 떨리는 목소리로 말한다. "좀 들어가도 될까요? 아내가 너무 지쳤어요."

나는 할아버지의 말을 이해하려고 인상을 쓴다. 할아버지가 죽은 사람들의 언어로 말해서 나는 거의 알아듣지 못한다. 할머니는 남편을 꽉 잡은 채 등을 잔뜩 구부리고 있다. 할머니의 척추가 양치기의 지팡이처럼 휘었다. 남편 도움 없이는 고개를 들거나 서지도 못할 것 같다. 이렇게 두 사람을 보낼 수는 없다. 나는 마지못해 고개를 끄덕인다.

두 사람은 발을 끌며 탁자로 가서 할아버지가 할머니를 의자에 앉힌다. 자, 이제 여기 죽은 사람 둘이 있으니 아무래도 내가 저들을 저승길로 인도해야겠지. 나 혼자서. 온몸에 신경이 곤두선다. 나는 다 꺼져가는 난롯불 쪽으로 돌아서서 바바 할머니의 스카프를 신중하게 만지작거리며 접고 또 접어 작은 삼각형을 만든다. 나는 이 노부부가 거슬린다. 내 공간을 침범해 들어오는 바람에 내가 그들을 인도해야하기 때문이다. 바바 할머니도 나를 짜증나게 한다. 두 사람을 저승문 너머로 보내야 하는데 여기 없지 않은가. 저승길 수호자는 할머니지 내가 아니다.

"내가 불을 살려 볼까요?" 할아버지가 묻는다. 할아버지는 모자를 벗어 두 손에 들고 온화하게 웃고 있다.

"아니에요. 제가 할게요." 내가 나뭇가지 한 주먹을 장작

위에 올리자 타닥거리며 불꽃이 다시 인다. "탁자 위에 있는 음식은 마음대로 먹어도 돼요." 나는 이렇게 덧붙이면서도 바로 무례하게 대한 것에 죄책감을 느끼며 후회한다. 바바 할머니가 나를 창피하게 생각하겠지.

"정말 친절하네요." 할아버지가 빵을 집어 들고 자기 몫과 아내 몫으로 얇게 두 조각을 자른다. "밖에 죽은 사람들이 더 있어요." 할아버지가 문을 곁눈질한다.

나는 벽에 붙어서 문으로 다가간 다음 발로 문을 닫아 버린다. 그러면 안 된다는 듯 삐걱거리는 집은 무시한다. "할아버지는 죽은 걸 아세요?" 나는 호기심이 일어 탁자로 가서 할아버지 맞은편에 앉는다. 죽은 사람들 대부분은 바바 할머니가 말해주기 전까지 자신들이 죽었다는 사실을 깨닫지 못한다.

"아, 그럼요. 우린 둘 다 이 순간을 꽤 오래 기다려왔어요." 할아버지가 팔로 아내를 감싼다. "이 여행을 함께 떠날 수 있어서 우린 정말 기쁘답니다."

이젠 할아버지가 하는 말을 정확하게 알아듣는다. 죽은 사람들의 언어는 정말 이상하다. 처음에는 아무 의미 없이 그저 귓등을 스쳐 지나가지만, 바로 다음 순간 다 이해가 된다. 바바 할머니가 늘 말했던 것처럼 진짜 귀를 기울여

듣는 것에 달린 건지, 진심으로 이해하기를 원하는 것에 달린 건지 모르겠다. 지금 당장은 내가 정말로 할아버지 말을 이해하고 싶어 한다는 걸 깨닫는다. 그렇게라도 여기 없는 바바 할머니에 대한 생각에서 벗어나고 싶은 건지도 모르겠다. 나는 노부부에게 *크바스*를 따라 건넨다.

"우린 결혼해서 71년을 부부로 살았어요." 할아버지가 자랑스럽게 말한다.

"우와." 그렇게 오랜 시간을 산다는 게 어떤 느낌일지 상상이 잘 안 된다.

할아버지가 사랑스러운 눈길로 할머니를 바라본다. "우린 평생 서로를 잘 알고 지냈어요. 우리 부모님도 이웃에 살았죠."

"어렸을 때도 우린 같이 놀았고요." 할머니도 미소를 짓는다.

두 사람이 함께 지낸 세월을 내게 이야기해준다. 학교에서는 짝꿍이었고, 졸업하고 결혼해서는 점토로 항아리를 빚어 파는 일을 시작했다고 한다. 해마다 똑같은 강에서 배를 타며 휴가를 보냈고, 아이를 가지고 싶었지만 끝까지 그 바람만은 이루지 못했다고도 얘기해준다. 할머니의 얼굴에서 눈물이 흘러내린다. 할아버지가 할머니를 품에 안으며 주머니에서 손수건을 꺼내 눈물을 닦아준다. 너무나 오랫동안 간절히 바랐던 일이지만 결국 이루지 못했을 때, 가슴속 깊은 곳이 뻐근하고 뻥 뚫린 듯이 아팠을 두 사람의 통증이 느껴진다. 바바 할머니가 생각난다. 자신만의 가족을 너무나 원했던 할머니가 지어낸 그 모든 거짓말도 생각난다. 할머니가 여기 있으면 좋겠다. 그래서 이젠 나도 다 이해한다고 말할 수 있으면 좋겠다. 내가 다 용서한다고, 그러니까 계속 내 할머니로 있어 달라고, 아무래도 상관없다고 말하고 싶다.

할아버지는 계속해서 부부가 함께 아이들을 가르쳤던 이야기도 들려준다. 돌림판에 점토를 놓고 도자기 빚는 법을 가르쳤다고 한다. 매년 여름이면 할아버지 조카들이 집으로 놀러왔다고 한다. 이야기하는 내내 부부는 서로를 꼭 안고, 서로 상대방의 문장을 끝맺어준다. 아내에게 눈을 찡긋하는 할아버지의 눈동자가 반짝인다.

나는 두 사람의 이야기에 실려서 수공예 도자기와 장식품이 가득한 집으로 날아간다. 차향과 점토 내음, 그리고 유약 냄새를 맡는다. 수업을 받는 아이들의 웃음소리가 들린다. 수십 년에 걸쳐 쌓인 추억들이 너무도 빠르게 날아간다. 71년이란 세월은 내가 생각하는 만큼 그렇게 길지는 않다. 나는 할아버지가 먼저 자리에서 일어나 할머니가 일어나도록 돕는 걸 보고서야 저승문이 열린 걸 깨닫는다. 두 사람은 다리를 절며 천천히 문으로 향한다.

불현듯 내가 해야 할 역할이 생각나서 급하게 위안주를 따르며 묻는다. "두 사람은 무엇을 별로 가져가나요?"

"동반자의 온기를 가지고 갑니다." 할머니가 미소를 짓자 할아버지도 같은 생각이라는 듯 고개를 끄덕인다. 위안주를 마시고 내 볼에 입을 맞춘 두 사람이 손을 꼭 맞잡고 함께 저승문으로 향한다.

두 사람은 어둠 속으로 멀어지고 내 입에서는 저승길 고별사가 막힘없이 흘러나온다. "그대 앞에 놓인 멀고 고된 여행길 힘내서 가세요. 별들이 당신을 부릅니다. 지상에서 보낸 시간에 감사하는 마음으로 나아가세요. 이젠 매 순간이 영원입니다. 한없이 소중한 그대의 추억, 동반자의 온기를 가지고 가세요. 별로 돌아가는 길 부디 평화롭기를. 위대한 순환 고리는 완전합니다."

나는 두 사람 뒤를 뚫어지게 바라보며 바바 할머니를 찾는다. 나는 내 발밑에서 부서지는 파도를 꿰뚫고, 희미하게 보이는 유리 산 윤곽선에 초점을 맞추려고 애쓴다. 불빛이 반딧불처럼 반짝인다. 눈앞에 보이는 것들이 나를 잡아당기는 것 같다.

"바바 할머니!" 내가 소리친다. 분명 목구멍에서는 소리가 느껴지지만 밖으로 나오지는 않는다. 어둠이 내 목소리를 집어삼킨다. 저승문 안으로 몸을 더 기울이자 저 멀리 위에서 별들이 보인다. 저 멀리 아래쪽에서도 보이고 저 너머에서도 보인다. 저기 어딘가에 바바 할머니가 있다. 안으로 들어가면 할머니를 찾아서 같이 돌아올 수 있을지도 모른다. 그러면 모든 게 괜찮아지겠지.

나는 숨을 깊게 들이마신다. 있는 힘을 다 끌어 모아 발 하나를 들어 올려 저승문 안으로 내디딘다.

고통스럽게
쪼개지는 소리

꽝!

뭔가 거대하고 묵직한 게 얼굴을 스치며 발밑에 떨어진다. 펄쩍 뛰어 뒤로 물러난 나는 지붕에서 떨어진 서까래를 내려다보다가 급히 저승문으로 눈길을 돌린다.

저승문이 사라지고 없다.

"야, 집!" 내가 소리를 지른다. "바바 할머니를 찾아서 같이 오려고 했단 말이야. 저승문을 다시 열어."

집이 좌우로 몸을 흔든다.

"부탁이야." 내가 다시 애원한다. "나 혼자서는 못 해." 나는 두 손으로 머리를 감싼다. 머리가 무겁다. 노부부와 니나, 그리고 세리나의 기억이 마음을 짓누른다. "난 수호자가 될 수 없어. 바바 할머니를 찾아야 해."

저승문이 있던 자리로 두 개의 굵은 덩굴이 내려와 세차게 부딪치며 교차하더니 큼지막하게 가위표를 만든다. 혹시 내가 알아차리지 못할 경우를 대비해서 이번에는 덩굴손 몇 개가 휘감기며 올라오더니 가위표 한가운데에 '안 돼'라고 쓴다.

나는 온몸이 뻣뻣해져서 숨도 제대로 쉴 수 없다. 집이 또 이런 식으로 내 인생을 조종한다. 내가 가고 싶은 곳으로 가지 못하게 막고, 같이 있고 싶은 사람 곁에 있지 못하게 방해한다. 나는 숨 쉴 공간을 찾아 현관문을 박차고 나왔다가 죽은 사람들과 맞닥뜨린다.

죽은 사람들이 구름처럼 몰려와 해골 울타리 주변에 모여 있다. 내가 밖으로 나가자 혼란에 빠진 얼굴들이 위로를 구하며 일제히 나를 돌아본다. 하지만 나는 그들의 시선을 외면한 채 울타리를 한 바퀴 돌며 해골에 밝힌 촛불을 차례로 불어서 끈다. 촛불이  하나씩 꺼질 때마다 죽은 사람들도 하나씩 떠나간다. 등 뒤에서 집이 쪼그라들며 축 늘어지는 게 느껴진다. 밤바람에 무겁게 실려 오는 집의 실망감도 느껴진다.

"내가 죽은 사람들을 인도 못하는 게 아니야." 내가 투덜 댄다. "네가 저승문을 닫아 버렸잖아."

희미하게 보이는 노부인이 내 쪽으로 걸어온다. "전 당신을 도울 수 없어요." 노부인이 뭐라고 묻기도 전에 내가 먼저 말하며 우리 사이에 놓인 촛불을 불어서 꺼버린다. 뭔가 갈라지는 소리가 허공에 울려 퍼진다. 뒤돌아서 집을 살펴보지만 어디에서 소리가 났는지 알 수 없다.

내가 또 다른 촛불을 끄자 죽은 사람들이 더 많이 떠나간다. 그러자 갈라지는 소리가 또 들린다. 그러더니 다시 무언가 고통스럽게 쪼개지는 소리가 난다. 마지막 촛불로 다가가는 내 손이 떨린다. 이제 막 불꽃이 사그라지려는 순간 마침내 나는 그걸 보고 만다. 뼈 창고 근처 벽에 금이 갔다. 벽으로 걸어가는 내 이마에 주름이 깊게 파인다. 이해할 수 없다. 집에 금이 간 적은 지금껏 한 번도 없었다. 나무를 만져본다. 마르고 거친 면이 느껴진다.

"뭐야? 왜 그래?" 작은 목소리로 물어보지만, 집은 반응이 없다. 오싹할 정도로 움직임이 없고 조용하다. 온몸에 냉기가 흘러 나는 집안으로 뛰어 들어간다. 벽난로에 더는 들어갈 공간이 없을 때까지 불 위에 장작을 쌓는다. 그리고는 바바 할머니 의자 모서리에 앉아 불꽃을 향해 인상을 쓴다. 잭이 눅눅해진 빵 조각을 내 양말 속으로 밀어 넣는다. 잭을 들어 올려 바짝 끌어안지만, 여전히 외롭다.

바바 할머니가 필요하다. 할머니라면 금이 간 곳을 어떻게 고치는지 알겠지. 우리 집을 찾아온 죽은 사람들도 기꺼이 인도해주겠지. 할머니는 여기에 있어야 해.

집이 저승문을 넘어가도록 허락하지 않는다면, 할머니를 모셔올 다른 방법을 찾아야 한다. 나는 자리에서 일어나 탁자를 정리한다. 남은 음식을 찬장 안에 정리하다 머릿속에 한 가지 생각이 떠오른다.

나는 냄비 속을 들여다보고 병들도 샅샅이 뒤진다. 입 꼬리로 웃음이 슬금슬금 번진다. 몇 가지 필요한 물건이 다 떨어져간다. 귀리와 밀가루, 생선 통조림과 과일, 칠리 파우더와 식용유, 차와 설탕이 부족하다. 게다가 냉장 선반은 거의 빈 거나 마찬가지다. 냉장 선반이란 찬장에서 이끼가 낀 부분인데, 집이 그 위로 외풍을 불어넣어 시원하게 유지하는 곳이다. 나는 앞치마 주머니에서 종이와 연필을 꺼내 필요한 물건 목록을 적어 내려간다.

"이것 봐!" 나는 서까래를 향해 당당하게 종이를 흔들어 보인다. "우린 시장에 가야 해."

집이 모래 속으로 더 깊이 파고든다.

"뭐 아주 급한 건 아니야." 나는 한 발 물러선다. "하지만 이게 있으면 분명 더 많은 걸 할 수 있을 거야. 이 중에는 정말 중요한 것도 있어." 벤지가 깨어나 요란하게 운다. "예를 들면, 분유 같은 것! 집에 벤지까지 있어서 분유가 정말 빨리 줄어들거든. 그리고 난 바바 할머니처럼 요리를 잘 할 수도 없어. 통조림 음식과 만들어진 소스가 더 필요해."

집이 신음소리를 내며 자세를 바로 잡는다.

"부탁이야." 나는 타협을 시도한다. "날 시장에 데려다주면 정말 근사한 잔칫상을 차릴게. 죽은 사람들도 무더기로 인도할게. 다시는 저승문으로 들어가는 시늉도 안 할게."

공기 중으로 재를 풀풀 날리며 굴뚝이 콧방귀를 뀐다. 집은 나를 믿지 않는다.

"내 말 좀 들어봐. 내가 잘못했어." 나는 한 손을 벽에 대고 숨을 크게 들이쉰다. "내가 다 잘못했어. 내가 너무 내 생각만 했어. 니나를 더 빨리 저승문 너머로 보냈어야 했어." 내가 정말 잘못했다는 걸 깨닫자 목소리가 갈라진다. "다 내 잘못이야." 나는 벽에 기댄 채 서서히 미끄러져 허물어지듯 바닥 위로 주저앉는다. "바바 할머니가 죽은 사람들을 인도하는 일은 막중한 책임이라고 말했는데 내가 귀담아

듣지 않았어. 그리고 나 때문에 바바 할머니가 저승문 너머로 가 버렸어. 할머니를 데려오고 잘못을 바로 잡아야 해. 그런데 어떻게 해야 할지 모르겠어. 다른 야가가 도움을 줄지도 몰라. 제발 부탁이야." 내가 다시 애원한다. "나를 시장에 데려다줘. 내가 바바 할머니를 집으로 데려오는 데 도움을 줄 누군가를 찾을 수 있게."

자그마한 파란색 꽃들이 내 손가락들 사이로 올라오며 살갗을 스친다. 무슨 뜻인지 확실하진 않지만, 좋은 의미로 해석한다. "지금 안 돼?" 내가 자리에서 일어난다. "지금 가면 안 돼? 응?"

집이 기우뚱한다. 집이 물에서 발을 들어 올리는지 물 튀기는 소리가 들린다.

"고마워." 나는 서까래에게 웃어 보인다. 희망과 기대감으로 가슴이 부풀어 오른다. 시장에 안 가본 지도 벌써 몇 달이 됐다. 거긴 살아 있는 사람들이 가는 진짜 시장이다. 그리고 바바 할머니가 '기원의 땅The Land of Origins'이라고 부르는 곳에서 가장 번화한 골목 시장 중 하나다. 모든 야가들이 물건을 구하려고 그곳으로 간다. 항상 바삐 돌아가는 그곳은 거래하고 흥정하는 데 정신이 팔린 상인과 손님들로 가득하다. 덕분에 닭다리가 달린 집이 누구에게도 들키지 않고 시장 가장자리로 몰래 끼어 들 수 있다.

죽은 사람들이 마시는 위안주를 파는 상점도 있다. 그 상점 뒤에는 은퇴한 야가의 집이 둥지를 틀고 있다. 은퇴한 야가의 집은 더 이상 전 세계로 여행을 다니지 않는다. 원로회 어른 중 한 명인 원로 야가 할머니가 거기 산다. 원로 야가 할머니라면 어떻게든 바바 할머니를 저승문 밖으로 빼내올 방법을 알지도 모른다. 틀림없이.

울타리의 뼈들이 달그락거리며 뼈 창고로 들어가자 벤지가 놀라서 내 쪽으로 미끄러져 온다. 내가 벤지를 향해 몸을 기울이자 벤지가 허둥대며 내 팔 위로 기어오르고, 잭도 내 어깨로 내려앉는다. 나는 그 둘을 데리고 창가로 가서 집이 이동하는 걸 지켜본다.

솟구치는 마룻바닥과 함께 내 심장도 요동친다. 넓은 보폭으로 느릿느릿 걷던 닭다리에 속도가 붙더니 금세 껑충껑충 달린다. 집은 해안가를 따라 북쪽으로 향한다. 나는 니나와 함께 수영했던 바닷가를 곁눈질한다. 이곳에서 벌어졌던 모든 일들이 떠올라 눈에서 눈물이 나며 쓰리다. 하지만 파도를 타며 환히 웃던 니나의 모습은 아직도 나를 미소 짓게 한다.

모래 해변이 바위투성이 해안과 가파른 절벽으로 바뀌더

니, 의심의 여지가 없는 도시의 불빛으로 수평선이 환해진
다. 형형색색의 조명으로 선체를 장식한 커다랗고 시커먼
배들이 바다에 나타난다. 해초, 생선, 그리고 사람이 풍기
는 항구의 냄새가 바람에 실려 온다. 진짜, 살아 있는, 살아
숨 쉬는 사람들이다.

　시장은 도시 끝자락에 있다. 멀리서 보니 시장이 마치 바
다 한가운데 떠 있는 섬 같다. 상점들 위에 있는 휘장이 마

치 파도처럼 펄럭인다. 집이 조심스럽게 걸으며 속도를 줄이고 거리를 좁히며 원을 그린다. 조용한 곳을 찾았다는 확신이 들자 다리를 접고 땅 위로 가만히 몸을 낮춘다.

나는 절대 잠들지 못할 것 같다. 잭도 나만큼이나 들떠 보인다. 잭이 들창 아래 벌어진 틈으로 몸을 밀어 넣고 밖으로 나가더니, 날개를 활짝 펴고 밤의 어둠 속으로 멋지게 날아간다. 나는 위안주를 파는 상점이 틀림없이 문을 열었을 거라고 확신한다. 바바 할머니가 만났던 원로 야가 할머니는 밤새 상점을 연다. 나는 바바 할머니의 스카프를 턱 아래에 묶고 숄을 어깨에 두른 다음, 양념이 된 공기를 깊이 들이마시며 혼자 어두운 밤 속으로 걸어 나간다.

원로 야가
할머니

은퇴한 야가의 집과 원로 야가 할머니의 상점은 시장 가장자리에 있는 걸로 안다. 그래서 나는 거리를 누비며 밖으로 크게 원을 그리면서 돈다. 그러면서도 혹시 내 모습이 옅어지지는 않을까 양 손을 계속해서 확인한다. 사방은 고요하고 평화롭다. 하지만 시장은 마치 살아 있는 사람들이 깨어나기를 기다리는 것처럼 대기에는 강력한 기운이 흐른다.

일단 내가 바바 할머니를 찾아서 돌아오기만 하면, 우리는 살아 있는 사람들로 가득할 때 함께 이 골목을 걸어 다니겠지. 할머니는 옛날 악기들과 통조림 음식들을 사들일 테고, 나는 옷과 중고 책을 구경하겠지. 딴 데 한눈팔지 않고 할머니 손을 꼭 잡고 매 순간을 즐길 거다. 예전처럼 굴진 않을 거야.

서늘하고 습한 바람이 불어와 생각의 고리를 끊어 놓는다. 상점이 있던 자리에 비가 내렸는지 땅이 젖었다. 나는 반짝이는 물웅덩이를 뛰어넘고 위를 쳐다본다.

"뭐가 보이지?" 난데없는 목소리에 깜짝 놀란다. 나는 눈을 가늘게 뜨고 어둠 속에서 목소리가 들려온 방향을 바라본다. 기다랗게 휘어진 담뱃대가 포물선을 그리며 나타나더니 웅덩이를 가리킨다. "뭐가 보이지?" 목소리가 다시 묻는다. 그제야 나는 목소리가 죽은 사람들의 언어로 말하고 있다는 걸 깨닫는다. 안도감이 밀려온다. 야가다!

나는 어리둥절해하며 웅덩이를 바라본다. 이건 그냥 물웅덩이일 뿐이다. "물?" 나는 자신 없는 목소리로 대답한다.

담뱃대를 들고 있는 손 뒤로 깊은 주름이 진 어두운 피부에다 달빛을 받아 눈동자가 빛나는 얼굴이 나타난다. 위안주 상점을 운영하는 원로 야가 할머니다. 한편으로는 할머니에게 달려가 품에 안기고 싶은 생각도 든다. 낯익은 얼굴인 데다 바바 할머니를 찾는 데 도움을 줄 수도 있기 때문이다. 하지만 난 그저 꽁꽁 얼어붙은 채 우뚝 서버린다. 머릿속에서 희망과 두려움이 한 데 섞여 수영을 한다.

원로 야가 할머니가 너털웃음을 지어서 나는 얼굴을 찡그린다. 웅덩이 질문에 대답한 것뿐인데 뭐가 그렇게 재미있는지 모르겠다. 원로 야가 할머니가 담뱃대를 빨더니 한 줄기 새하얀 연기를 뿜어낸다. 연기가 사라질 때까지 나는 숨을 참는다. "마링카, 만나서 반갑구나. 안으로 들어오렴." 원로 야가 할머니가 묵직한 천으로 만든 커튼 사이에서 나를 손짓하며 부른다. 위안주용 술통을 보관하는 나무틀과 해골들로 장식한 탁자를 지나, 원로 야가 할머니의 상점 뒤편으로 향한다. 그곳에 울퉁불퉁한 은퇴한 야가의 집 현관문이 숨겨져 있다.

야가의 집이 나무 문 위로 위안주통 그림을 키워놓았고, 주변에는 죽은 사람들을 띄워놓았다. 대다수 사람들은 당연히 살아 있는 사람을 묘사했다고 여기겠지만, 나는 그 차이를 알아볼 수 있다. 죽은 사람들의 얼굴에 어린 당혹감과 간단한 선으로 표현한 흐릿한 윤곽선이 보인다.

문이 삐걱거리는 소리를 길게 끌며 천천히 열린다. 우리 집에 있는 것과 비슷하게 생긴 응접실이 나타난다. 벽난로에서는 불이 활활 타오르고 *보르스치* 냄새가 공기 중에 맴돈다. 우리 집에서 바바 할머니가 악기를 보관하던 구석진 곳에는 반짝이는 구리 냄비와 담뱃대가 쌓여 있다. 곧 무너질 것 같은 책꽂이 앞에는 오래된 책과 신문들이 바닥 여기저기에 흩어져 있다.

원로 야가 할머니가 내게 의자를 내주고 *보르스치* 한 그릇을 듬뿍 퍼준다. "바바가 저승문을 넘어가버려서 왔구나."

"어떻게 알았어요?" 나는 고개를 갸우뚱하며 원로 야가 할머니를 바라본다. 원로 야가 할머니가 바바 할머니보다 훨씬 나이가 많겠지만, 머리카락은 굵고 어두운 밤처럼 새카맣다. 그저 배배 꼬인 흰 머리카락 몇 가닥이 밤하늘에 뜬 별처럼 드문드문 박혀 있을 뿐이다. 원로 야가 할머니는 큰 키로 위풍당당하게 서 있는 데다 자신감으로 충만해 있어서 나는 신경이 곤두선다.

"나는 저승문에서 잔잔하게 퍼지는 파문을 알아들을 수 있단다." 원로 야가 할머니가 맞은편에 앉아 등을 곧게 펴고 예리한 눈빛으로 나를 바라본다. "내 생각엔, 아직 바바의 때가 아닌데."

"맞아요." 나는 눈을 내리깔고 *보르스치*만 쿡쿡 찔러댄다. "죽은 사람 하나를 별까지 데려다줘야 해서 저승문을 넘어갔어요. 할머니는 돌아올 거예요, 그렇죠?" 나는 원로 야가 할머니의 대답을 기다리며 숨을 멈춘다.

"예전에 저승문을 넘어갔다가 돌아온 야가가 있다는 말을 듣긴 했지." 원로 야가 할머니가 내 쪽으로 몸을 기울인다. "너도 그 얘기 들어봤니?"

내가 고개를 젓자 원로 야가 할머니가 책꽂이로 가더니 두툼한 가죽 철을 꺼내 느슨해진 속지를 한 장씩 넘긴다.

"여기 어디 있는데. 야가 이야기의 다음 권에 넣으려고 했던 거란다. 너도 그 책 읽니?"

"아, 네." 나는 고개를 끄덕인다. 새벽이 밝을 무렵, 바바 할머니와 함께 했던 침대 머리맡 동화 시간이 떠오른다. "제가 어렸을 때 바바 할머니가 읽어 줬어요."

"나는 대략 10년을 주기로 모든 야가들에게 새로운 책을 나눠준단다. 이번에는 몇 년 늦었어. 천부는 넘게 찍어야 하는데 시간이 없구나."

"천부나." 내가 중얼거린다. 야가가 그렇게 많은 줄은 꿈에도 몰랐다. 여기 시장에 왔을 때 순식간에 지나가는 한두 명의 모습을 얼핏 봤을 뿐이다. 다른 야가들이 그렇게 많다는 걸 알고 나니 잠시나마 위로가 된다. 다들 어떻게 생겼을지 상상해본다. 하지만 곧 그 생각을 멈춘다. 궁금해해도 소용없다. 다른 야가들을 알게 될 일도 없을 텐데 무슨 소용이람. 하나같이 비밀을 간직한 채 외롭게 살고 있겠지. 나처럼.

원로 야가 할머니가 누렇게 변색한 종이를 몇 장 들고 탁자로 돌아온다. "여기 있구나. 읽을 수 있겠니?"

나는 아름답고 화려한 글씨체로 공들여 쓴 글자들을 흘깃 보고는 고개를 젓는다. "죽은 사람들의 언어로 쓴 거예요."

"그건 문제될 게 없을 텐데. 오늘 밤에도 넌 멋지게 해냈잖니. 내가 지난번에 봤을 때보다 훨씬 나아졌더구나."

얼굴이 화끈 달아오른다. 바바 할머니가 원로 야가 할머니를 만나러 오면, 두 분은 항상 죽은 사람들의 언어로 대화했다. 그래서 난 그들의 대화를 그다지 신경 써서 듣지 않았다. 돌아보니 좀 더 예의 바르게 행동했어야 했다. 나는 다시 종이 위에 적힌 글자들을 보며 천천히 읽어 나간다.

"별로 돌려보낼 수 없었던 아기.

옛날에, 나무들이 더 높이 자라고 여름날이 더 길었던 시절, 한 아기가 동쪽에서 불어오는 산들바람을 타고 저승문 앞까지 왔어요. 빨간 머리에 미소가 맑은 여자 아기는 꼭 병 안에 든 벌처럼 성격이 급하고 참을성이 없었죠."

나는 놀라서 눈을 동그랗게 뜨고 읽는 속도를 높인다.

"야가는 아기에게 양의 젖을 한 숟가락 떠먹이고 말총 담요로 감싸준 뒤, 불안에 떠는 아기 영혼을 달래주려고 자장가를 불렀어요. 아기가 고요하게 잠이 들자, 야가는 아기의 뺨에 입을 맞추고 저승문 너머로 보내줬죠. 그게 전통이었고 야가가 해야 할 역할이었으니까요.

그런데 아기가 되돌아왔어요.

그래서 야가는 아기에게 서양자두 젤리를 한 숟가락 먹이고, 자신의 스카프로 아기를 감싼 뒤 옛 노래를 불러줬어요. 아기는 다시 잠들었고 야가는 아기의 두 뺨에 입맞춤을 한 뒤 저승문 너머로 보냈어요.

하지만 아기가 다시 돌아왔어요.

그러자 야가는 아기가 사라질까 덜컥 겁이 났어요. 영혼이 별로 돌아가지 않으면, 영원히 사라지고 말거든요. 그래서 야가는 용기를 내어 숨을 한 번 길게 들이마시고는 아기를 품에 단단히 안고, 곧바로 저승문 안으로 발을 내디뎠어요.

원래 죽은 사람들은 별까지 둥둥 떠서 가는데, 죽은 사람들보다 무거웠던 야가는 그만 검은 바다 속으로 빠지고 말았어요. 야가는 두 팔과 두 다리를 버둥거리며 얼음장처럼 차가운 파도에 맞서 싸웠지만, 거센 물살에 휩쓸려 팔다리가 모두 비비 꼬이고 말았죠. 그래도 야가는 아기를 꼭 잡은 채 유리 산 언저리까지 쉬지 않고 수영해 갔어요.

야가는 아기가 살아 있는 사람들의 세계로 잡아당겨지는 걸 느꼈어요. 그래서 야가는 아기를 더 단단히 품에 안고, 오로지 이와 손톱을 유리 산에 꽂아가며 가파른 절벽을 기어올랐어요. 혹사당한 야가의 이와 손톱은 모조리 휘어지고 말았죠.

그래도 아기는 여전히 살아 있는 사람들의 세계로 끌려가려고 했어요. 그래서 야가는 한층 더 힘을 내 아기를 끌어안고 더 멀리 갔어요. 커다란 무지개다리를 넘고, 영원처럼 끝날 것 같지 않은 어둠 속을 걷고 또 걸어, 마침내 별들의 고향에 다다랐죠.

그곳에서 야가는 아기에게 이별의 입맞춤을 하고, 자신이 떠나온 별로 돌아가도록 아기를 놔줬어요. 녹초가 된 데다 살아 있는 사람들의 세계에서 너무 멀리 와버린 야가는 과연 무사히 집으로 돌아갈 수 있을지 알 수 없었어요.

내딛는 한 걸음 한 걸음이 위대한 순환 고리의 자연스러운 질서를 거스르는 전쟁이었죠. 야가는 몰아치는 태양풍과 쏟아지는 유성우에 맞서 싸웠어요. 휘몰아치는 폭풍우

구름과 깊디깊은 블랙홀과도 맞닥뜨렸어요. 야가는 달빛을 붙잡고 온힘을 다해 집으로 향했어요. 마침내 저승문에 다다랐을 무렵, 야가는 칠흑 같은 허공의 무게에 짓눌려 억겁의 시간만큼이나 늙어버린 기분이었죠. 하지만 아기에게 책임을 다했기에 야가는 만족했어요.

하지만 야가가 문지방을 넘어 살아 있는 사람들의 세계로 발을 들여놓는 순간, 등 뒤에서 아기의 울음소리가 들리는 거예요. 뒤돌아보니 빨간 머리의 아기가 환한 미소를 띤 채 야가의 숄을 꼭 붙잡고 있었어요.

야가는 한숨을 푹 쉬었어요. 또 저승문 안으로 들어갈 수도 없는 노릇이었죠. 이제는 너무 지치고 늙어 버려서 별까지 오가는 여행을 끝내지 못할 걸 알았거든요. 결국 야가는 고집불통 아기에게 항복하고 이쪽 편에서 머물게 하기로 했어요. 도통 아기가 저승문을 넘어가지 않으려고 해서, 차라리 자신이 아기를 야가로 키우기로 결정한 거죠. 대다수 야가들처럼 아기가 야가로 태어난 건 아니지만, 아기는 살아 있는 사람들의 세계로 돌아갈 수도 없었고 죽은 사람들의 땅으로는 도무지 가려고 들지를 않았으니까요."

나는 이야기를 다 읽고 덜덜 떨리는 손으로 종이를 내려놓는다. "이건 내 얘기네요. 그렇죠? 바바 할머니가 아기였던 나를 저승문 너머로 보내려고 했던 때요."

"조그만 게 어찌나 고집이 세던지." 원로 야가 할머니가 미소를 짓는다. "하지만 난 다 잘 된 일이라고 생각한단다. 바바는 너를 친손녀처럼 사랑했고 결국 이렇게 멋진 야가로 키워냈으니까. 단지 바바가 일찍 떠나버려서 아쉬워. 야가의 집과 저승문을 혼자 떠안기에는 네가 아직은 조금 어리기도 하고. 그래도 넌 잘해낼 거라고 믿는다."

"그게 아니에요." 나는 재빨리 말한다. "바바 할머니는 돌아올 거예요. 이 이야기가 증명하잖아요. 전에 해본 일이니까 바바 할머니는 이번에도 돌아올 수 있어요."

원로 야가 할머니는 아무 말이 없다. 원로 야가 할머니의 침묵이 바늘처럼 내 피부를 찌른다.

"할머니는 돌아와요." 나는 좀 더 확신에 찬 목소리로 말하고 싶지만, 오히려 목소리가 떨리기만 한다. 이야기의 마지막 대목에 나온 문장이 마음속에서 맴돈다. *이제는 너무 지치고 늙어 버려서 별까지 오가는 여행을 끝내지 못할 걸 알았거든요.*

"집은 어때?"

"잘 지내요." 나는 원로 야가 할머니의 질문을 귓등으로 흘린다. 바바 할머니가 영영 가버렸을지도 모른다는 깨달음에 차가운 공포감이 가슴속으로 밀려든다. 나는 그 생각을 인정할 수 없어서 내면 깊숙이 묻어 버린다.

"혼자서 죽은 사람들을 인도해본 적은 없니?"

"없어요." 나는 거짓말을 한다. "그건 바바 할머니의 역할이잖아요."

"네가 다음 수호자라면, 이젠 네 일이지. 네 집이 고통 받기 전에 곧 시작해야 할 거야."

"고통이라니, 무슨 말씀이에요?" 내가 죽은 사람들을 떠나보낼 때 들었던 고통스럽게 쪼개지던 소리가 기억나서 나는 얼굴을 찌푸린다.

"야가의 집은 죽은 사람들을 위한 곳이야. 그들을 저승문으로 인도하는 게 집이 존재하는 이유지. 그런데 그 일을 하지 않는다면 집이 있어야 할 필요가 없으니까 허물어지고 말아."

나는 뼈 창고 근처 벽에 금이 간 모습을 떠올린다. 주변 나무가 다 마른 채 갈라져 있었다. 뱃속이 뻐근해진다.

"집만 고통을 겪는 게 아니야. 인도받아야 할 죽은 사람들도 마찬가지로 고통을 겪어. 이 세계에 갇히면 점점 희미해지다가 영원히 사라지거든. 당연히 그런 일이 벌어지지 않도록 다른 집들이 죽은 사람들을 더 많이 받아들여서 인도하겠지만, 네 집이 감당해야 할 죽은 사람들까지 떠맡느라 힘들어서 괴로워할 테지. 모든 집이 골고루 죽은 사람들을 인도하는 게 중요해. 안 그러면 순환 고리가 통째로 어긋나고 말아." 원로 야가 할머니가 담뱃대 끝으로 나를 가리키며 얼굴을 찡그린다. "게다가 너도 있고."

"나요?" 나는 힘없이 말한다. 입 안이 바짝 마른다.

"넌 아주 독특한 방식으로 집과 연결돼 있거든. 집이 허물어지면 과연 넌 어떻게 될까?"

급히 손가락으로 눈길을 돌리자 눈앞에서 희미해지는 것 같아서 손이 덜덜 떨린다. 내 몸도 통째로 사라져 버리고 영혼마저 영원히 없어진다고 상상하니 속이 메슥거린다. 오직 내가 살아 있다는 걸 느끼고 싶은 마음에서 손바닥에 손톱을 깊이 찔러 넣는다.

"그래서 네가 죽은 사람들을 인도해야 해." 원로 야가 할머니가 눈썹을 치올린다. "넌 네가 원하면 죽은 사람들의 언어로도 수려하게 말할 수 있더구나. 저승길 고별사는 알고 있니?"

"네. 아, 아니요. 뭐, 조금요. 그러니까 내 말은, 이제 막 배웠어요. 외울 자신은 없어요." 나는 고개를 가로젓는다. 나는 내가 이미 저승문 너머로 인도한 영혼들이 주고 간 기억으로 여전히 마음이 무겁다.

"수영을 배우느라 절벽 끝에서 깊은 물로 던져지는 것에 비할 바는 아니지." 원로 야가 할머니가 웃는다.

집이 절벽에서 날 뻥 걷어차서 석호에 빠뜨렸던 일이 떠오른다. 지금 그 일을 다시 겪는 듯한 기분이 든다. 수면 위로 솟구쳐 올라 숨을 들이쉬며 뭐라도 고정된 것을 잡으려고 절박하게 허우적대는 느낌.

"괜찮니?" 원로 야가 할머니의 얼굴이 걱정으로 주름이 진다. "오늘 밤 여기에서 자고 가련? 남는 방이 있단다. 어떻게 혼자 죽은 사람들을 인도하는지 내일 나와 더 얘기를 나눌 수도 있고."

"집으로 돌아가야 해요. 잭과 벤지도 있고요." 나는 자리에서 일어서려다 비틀거린다. 나의 세계가 산산조각 나려고 하는데, 원로 야가 할머니는 죽은 사람을 인도하는 것에 대해서만 얘기하고 싶어 한다. 난 못 한다. 난 다음 수호자가 될 수 없다. 바바 할머니를 집으로 돌아오게 할 방법이 분명히 있을 거다. 그러면 할머니는 죽은 사람들을 인도하고, 내가 사라지거나 집이 무너지지 않게 지켜주고, 순환 고리가 어긋나지 않도록 막아주겠지. 수호자는 바바 할머니의 역할이다. 내 몫이 아니다.

"그럼 알겠다." 원로 야가 할머니가 나를 문까지 배웅해준다. "내일 밤에 또 오렴. 너만 좋다면, 네가 죽은 사람들을 인도할 수 있도록 준비해줄 테니까."

"감사합니다." 웅얼거리는 내 목소리가 들린다. 거리로 나와 내 앞에 드리워진 천을 걷어내는 내 팔이 보인다. 나는 이른 아침 햇살 속에서 물웅덩이를 건너며 비틀거린다. 아무리 애를 써도 숨을 쉴 수도 깨어날 수도 없는 불편한 악몽을 꾸는 것처럼 몸이 근질근질하다.

왼쪽에서 웃음소리가 들린다. 고개를 들었더니 내 또래로 보이는 여자아이 둘이 옆 상점에서 나를 지켜보고 있다. 한 아이가 다른 아이에게 귓속말로 뭔가를 속삭이더니 둘이 까르르 웃는다.

"그 스카프는 어디서 났어?"

"넌 꼭 저기 다 썩어가는 낡은 집에 사는 못생긴 마녀 같아."

"이건 내 스카프가 아니야." 나는 머리에서 스카프를 벗는다. 할머니의 스카프라고 말하려다 생각해보니 이제 그건 사실이 아니다. 바바 할머니가 어떻게 이럴 수 있지? 어떻게 나를 여기 혼자 남겨둘 수 있느냐고. 내가 사라져버릴 수도 있는데! 그러면서 어떻게 내가 다음 수호자가 될 거라고 기대할 수 있지?

할머니의 스카프 따윈 원치 않는다. 야가의 스카프는 싫다. 야가처럼 보이는 것도, 야가가 되는 것도 싫다. 나는 스카프를 물웅덩이에 떨어뜨린다. 해골과 꽃무늬가 진흙탕 속으로 가라앉는다. 나는 이 모든 것에서 벗어날 수 있는 방법을 절박한 심정으로 생각해내려고 애쓰며 그곳을 떠난다.

샐마

나는 집으로 돌아와서 뼈 창고 근처에 생긴 금을 살펴본다. 금이 더 길어진 것 같고, 주변 나무가 쪼개진 틈도 더 벌어졌다. 절망감이 엄습해온다. "이건 다 네 잘못이야!" 나는 소리를 지른다. "내가 저승문으로 들어가게 놔뒀으면 바바 할머니를 찾아서 집으로 돌아왔을 테고, 그럼 할머니가 죽은 사람들을 안내해서 너도 괜찮았을 거야."

집이 몸을 축 늘어뜨리고 좌우로 천천히 흔든다.

"넌 고집불통이야!" 내가 소리친다. "그러니까 제발 좀……." 나는 고개를 저으며 안으로 뛰어 들어간다. 집에게 아무리 얘기해도 소용없다. 절대 내가 저승문을 넘어가게 놔두지 않을 거다. 바바 할머니가 문지방을 넘으면 절대 안 된다고 말했고, 집도 할머니 편이니까. 내가 저승문을 넘는 것만이 우리 모두를 구할 유일한 방법일지도 모르는 이 급박한 순간에도 말이다.

잭은 아직 돌아오지 않았고, 벤지는 내 방에서 자고 있다. 나는 벤지 옆 이끼 낀 요새에 누워 끙끙 앓는다. 원로 야가 할머니는 도움이 안 됐다. 원로 야가 할머니는 바바 할머니가 영영 가버렸다고 생각한다. 하지만 바바 할머니를 집으로 돌아오게 할 방법이 분명 있을 거다. 저승문만 넘어가면, 바바 할머니가 아기였던 나를 데리고 온 것처럼, 나도 할머니를 데려올 수 있을 것 같다.

마음속에서 영감의 거품이 터지자 나는 자리에서 일어나 똑바로 앉는다. 우리 집은 저승문을 넘어가도록 허락하지 않겠지만, 원로 야가 할머니의 집이라면 나를 막을 수 없을 거다. 나는 오늘 밤 죽은 사람들을 인도할 수 있게 도와달라며 그곳에 갈 거고, 원로 야가 할머니가 저승문을 열자마자 안으로 뛰어 들어가 바바 할머니를 찾아서 집으로 데려오면 된다.

오늘 밤이면 모든 걸 바로잡을 수 있다는 희망에 마음이 편안해진다. 나는 다시 폭신폭신한 이끼를 베고 누워서 눈을 감고 잠을 청한다. 하지만 마음 한구석에서는 사라지는 죽은 영혼과 허물어지는 야가의 집이 보인다. 그러다 결국 잠이 들지만, 꿈에서도 그 광경이 나를 쫓아다닌다.

똑, 똑, 똑!

눈이 번쩍 뜨인다.

똑, 똑, 똑!

나는 창문으로 쏟아져 들어오는 밝은 햇살에 눈살을 찌푸리며 비틀비틀 일어선다. 공기 중에 떠도는 시장의 왁자지껄한 소리. 멀리서 들리는 발걸음 소리, 살아 있는 사람들의 말소리. 냄비들이 달그락거리고, 짐 꾸러미들이 바스락거리며 동전이 짤랑거린다.

똑, 똑, 똑!

"나가요!" 내가 대답한다. 내가 괜찮은지 확인하려고 원로 야가 할머니가 왔나 보다. 근데 집이 왜 원로 야가 할머니를 안으로 들어오게 허락하지 않는지 모르겠다. 문이 열리지 않아서 나는 안간힘을 쓰며 잡아당긴다. 마침내 문이 열리고 나서야 문이 왜 그렇게 열리지 않으려고 했는지 알게 된다.

　내 스카프를 보고 놀려대던 여자아이 중 한 명이다. 살아 있는 여자아이. 나는 믿을 수 없는 광경에 눈이 휘둥그레진다. 여태껏 살아 있는 사람이 현관문까지 왔던 적은 단 한 번도 없다. 그제야 나는 어젯밤에 울타리를 세우지 않았다는 사실을 떠올리고, 죄책감에 얼굴을 붉힌다. 하지만 이 미안한 감정도 오래 가지 않는다. 내가 울타리를 세우지 않았다면, 그 동안 살아 있는 사람들을 얼마나 많이 만났을까 하는 궁금증이 일었기 때문이다. 울타리를 아예 세우지 않는다면, 앞으로 얼마나 많은 사람들을 만날까도 따져본다.

　"안녕." 여자아이가 입술을 깨물며 눈썹을 잔뜩 찡그린 채 나를 올려다본다. "난 샐마라고 해. 우리 아빠가 오늘 아침에 널 놀린 것에 대해 사과해야 한다고 했어." 샐마가 크게 한숨을 쉰다. "아빠가 너에게 마녀 같다고 놀리는 걸 들었거든. 우린 그냥 장난친 거야. 그래도 어쨌든 미안해. 그래서 이걸 가지고 왔어." 샐마가 밝은 초록색 비단 스카프를 들어 보인다. 그걸 보자 니나의 드레스가 떠올라서 가슴이 미어진다. 나는 할 말을 잃고 스카프만 바라본다. 지금까지 누군가에게 선물을 받은 적은 없다. 물론 바바 할머니는 예외다. "네 스카프는 웅덩이에 빠뜨렸잖아." 샐마가 말을 이어간다. "게다가 이게 네 머리색과 훨씬 잘 어울릴 거야."

"고마워." 나는 손가락으로 부드럽고 시원한 비단의 감촉을 느끼며, 바다에서 소용돌이치던 니나의 드레스를 떠올린다. "진짜 예쁘다."

샐마가 고개를 끄덕인다. 샐마가 주저앉은 나무 벽과 아래로 휘어진 창문들을 살핀다. "너희 집은 좀 이상해. 우리 아빠 가게 옆에 있는 집과 똑같이 생긴 것 같아. 어떤 아줌마 말로는 거기가, 내가 그래서 너를 찾아낸 건데…저거 새끼 양이야?" 벤지가 내 뒤에서 미끄럼을 타며 나타나자 샐마의 눈동자가 빛난다. "한 번 봐도 돼?" 샐마가 들떠서 묻는다.

살아 있는 사람을 집에 들여선 안 된다는 걸 알기 때문에 나는 주저한다. 하지만 보조개가 있는 보드라운 뺨과 반짝이는 눈을 하고 샐마가 나를 쳐다본다. 어느새 나는 뒤로 한 발 물러서고 있다. "그럼, 들어 와." 나는 스카프를 의자 등받이에 걸고 벤지를 들어 올린다. "한 번 만져 볼래?"

샐마가 손가락으로 벤지의 머리를 살살 쓰다듬더니 키득거린다.

굴뚝에서 한 줄기 돌풍이 씩씩거리며 내려오더니 샐마 쪽으로 그을음을 잔뜩 내뿜는다. 샐마가 얼굴을 부채질하며 뒤로 도망친다.

"미안해. 집이 낡은 데다……." 혹시라도 샐마가 봐서는 안 될 걸 볼까 봐 갑자기 심장이 두근거린다. 서까래에서 꼬물거리는 덩굴이라든가, 풀칠해주기를 기다리는 금이 간 해골이나, 이끼로 된 방석 위에 펼쳐놓은 야가 책 같은 것 말이다. "이제 막 시장에 가려던 참이었어." 벤지를 바닥에 내려놓으며 내가 무심코 말한다. 벤지가 허둥대며 내 방으로 뛰어가고, 나는 샐마를 현관문으로 이끈다. "네가 구경시켜 줄래?" 내가 묻는다. 단 몇 시간만이라도 모든 걱정과 이 집에서 벗어나, 살아 있는 여자아이와 시장을 구경하면 얼마나 근사할까 생각해본다.

나는 벽이 긴장하는 걸 느끼지만, 오히려 그것 때문에 더 가고 싶어진다. 어차피 여기서 뭘 할 수 있는 건 아니니까. 오늘 밤 바바 할머니를 데려오기 전까지 난 아무것도 할 수 없다. 나는 새 스카프를 집어 들고 턱 아래에 단단히 맨다.

"그렇게 매는 것 아니야." 샐마가 웃는다. 샐마가 손을 올려 매듭을 푼다. 살아 있는 샐마의 따뜻한 손가락이 내 손가락을 스친다. "이렇게." 내 목 양쪽으로 스카프를 얌전하게 늘어뜨리며 샐마가 말한다. "훨씬 낫네. 그래도 새 드레스는 한 벌 있어야겠다. 아야 언니네 가게에서 몇 벌 보여줄게. 아야는 우리 언니야. 너희 부모님이 드레스를 사줄까?"

"어쩌면." 나는 애매하게 말한다. "잠깐 기다려." 나는 찬장으로 달려가서 바바 할머니가 빈 피클 병에 넣어둔 돈을 조금 꺼낸다. 드레스는 내가 사면된다. 살아 있는 여자아이들이 입는 것처럼 예쁜 걸로 사야겠다. 그리고 바바 할머니가 집으로 돌아왔을 때 깜짝 선물로 줄 새 스카프도 하나 사야겠다.

나는 뼈 창고에서 달그락거리는 뼈들도, 애원하는 듯한 창문들도 모조리 무시하며 우리 등 뒤에서 닫힌 현관문을 잡아당긴다. 그러고는 샐마를 따라 시장으로 간다.

샐마가 내 손을 잡고 줄지어 들어선 상점들 사이 복잡한 길로 나를 이끈다. 처음에는 내가 희미해져서 샐마가 내 손이 사라지는 걸 눈치 채면 어쩌나 걱정했지만, 금세 살아 있는 사람들에게 정신이 팔린다. 족히 수백 명은 되어 보이는 젊은이들과 늙은이들이 나로서는 상상한 적도 없는 각양각색의 모자와 옷을 걸치고 있다. 나도 그들처럼, 그저 친구와 놀러 나온 평범한 여자아이로 보이려고 노력한다.

모든 것에 색깔과 소리를 한층 높인 것처럼 모두가 비현실적이고 실제 그 이상이다. 지나치게 밝은 원뿔 모양의 향신료 무더기는 너무 높이 쌓아서 중력을 거스르는 것처럼 보인다. 빛나는 황동 램프와 은제품은 해와 달에서 떨어져 나온 조각이라도 되는 것처럼 반짝인다. 파랗고 하얀 도자기가 바다처럼 펼쳐진 곳에서는 조끼를 입은 원숭이가 꽥꽥 소리를 지르고, 보석이 박힌 슬리퍼가 만들어낸 무지개 앞에서는 뱀을 조련하는 사람이 내게 미소를 보낸다.

지난 번 여기 왔을 때는, 물건이 가득 담긴 바구니를 들고 이 거리 저 거리로 바바 할머니의 뒤만 따라 다녔다. 할머니는 살아 있는 사람을 경계해야 하는 만큼, 눈에 띄지 않게 조심하라고 했다. "앞에 있는 염소, 뒤에 있는 말, 그리고 사방에 있는 사람들을 조심해야 해."

바바 할머니를 생각하니 가슴이 아리고 배가 텅 빈 느낌이다. 할머니가 돌아오면 샐마와 얼마나 안전하게 시장을 돌아다녔는지 얘기해줘야겠다. 그렇게까지 살아 있는 사람을 경계할 필요는 없다고, 어쩌면 앞으로 모든 게 달라질지도 모른다고.

"여기가 우리 언니네 가게야." 길고 하늘하늘한 비단이 그림자를 드리운 넓은 상점 앞으로 샐마가 나를 잡아끈다. 나는 샐마의 나이든 모습 같은, 상냥하게 웃는 동글동글한 얼굴의 아가씨와 맞닥뜨린다.

"안녕, 아야라고 해." 아야 언니가 내 앞치마와 낡은 모직 드레스를 훑어보더니 고개를 절레절레 흔든다. "그렇게 입고 다니다간 쪄 죽겠다. 너희들이 구경하는 동안 내가 시원한 박하차를 타올게." 아야 언니가 가게 뒤편으로 사라지자 샐마가 나를 데리고 가게를 돌아다니며 드레스들을 집어들어 내 턱 밑에 대본다.

"이건 꼭 입어봐야 해." 샐마가 새 스카프와 어울리는 긴 초록색 드레스를 건네준다. 그러자 또 니나가 생각난다. 드레스는 보들보들하고 가벼운 데다 목선을 따라 반짝이는 작은 구슬을 빙 둘러 박아놓았다.

"야, 잘 골랐네." 아야 언니가 얼음을 넣은 박하차와 대추가 담긴 쟁반을 들고 나타난다. "꼭 널 위해 만든 옷 같아."

"정말 예쁘다." 나는 불안한 마음으로 드레스를 바라본다. 쉽게 망가질 것처럼 보인다.

"입어 봐." 샐마가 나를 탈의실로 밀어 넣는다. "옷을 갈아입을 동안 내가 *슈바키아*를 좀 사올게."

샐마가 돌아올 때쯤, 옷을 다 갈아입은 나는 귀족이라도 된 듯한 기분이다. 아야 언니가 내 손에 헤나로 그림을 그리는 동안 나는 달콤한 박하차를 홀짝거린다. 드레스는 바람이 잘 통해서 시원하고, 햇빛을 받은 구슬은 마치 이슬방울 같다.

"너 정말 달라 보인다." 샐마가 꽃 모양의 참깨 과자를 건네며 웃는다. "너 그 드레스 꼭 사야해."

샐마가 골라주는 대로 따라하니까 쉽다. 나는 바바 할머니를 위한 스카프도 하나 고른다. 큼지막한 붉은 꽃무늬에다 기다란 금술이 달린 검은색 스카프다. 할머니가 죽은 사람들과 춤을 출 때마다 금술이 달랑거릴 걸 생각하니 절로 웃음이 난다.

나는 드레스와 스카프 값을 치른 뒤 원래 입었던 옷을 집에 가져가려고 챙긴다. 샐마는 그런 나를 보며 그 옷은 불쏘시개용으로나 쓰라고 말한다. 나는 가슴이 답답해지지만, 훌훌 털어버리고 예전 옷을 아야 언니에게 맡긴다.

그다음 몇 시간은 마법처럼 몽롱하게 지나간다. 시장이

뿜어내는 기운에 휩싸여 정신없이 지내느라, 나는 바바 할머니가 가버렸다는 것과 내가 다음 수호자라는 현실을 거의 잊어버린다. 다른 사람처럼 보이니까 내가 진짜 다른 사람이 된 것 같다. 하지만 태양은 상점들 사이로 짙은 주황색 빛을 던지며 성급하게도 차양 밑으로 가라앉는다. 하루 종일 집을 떠나 있었다는 사실을 깨닫자 내 심장이 두근거리기 시작한다. 벤지가 굶어죽겠다.

"나 가야해." 나를 짓누르는 삶의 현실이 너무 무거워서 질식할 것만 같다. "오늘 구경시켜줘서 고마웠어."

"아니야." 샐마가 웃는다. "아침에는 너희 집에 가는 게 좀 걱정됐는데, 즐거웠어. 새 옷을 입으니까 정말 예쁘다."

나는 얼굴이 달아오른다. 오늘 아침까지만 해도 샐마와 샐마 친구는 내게 못생긴 마녀 같다고 했다. 근데 지금은 나더러 예쁘다고 한다. 비록 내가 죽은 데다 일종의 야자지만, 적어도 살아 있는 평범한 여자아이로 보여서 다행이다. 어쨌거나 난 집 근처에 있어야 하지만.

"내 친구 람야는 절대 널 알아보지 못할 거야." 샐마의 눈이 반짝인다. "내일 우리 저택에 와서 람야가 널 알아보는지 알아보지 못하는지 시험해 볼래?"

"저택?"

"우리 집이야. 한가운데 정원도 있어. 수영장도 딸렸고."
샐마가 내게로 몸을 기울이며 시장 가장자리를 따라 형형색색으로 들어선 큰 집들을 가리킨다. "저기 분홍색 집에 살아. 람야는 아침을 먹고 우리 집에 올 건데. 너도 올래?"

나는 입이 떡 벌어진다. 살아 있는 사람들이 사는 평범한 집에 초대 받다니 믿을 수가 없다. 이거야말로 기억도 안 날만큼 오래 전부터 내가 꿈꿔왔던 일이다. 하지만 내가 어떻게 갈 수 있겠는가. 오늘 밤 무슨 일이 벌어질지도 모르고 내일은 어디에 있을지도 모르는데.

그렇지만 나는 가지 못한다고 말할 수 없다. "갈 수 있으면 갈게." 나는 고개를 끄덕이며 웃어 보인 뒤, 돌아서서 집을 향해 거리를 내달린다. 묘한 죄책감과 함께 흥분이 온몸을 따라 흐른다. 이것저것 떠오르는 상상을 멈출 수 없기 때문이다. 내가 오늘밤 저승문 너머에서 바바 할머니를 구해오면, 할머니와 집은 나에게 너무 고마운 나머지 샐마네 저택에 놀러가는 걸 기꺼이 허락할지도 모른다. 그들이 마침내 내가 얼마나 다음 수호자가 되기 싫어하는지 깨닫게 되면서, 내 인생이 통째로 바뀔지도 모른다. 여전히 집에 매인 몸이겠지만, 자유를 조금은 누릴지도 모른다. 울타리 밖으로 최대한 멀리 나가서 살아 있는 사람과 친구가 되고,

내 미래를 직접 설계할지도 모른다. 미소가 점점 크게 번진다. 내가 죽었다는 사실을 알고 난 후 처음으로 행복한 미래를 그리고 있기 때문이다.

뒤죽박죽

아직 집도 보이지 않는데 벤지가 먹을 걸 달라며 목 놓아 우는 소리가 들린다. 죄책감이 가슴을 찌른다. 험악한 인상으로 노려보는 창문과 쪼개져서 엉망이 된 뼈 창고 근처를 애써 외면하며 황급히 계단을 오른다.

내가 살아 있는 평범한 여자아이 행세를 하며 시장을 돌아다니는 동안, 벤지는 배를 곯았고 집은 무너져 내렸다. 그리고 아무도 죽은 사람들을 인도할 준비를 하지 않았다. 위대한 순환 고리는 완전히 어그러지기 직전일 테고 죽은 영혼은 한창 사라지는 중일 거다. 다 나 때문이다. 나를 위해 고작 몇 시간을 보냈을 뿐인데, 꼭 이렇게 모든 일이 엉망진창이 되었어야 하는 걸까. 그렇게 생각하자 죄책감에 온몸이 바짝 타들어가다가도 좌절감이 밀려오며 분통이 터진다.

현관문을 열기가 무섭게 벤지가 내 정강이를 향해 달려들고, 내가 백 년쯤 집을 떠났던 것처럼 잭이 날카로운 소리로 깍깍거리며 돌진해온다. "다 괜찮아!" 그들에게서 나를 보호하려고 두 팔을 들어 올려보지만, 결국 내 팔에 부딪친 잭이 소매와 어깨 부분으로 기어오르려고 한다. 잭의 발톱이 새 드레스에 걸려서 얇고 섬세한 올이 뽑힌다. 잭이 부리로 내 귀에 음식 같은 걸 쑤셔 넣다가, 샐마가 준 새 스카프와 뒤엉키면서 뭔가 빨갛고 물컹물컹한 게 초록색 옷 위로 떨어지고 만다.

"저리 비켜!" 나는 있는 힘을 다해 잭을 밀쳐낸다. 잭이 미친 듯이 날갯짓을 하며 공중에서 퍼덕이다가 퍽 하고 바닥으로 떨어진다. 나는 스카프와 드레스를 내려다본다. 둘 다 빨간 소스 같은 걸로 물들었고, 드레스 어깨 부분 올이 나갔다. "이 멍청이!" 내가 소리친다. "이 멍청하고, 한심하고, 얼빠진 새야!" 그 말이 내 입에서 날아가자마자 후회가 밀려오지만, 이미 늦었다. 주워 담을 수 없다.

잭이 고개를 한쪽으로 기울인다. 큰 충격을 받은 잭이 은빛 눈동자로 나를 바라본다. 그러더니 화가 난 듯 깍깍거리다가 절룩거리며 뒷문으로 나간다.

"잭, 미안해!" 큰 소리로 외치지만, 잭은 뒤도 돌아보지 않고 날아가 버린다. 나는 불을 피워 그 위에 주전자를 걸고 벤지를 안아 올려 귓속말로 미안하다고 속삭인다. 벤지는 물이 끓는 동안 나지막이 울면서 내 손가락을 빤다. 나는 젖병에 분유를 타서 벤지 입에 물리고는 뱃속으로 우유가 내려가는 소리를 들으며 부드러운 털을 쓰다듬는다. 배가 차자마자 잠이 든 벤지를 내가 방석 위로 옮긴다.

나는 예전 옷 중 하나로 갈아입고 새 옷을 양동이에 담가 물에 흠뻑 젖도록 한다. 집은 조용하다. 너무 조용하다. 밖으로 나가서 잭을 불러보지만, 잭은 돌아오지 않는다. *카샤*를 끓여 반 그릇이나 채운 다음 현관에 앉아 특별한 휘파람까지 불어가며 잭을 불러보지만, 잭은 오지 않는다.

붉게 타오르던 석양도 검푸른 어스름 속으로 사라지고 이제 원로 야가 할머니 집으로 가야할 시간이다. 그런데 뼈 창고에서 뼈들이 곤두박질치며 나온다.

"나더러 울타리를 세우라고?" 나는 현관 지붕을 올려다본다. 지붕이 *끄덕*이는 걸 보고 나도 모르게 앓는 소리를 낸다. 내가 뛰어들 경우를 대비해서 집이 저승문을 열지 않는다는 걸 알고 있다. 집은 단지 살아 있는 사람들이 접근

하지 못하도록 내가 울타리를 세우길 바란다. 집은 오늘 내가 샐마와 나가 있어서 화가 났다. 집은 내가 친구 사귀는 걸 막고 싶어 한다. "돌아와서 할게." 내가 날카롭게 말한다.

집이 삐걱거리며 일어나더니 다리를 쭉 편다.

"안 돼!" 내가 소리친다. "제발! 오늘 밤엔 원로 야가 할머니를 다시 만나러 가야 해. 할머니가 나를 도와…여러 가지를 설명해주고 있어. 바바 할머니와 죽은 사람들을 인도하는 법, 그리고……." 심장이 두근거린다. 바바 할머니를 집으로 데려오기 직전인데, 지금 집이 움직이면 안 된다. "집에 돌아오자마자 울타리 먼저 세울게. 내가 약속할게!"

집이 다시 몸을 낮추고 창문으로 미심쩍다는 듯이 나를 노려본다. 뼈 창고 근처에 생긴 금이 더 크게 벌어졌다. 그 모습을 보자 내 심장에도 금이 가는 것 같아서 나는 숨이 턱 막힌다. 나무 파편들이 먼지투성이 바닥으로 떨어지자 내 텅 빈 혈관으로 찬바람이 부는 것 같다.

나는 눈을 깜빡이며 이 모든 감정이 지나가도록 숨을 고른다. 그러고는 가슴 주위로 숄을 단단히 두르고 엉망진창이 된 곳에서 눈길을 돌린다. "오래 걸리지 않을 거야." 나는 현관 계단을 내려가다가 난간을 잡고 잠시 멈춘다. "벤지를 돌봐줘. 잭도 계속 찾아보고." 나는 목구멍으로 올라오는 응어리를 꿀꺽 삼키고 오늘 밤 바바 할머니를 데려와야 한다는 사실을 곱씹는다. 그러고 나서 우린 모든 걸 바로잡을 거다.

나는 원로 야가 할머니 집으로 달려간다. 장막을 걷어 젖히자 상점을 장식하고 있는 해골들이 보인다. 아직 죽은 사람들을 위해 불을 밝히진 않았지만, 거의 어두워졌으니 곧 불을 밝히겠지.

"마링카." 원로 야가 할머니가 문을 열며 나를 안으로 불러들인다. "오늘 밤은 기분이 어떠니?"

"좋아요. 죽은 사람들을 인도할 준비도 됐고요."

"너희 집은 어때?" 할머니가 묻는다.

"잘 있어요." 나는 탁자 위에 달랑 빵과 샐러드만 차려진 걸 보고 깜짝 놀란다. 죽은 사람들을 위한 성대한 잔치라기엔 어림도 없는 상차림이다.

"잭도 잘 있니?"

"잭을 기억하세요?"

"그럼. 네가 잭을 이곳에 처음 데리고 왔을 때, 잭은 네 숄로 감싸놓은 병아리였지. 집이 야가를 아끼듯 너도 잭을 정말 아꼈어."

"요즘은 자립심이 강한 까마귀가 됐어요."

"그래도 여전히 서로를 돌봐주지 않니?" 원로 야가 할머니가 내게 의자를 권하고 빵을 자른다.

나는 고개를 끄덕인다. 잭을 밀쳐버린 것에 후회가 밀려들며 속이 꼬인다.

"까마귀과는 대단히 영리하고 사교적인 새들이야. 나도 너만 할 때 대초원에서 까마귀와 늑대들을 관찰하곤 했단다. 까마귀들은 먹잇감이 있는 곳으로 늑대들을 인도하고, 늑대들은 까마귀에게 먹이를 나눠주지."

나는 샐러드를 덜어 내 접시로 옮기면서도, 원로 야가 할머니가 언제쯤 해골에 불을 붙여서 죽은 사람들을 부를까 궁금해하며 문 쪽을 힐끔거린다.

"그 둘은 같이 놀기도 해. 까마귀들이 늑대 꼬리를 잡아당기면, 늑대들이 까마귀를 쫓아다니는 거지. 그게 재미로 하는 행동이라는 걸 깨닫는 데 한참이나 걸렸어." 원로 야가 할머니가 빙그레 웃는다. "너도 여전히 집하고 노니?"

"네?" 할머니가 내게 질문했다는 걸 깨닫고 나는 급히 고개를 돌린다.

"집하고 같이 노느냐고. 숨바꼭질. 잡기놀이. 영혼 안내 같은 것."

놀이 이름을 듣고, 나는 거의 잊고 있던 기억을 떠올린다. 집과 나는 숲속에서 숨바꼭질을 하곤 했다. 집이 나무에 오를 수도 있고, 낙엽 위를 조용히 기어 다닐 수도 있다는 걸 그때 알았다.

우린 잡기놀이도 했다. 한밤중에 내가 전속력으로 초원 위를 달리면, 집도 펄쩍펄쩍 뛰며 나를 뒤쫓았다. 내 몸이 통째로 흔들릴 만큼 심장이 쿵쾅거렸고, 나는 잔뜩 흥분해서 목이 쉴 때까지 소리를 질렀다.

마침내 내가 더는 뛰지 못할 정도로 지쳐서 나가떨어지면, 집이 나를 그 큰 닭발로 떠서 지붕으로 던져 태워줬다. 나는 굴뚝 꼭대기 통풍관을 붙잡고 아래위로 들썩이며, 폐가 터지도록 소리 높여 웃었다.

"집하고 같이 놀지 않은 지도 몇 년 됐어요." 나는 기억들을 저편으로 밀어내고 자세를 바로 잡고 앉는다. "곧 열세 살이 되는 걸요." 하지만 다 자란 느낌은커녕 길 잃은 꼬맹이가 된 기분이다.

"저런. 그것 참 안 됐구나." 원로 야가 할머니가 담뱃대로 방안 가득 원을 그리며 말한다. "나와 우리 집은 둘 다 나이를 많이 먹었지만, 우린 아직도 같이 논단다. 잡기놀이는 아무래도 무리겠지." 할머니가 빙그레 웃는다. "우리가 잡기놀이를 하면 달팽이가 거북이를 쫓는 꼴일 거야. 하지만 우린 3목두기를 하고 그리고…꽉 잡아…**뒤죽박죽이다!**"

내가 미처 무언가를 잡기도 전에 집 전체가 옆으로 기울어진다. 가구가 우리를 휩쓸며 바닥을 가로질러 미끄러진다. 나는 공포에 사로잡혀 눈이 뒤집힐 지경이다. 하지만 등 뒤에서 책꽂이가 나동그라지며 엄청난 소리를 내는데도 원로 야가 할머니는 평온하게 담뱃대를 채운다.

"집이 왜 이래요?" 나는 의자에 앉은 채로 벽을 따라 사정없이 미끄러지다 벽난로 선반을 잡으려고 미친 듯이 손을 휘저으며 소리친다. 바닥에 있던 것들이 모두 벽에 가서 쌓였지만, 집은 여전히 구르고 있다. 집이 구르면서 또 다른 극적인 전환점에 도달하자 우리는 천장을 마주보고 벽을 따라 달린다.

"**뒤죽박죽!**" 원로 야가 할머니가 자세를 바로 잡으려고 의자를 흔들고, 온몸을 흔들며 웃어젖히다가 다시 소리를 지른다. 나도 똑같이 해보려고 하지만, 얼굴이 벽에 눌려 찌그러지고 다리는 모두 탁자 밑에서 엉켜 옴짝달싹도 못한다. "집이 뒹굴 때 넘어지지 않으려면 중심을 잘 잡아야 해." 원로 야가 할머니가 소리친다.

나는 결국 천장에 부딪쳐 뒤집힌 의자 다리들 밑에서 물구나무를 선 꼴이 되고 만다(엄밀히 말해 물구나무를 선 건 집이다. 결과적으로 내가 똑바로 서 있다고 해야 맞는 건지도 모르겠다).

"네가 졌어!" 원로 야가 할머니가 의자에 앉아 환하게 웃는다. 할머니가 앉은 의자는 거짓말처럼 천장을 바닥에 두고 똑바로 놓여 있다.

"이런 엉터리 같은 게임이 어디 있어요. 저 난장판을 좀 보세요." 나는, 흥분해서 허둥지둥하고 심장이 쿵쾅거리는 재난 현장에서 기어 나온다. 할머니가 그저 웃기만 해서 더 화가 난다. 나는 인상을 잔뜩 구긴 채 지붕 들보에 앉아 숨을 고른다.

원로 야가 할머니가 담뱃대에 불을 붙이고 열린 창문으로 걸어간다. "이리 와서 보렴." 할머니가 창밖으로 몸을 내밀더니 하늘을 가리킨다. 집이 다리를 위로 쭉 뻗은 채 별빛 아래에서 발가락을 꼬물거리고 있다.

"요즘 들어 우리 집은 멀리 가지도 못하고 빨리 걷지도 못해." 할머니가 한숨을 쉰다. "아마 곧 움직이지도 못하겠

지. 그래도 우리 집은 여전히 은하수 위에서 춤추는 걸 좋
아한단다."

목덜미에서 머리카락이 날리더니 등줄기로 차가운 기운
이 내려간다. "집이 움직이지 못하면 어떻게 되는 거예요?"

"모든 게 위대한 순환 고리의 일부지." 할머니가 어깨를 으쓱한다. "결국에는 우리 모두 별로 돌아간단다."

나는 바바 할머니를 떠올리며 내가 왜 여기에 있는지 다시 한 번 가슴에 새긴다. "그럼 이제 죽은 사람들을 인도할 준비를 할까요?"

원로 야가 할머니가 곁눈질로 나를 본다. "내 집은 늙었단다. 나이가 아주 많아. 세상에서 주어진 시간 동안, 집이 맡은 몫의 영혼은 이미 다 인도했어. 벌써 수 년 전에 어린 집이 영혼을 인도하는 역할을 대신 가져갔단다."

"그게 무슨 말씀이에요?"

"은퇴했다는 뜻이란다. 우린 이제 죽은 사람들을 인도하지 않아."

"하지만 나를 도와준다고 했잖아요!" 갑자기 숨이 막힌다. 오늘 밤에 걸었던 내 모든 희망이 물거품이 되어 사라진다.

"준비하는 걸 도와준다고 했지. *보르스치* 조리법이나 *크바스*를 우려내는 방법, 저승길 고별사 외우기 같은 것 말이다."

"그건 나도 알아요." 내가 날카롭게 말한다. "나는 그냥 혼자서 저승문을 여닫을 줄만 알면 된다고요."

원로 야가 할머니가 담뱃대를 빨며 의미심장하게 고개를 끄덕인다. "네가 집과 유대감을 쌓는다면 저승문을 더 자유롭게 다룰 수 있을 거야."

"그러니까 그걸 어떻게 하냐고요."

"시간과 인내심." 이번에는 집이 평화롭고도 조용하게, 땅을 짚고 두 발로 서기 위해 한 바퀴를 구르는 동안, 원로 야가 할머니가 나를 데리고 천장을 가로질러 벽을 타고 내려간다.

좌절감이 내 살갗 밑에서 부글부글 끓는다. 나에게는 시간도 없고 인내심도 없다. 지금 당장 바바 할머니를 데려와야 한다. 집은 무너져가고 죽은 영혼은 자꾸 사라져간다. 모두 나 때문이다. "다른 길은 없어요? 어떻게 하면 내가 집과 빨리 유대감을 쌓을 수 있어요?" 내가 묻는다.

"물론, 유대감을 쌓는 의식이 있긴 하지." 원로 야가 할머니의 눈이 빛난다. "내가 우리 집과 유대감을 쌓을 때 치렀던 의식이 떠오르는구나. 야가 인생에서 가장 멋진 순간이었지. 게다가 파티는……"

"파티? 의식? 바바 할머니는 그런 의식 같은 건 한 번도 말해주지 않았어요." 나는 얼굴을 찡그린다. 또 바바 할머니에게 화가 나는 건 싫지만, 할머니는 이런 얘기를 내게 들려줬어야 했다.

"나중에 깜짝 놀라게 해주려고 그랬나 보구나." 원로 야가 할머니가 어깨를 으쓱 한다. "때가 되기 전에 꼭 알아야 하는 것도 아니고. 내가 마지막으로 갔던 의식에서 찍은 사진이 어디 있는데." 할머니가 방안을 둘러본다. 뒤집힌 가구 사이 여기저기로 종이가 펼쳐진 채 널려 있다. 원로 야가 할머니가 웃음을 터뜨린다. "사진을 찾으려면 정리부터 해야겠구나. 내일 밤에 얘기하면 어떨까?"

"지금 정리하는 걸 도울게요." 나는 의식에 대해 더 알고 싶어서 적극적으로 나선다.

"아, 그건 걱정 안 해도 된다." 원로 야가 할머니가 손을 휘저으며 난장판에서 자리를 뜬다. "넌 가서 너희 집이나 살피렴. 잠도 좀 자고. 내일 보자꾸나."

문이 휙 열리고 무슨 말을 꺼내기도 전에 나는 내몰리듯 밖으로 나온다. 상점에 있는 해골들의 입 꼬리가 조롱하듯 올라가서 마치 소리 없이 나를 비웃는 것 같다. 나는 발을 쿵쿵 구르며 해골들을 지나 시장 안 어둠 속으로 걸어 들어간다. 살갗이 터질 듯 조여 온다. 사기를 당한 것 같기도 하고 속아 넘어간 것 같기도 해서 찜찜한 기분을 떨칠 수가 없다. 나는 오늘 밤 바바 할머니를 데려오고 싶었다. 할머니가 더 먼 곳으로 떠내려가면 어쩌지? 벌써 늦은 거면 어떡해? 할머니가 영영 가버린 거면 어떡하냐고!

나는 생각을 멈추고 고개를 들어 하늘을 본다. 짙푸른 검은색이다. 선명하게 반짝이는 은하수가 길게 호를 그리며 서쪽 끝에서 동쪽 끝까지 하늘을 가로질러 뻗어 있다. 나는 숨을 깊이 들이마시고 가슴을 쫙 펴며 똑바로 선다. 바바 할머니가 아무리 멀리 떨어져 있어도 상관없다. 나는 무슨 수를 써서라도 할머니를 집으로 데려올 방법을 찾을 거니까. 그래야만 한다. 나와 집을 구하기 위해서뿐만 아니라 별로 돌아가지 못한 채 사라질 위험에 처한 죽은 사람들을 구하기 위해서도. 우리 집 몫의 죽은 사람들까지 안내하느라 힘들어하는 모든 야가의 집들을 구할 길이기도 하다. 모두 나 때문에 벌어진 일들이다. 모든 게 내가 바바 할머니를 찾아서 집으로 돌아오느냐에 달렸다. 위대한 순환 고리를 완전하게 하는 그 모든 것이.

집은 자고 있다. 처마를 축 늘어뜨리고 굴뚝 통풍관이 나직이 코를 곤다. 거대한 닭발 하나가 현관 밑으로 삐죽 나와 있다. 뼈 창고 문이 활짝 열린 채 그 앞으로 울타리 뼈가 폭삭 무너져 내렸다. 울타리를 세우겠다고 약속하고 지키지 않으면 어떤 일이 벌어지는지 보여주는 신호다.

나는 고개를 저으며 한숨을 쉰다. 그래도 뼈 무더기 옆에 무릎을 꿇고 앉아서 작업을 시작한다. 내가 약속을 지키지 않으면 집이 한밤중에 벌떡 일어나 나를 싣고 가버릴 테니까. 내가 유대감을 쌓는 의식에 관해 더 배우고 저승문을 다룰 수 있게 되기도 전에.

길쭉한 넓적다리뼈 하나를 집으려고 뼈 창고 안으로 몸을 기울이는데 뭔가가 눈에 들어온다. 쇠줄이 별빛을 받아 은색으로 빛나고 있다. 내가 울타리나 대문에 뼈를 동여맬 때 가끔 사용하는 두껍고 부드러운, 제법 긴 쇠줄 두루마리다. 반항의 기운이 온몸에 전율을 일으키며 좋은 생각이 떠오른다. 나는 천천히 울타리를 세우며 그 생각이 하나의 계획으로 뿌리를 내리고 자라게 한다.

울타리 세우기가 끝났다. 호기심에 찬 눈으로부터 들키지 않기 위해 집 가까이에 울타리를 세우고 침대보와 이불을 덮었다. 나는 집이 잠든 것을 확인하려고 현관 계단에 앉아 숨소리를 듣는다.

거대한 닭발 하나가 내 앞에서 움찔한다. 집은 꿈속에서 달리고 있다. 우리가 갈 곳과 그곳에서 얼마나 머물지를 결정하는 건 언제나 집이었다. 하지만 오늘 밤, 이런 건 달라진다. 나는 쇠줄 두루마리를 어깨에 둘러메고 몰래 뼈 창고 뒤로 기어가 임무를 수행하기 시작한다. 손이 떨린다.

나는 발톱이 돋은 집의 발가락을 하나씩 차례로 쇠줄로 꼬아, 바느질하듯 난간 기둥 사이로 잡아 뺀 뒤, 옹이투성이의 나무토막 같은 발목을 휘감고는 힘껏 잡아당긴다. 나는 다른 쪽 다리가 보일 때까지 현관 밑으로 기어가, 양쪽 다리 세 번째 관절들 사이를 쇠줄로 간신히 엮어서 무릎을 두 번 둘러 감는다.

집이 걷는 건 고사하고 일어날 수도 없다는 사실에 만족하며, 나는 얼굴에 웃음을 띤 채 쇠줄과 나무, 그리고 닭다리가 뒤엉킨 곳에서 빠져나온다. 오늘 밤 나는, 내 생애 처음으로, 내일 아침 바로 이곳에서 눈을 뜨게 될 걸 확신하며 잠이 들겠지.

저택

생각만큼 잠이 잘 오지는 않는다. 밤새 집이 삐걱거리며 앓는 소리를 낸다. 집이 자꾸 움직이는 바람에 벤지가 놀라서 매~에 울며 바닥 위를 미끄러진다. 나는 베개에 얼굴을 묻고 틈이 더 벌어지는 소리와 벽이 쪼개지는 소리, 그리고 쇠줄 때문에 나무다리에 생길 상처를 애써 무시한다. 나는 집이 괜찮을 거라고 혼잣말을 한다. 안내받지 못한 죽은 사람들도 괜찮을 거라고 중얼거린다. 위대한 순환 고리가 고작 나 하나 때문에 어긋나는 일은 없을 거라고 나 자신에게 말해준다. 그래도 도움이 되지 않는다. 죄책감과 걱정이 거대한 해일처럼 뱃속으로 밀려온다.

아침이 되어서도 나는 천창에 어린 슬픈 기색이나 서까

래에 깃든 실망감을 못 본체 한다. 벤지를 먹이고 어젯밤에 돌아오지 않은 잭을 찾느라 바쁘게 움직인다. 모든 창문에서 잭을 불러 보지만 잭은 나타나지 않는다. 공기가 탁해서 숨쉬기가 어렵고 묵직한 기운에 가슴도 답답하다. 이곳에서 벗어나야 한다.

새 드레스와 스카프가 벽난로 앞에서 말라간다. 샐마가 오늘 아침에 저택으로 놀러오라고 했던 게 떠오른다. 오늘 밤 다시 원로 야가 할머니를 만나러 가기 전까지 신경 쓰지 않고 시간을 보내기엔 완벽한 핑곗거리다. 망가진 드레스를 살펴본다. 얼룩은 지워졌지만 어깨는 꿰매야 할 정도다.

바바 할머니 반짇고리가 침실에 있다. 할머니 침대는 깔끔하게 정리되어 있고 단정하게 접힌 잠옷이 한쪽 귀퉁이에 놓여 있다. 잠옷 밑에는 바바 할머니가 숨겨둔 연애소설도 한 권 있다. 책을 처음 발견했을 때, 할머니에게 그 책을 읽어달라고 졸랐다. 할머니는 얼굴이 발그레해지며 나더러 이건 애들이 읽을 책이 아니라고 했다. 그 기억이 나를 미소 짓게 만들지만, 한편으로는 슬프게도 한다. 바바 할머니가 가족을 원했다는 사실을 아는 지금, 책이 의미하는 바가 더욱 크게 느껴진다. 바바 할머니는 인생에서

로맨스를 꿈꿨던 게 틀림없다. 할머니도 나처럼 외로웠던 모양이다.

나는 무릎을 꿇고 서랍장 아래에서 반짇고리를 잡고 끌어낸다. 그러다가 액자가 머리 위로 떨어져서 그걸 주워 든다. 나도 모르게 사진 속 얼굴을 엄지손가락으로 쓰다듬고 있다. 아기인 나를 안고 있는 바바 할머니다. 할머니는 함박웃음을 짓고 있고, 두 눈은 자랑스러움으로 가득하다. 온갖 감정이 물밀 듯이 밀려든다. 그리움, 슬픔, 죄책감, 희망, 그리고 분노와 긴장감까지.

저승문으로 넘어가지 못하게 니나를 막은 나 자신에게도 화가 나지만, 바바 할머니에게도 화가 난다. 어째서 할머니는 나와 남는 대신 니나를 돕기로 한 걸까? 내 할머니로 있는 것보다 죽은 사람을 인도하는 일이 더 중요했나?

나는 반짇고리를 챙겨들고 액자를 뒤집어 탁자 위에 세게 내려놓은 뒤 할머니의 침실에서 쿵쾅거리며 뛰어 나온다.

드레스를 꿰매는 손이 부들부들 떨린다. 집에서 걸어 나올 때도 여전히 손이 떨린다. 내가 희미해지다 못해 산들바람에 실려서 날아가 버리는 건 아닐까 걱정하면서 주먹을 불끈 쥐어 본다. 하지만 해가 중천에 떴을 때쯤 샐마네 저택에 도착한 나는 온전한 모습 그대로다. 안도의 한숨을 내쉬며 화려하게 조각된 문에 걸린 쇠 문고리를 들어 올려 문을 두 번 두드린다.

가정부가 문을 열어주고는 시원하게 그늘이 진 실내를 지나 강렬한 태양이 내리쬐는 넓은 뜰로 나를 안내한다. 바닥이, 복잡한 무늬가 그려진 다채로운 색의 작은 타일로 덮여 있다. 아래로 내려가는 계단은 꽤 깊어 보이는 타원형 수영장으로 이어지고, 그 뒤로는 안개처럼 공중으로 물을 뿜는 분수가 있다.

"마링카. 이리 들어와서 수영해." 샐마가 부른다.

나는 바닥에 깔린 타일 때문에 밝은 코발트빛의 청색으로 물든 수영장 물을 가만히 들여다본다. "수영복이 없어."

"람야, 마링카에게 네 수영복 좀 빌려줘. 어차피 넌 지금 수영 안 하잖아." 샐마가 나지막한 나무 침대에 누운 여자아이를 돌아보며 묻는다. 지난번 샐마와 함께 나를 놀렸던 여자애다.

람야가 손을 뻗어 가방 안을 뒤지더니 노란색 수영복을 꺼내 내게로 던진다.

나는 고맙다는 말을 전하고 갈아입을 곳을 찾아 두리번거린다.

"너 마링카 알아보겠어?" 샐마가 람야에게 묻는다. 샐마가 웃으니까 보조개가 깊이 파인다.

람야가 나를 올려다보더니 고개를 젓는다. "아니, 내가 애를 알아야 해?"

"그 스카프 쓰고 있던 애잖아. 우리 아빠 가게 옆에 있는 할머니 집을 찾아갔던 애."

람야는 놀라서 눈이 휘둥그레진다. "그 마녀?"

"이제는 마녀가 아니야." 샐마가 의기양양하게 웃는다. "우리 언니 가게에 같이 다녀왔어."

두 소녀의 대화가 나를 당혹스럽고 창피하게 한다. 게다가 안 보이게 옷을 갈아입을 곳도 마땅치 않아서 나는 그냥 입고 있는 드레스 밑으로 꼬물거리며 수영복을 갈아입는다.

샐마가 수영장 가장자리 위로 팔꿈치를 올리고 쉬면서 내 어깨를 살피더니 잔뜩 인상을 쓴다.

샐마의 눈길을 좇으며 내 심장이 두근거린다. 몸의 일부가 희미해지거나 사라졌을지도 모른다고 생각하니 너무 두렵다.

"거긴 찢어진 거야?" 샐마가 묻는다.

나는 안도의 한숨을 내쉰다. 몸은 괜찮다. 그냥 드레스가 찢어진 것뿐이다. "내 까마귀의 발톱에 걸려서 찢어졌어. 고치려고 했는데 내가 바느질을 잘 못해서."

"네 까마귀라고?" 람야의 입술이 아래로 쳐진다. "너 까마귀를 키워?"

나는 고개를 끄덕인다. "새끼였을 때부터 내가 키웠어."

"못생긴 새잖아." 람야가 가방에서 작은 병을 꺼내더니 가느다란 붓으로 손톱에 주황색 소용돌이를 그린다. "탐욕스러운 데다 노래도 못하면서 맨날 화난 목소리로 시끄럽게 울어대기나 하고. 꾀꼬리 같은 새들을 키우는 게 훨씬 좋을 텐데. 너 샐마가 키우는 카나리아 봤어?"

나는 뜰 한쪽 구석에 놓인 반구형 새장 안에 있는 알록달록한 새들을 흘깃 본다. "예쁘다." 나는 이를 앙다문다. 람야의 말에 토를 달고 싶지는 않지만 람야는 잘 알지도 못하면서 떠들어댄다. 까마귀는 아름답고 베풀 줄 아는 새다. 천 가지 다른 소리로 의사소통을 할 정도로 영리하다. 게다가 난 잭을 곁에 두기 위해 새장에 가둘 필요도 없다. 잭을 생각할수록 가슴이 아프다. 빨리 돌아왔으면 좋겠다.

"넌 너무 새하얗고 말랐어." 샐마가 드레스 밖으로 나온 내 다리를 뚫어지게 바라보며 말한다.

"꼭 해골 같아." 람야가 키득거린다.

나는 가슴이 조여 와서 숨을 쉬느라 애를 먹는다. 람야가 정곡을 찔렀다.

"람야, 말이 너무 심하잖아." 샐마가 람야에게 물을 튀긴다. "마링카, 쟤 말은 무시해. 오늘 아침 내내 기분이 별로야."

"네가 시작했잖아." 람야가 햇빛을 향해 눈을 감은 채 몸을 뒤로 기대며 투덜거린다.

샐마가 못마땅하다는 듯 눈을 굴린다. "들어와 마링카. 오면서 저 공도 가져와." 샐마가 구석에 있는 커다란 줄무늬 공쪽으로 고갯짓을 한다.

나는 공을 들고 수영장으로 가서 다리를 물속에 담근다. 이젠 한 쌍의 뼈다귀로밖에 보이지 않는다. 그래도 물은 정말 최고다. 시원하고 상쾌해서 기분이 훨씬 나아진다. "받을래?" 샐마에게 던지려고 공을 들어 올리며 내가 묻는다.

우리는 공을 던지며 놀다가 나중에는 공을 안고 물속으로 수영해서 들어가며 누가 더 깊이 내려가는지 내기한다. 우린 둘 다 그다지 깊이 들어가지 못하고 끝내는 같이 웃어버리고 만다. 개구리 수영 시합에서는 내가 샐마를 앞서지만, 자유형에서는 샐마가 빠르다. 우리는 숨이 차서 수면에 누워 물에 둥둥 뜬 채로 하늘을 올려다본다. 황새 한 마리가 날아와 수영장 가장자리에 앉으려다 우리를 발견하고는 날아가 버린다. 샐마는, 가끔 저녁에 황새들이 날아들어 수영장을 엉망으로 만들어 버리기 때문에 자신이 쫓아내야 한다고 말한다.

가정부가 달콤한 과일 음료와 벌꿀에 흠뻑 적신 *베흐리르*를 가져다준다. 간식을 먹고 나자 람야가 기분이 좋아졌는지 내 손톱도 자기 것과 똑같이 칠해주겠다고 한다. 람야는 내 손이 거칠고 손톱이 짧다고 잔소리를 하면서도 피부를 부드럽게 해준다며 향기 나는 크림을 준다. 나에게 잘해주려는 것 같다.

여자아이들과 보내는 시간은 낯설다. 그들 얘기를 알아듣지 못해서 나와 전혀 어울리지 않는다고 느끼지만, 좀 더 시간을 보내면 알아들을 수 있을 것도 같다. 그렇게 되고 싶다. 너무 오랜 시간 동안 나는 이런 순간을 꿈꿔왔다. 이제야 간신히 살아 있는 사람들과 함께 있는 만큼, 그들이 무엇을 하는지, 어떻게 하면 친구가 될 수 있는지 알고 싶다.

"시장에 사는 늙은 마녀에게는 왜 갔던 거야?" 람야가 밑도 끝도 없이 묻는다. 우정에 대한 내 생각도 순식간에 흩어진다.

"할머니는 마녀가 아니야." 나는 람야의 손을 잡아 뺀다.

"이야기꾼 해즈마가 그러는데, 밤에 그 할머니의 집으로 사람들이 들어가는 걸 분명히 봤대. 그런데 한 명도 다시 나오질 않더래. 할머니가 다 잡아 먹은 거래."

샐마가 키득거린다. "람야, 그러니까 해즈마가 이야기꾼 이지."

"그래도 이야기에는 항상 어느 정도 사실이 들어있는 법 이야." 람야가 앞으로 몸을 숙이며 속삭인다. "우리 할머니 는 그 집 주변에 어두운 마법의 기운이 어린 걸 느낀대. 샐 마, 우리 할머니의 능력은 너도 알잖아."

나는 안으로 잔뜩 움츠러든다. 이런 얘기라면 전에도 들 었다. 가끔 우리 집이 마을이나 도시와 닿을만한 거리에 자 리 잡을 때면, 살아 있는 사람들이 무리 지어 울타리 근처 로 몇 번 왔던 적이 있다. 어른들은 자신을 보호하려는 듯 이상한 손짓을 하며 허둥지둥 도망쳤다. 아이들은 바바 할 머니를 훔쳐보려고 서로 번갈아가며 더 가까이 기어 왔다.

그들은 단지 할머니를 바바라는 이름으로 부르지 않았 을 뿐이다. 섬뜩한 이름으로 불러대면서 할머니가 끔찍한 짓을 저지른다고 했다. 살아 있는 사람들이 왜 야가에 대해 거짓말을 지어내고, 그러면서도 한편으로는 야가를 무서워하는지 이해가 안 된다. 진짜 바보 같다. 그들도 언젠가는 야가가 필요할 테고, 야가는 그들을 반겨줄 텐데. 나 때문에 그들 중 하나가 지금 사라지고 있을지도 모른다고 생각하니 속이 울렁거린다.

"그 할머니가 좀 이상하긴 해." *베흐리르*를 한 조각 더 입에 넣으며 샐마가 고개를 끄덕인다.

"그 할머니는 도대체 뭘 파는 거야?" 람야가 묻는다. "그 가게에 가는 손님들은 왜 죄다 마녀같이 생긴 거야? 그 할머니처럼."

"전통 음료를 팔아." 내가 크게 숨을 내쉰다. "할머니를 찾아오는 손님들 대다수가 전통 의상 차림으로 오는 것뿐이고. 할머니는 마녀도 아니고 이상한 분도 아니야." 나는 드레스를 집어 들고 갈아입기 시작한다. 여기에 어울리지 않는다는 느낌이 나를 집어삼킬 듯이 위협한다.

샐마가 손톱을 불며 벌떡 일어난다. "이젠 시원해졌다. 우리가 집까지 데려다줄게."

"그럴 필요 없어." 나는 이 소녀들에게 집을 보여주고 싶지 않다. 꼬인 줄과 닭다리는 천으로 덮어서 가렸지만, 이상하게 보이는 건 마찬가지다. 그리고 샐마든 람야든 둘 중 하나는 틀림없이 질문을 해댈 테니까.

"괜찮아." 샐마가 미소를 짓는다. "어차피 가게 문 닫을 때 아빠를 도와주기로 했어."

나는 내키지 않지만, 샐마 아빠 가게까지만 같이 가기로 한다. 거기서부터는 나 혼자 가도 괜찮다고 말한다. 람야가 원로 야가 할머니에 대해서 말한 것 때문에 지치고, 기분도 씁쓸하다. 그저 집에 가고 싶다.

해가 저무는 중이고, 먼지와 향신료 냄새가 공기 중에서 춤을 추고 있다. 상인들이 물건을 거둬들이고 꼬맹이들은 남은 음식을 구걸한다. 샐마는 꼬맹이들을 못 본체 하고, 람야는 아이들을 역겹다는 듯 깔본다.

"우웩, 래티다." 람야가 샐마네 가게에서 멀지 않은 곳에 있는 작은 소년을 가리킨다. "저리 가." 람야가 소리친다. "여기에서 구걸하지 말라고 했지."

"구걸하는 것 아니야." 소년이 발끈한다. "아크람 아저씨가 가게 문 닫는 걸 도와주면 *베사라*를 주겠다고 했어."

"네가 뭘 하든 상관없어." 람야가 짜증을 낸다. "그냥 내 근처에 오지 마. 너에게서 시궁창 속 쥐 냄새가 난단 말이야."

샐마가 키득거리며 아이 주변을 맴돈다. 그러다가 아이를 팔꿈치로 찍어서 바닥에 쓰러뜨린다. 아이는 구겨진 얼굴을 붉히며 이글거리는 눈으로 샐마를 올려다본다. "생긴 것도 꼭 쥐 같지 않아?" 샐마가 팔짱을 끼며 아이에게 들릴 정도로 크게 내 귀에다 대고 속삭인다. "귀는 커다랗고 눈은 번들거리고 앞니도 덧니잖아."

나는 아무 말도 하지 않지만, 땅이 푹 꺼져서 나를 삼켜 줬으면 좋겠다. 샐마가 왜 이렇게 잔인하게 굴지? 위를 올려다봤더니 원로 야가 할머니가 가게 주변의 커튼이 만든 캄캄한 그림자 속에서 우리를 지켜보고 있다. 나는 창피해서 돌아서고, 다시 곁눈질로 올려다봤더니 원로 야가 할머니는 사라지고 없다.

"나 진짜 가야 해." 나는 팔짱을 푼다. "오늘 고마웠어." 웃으려고 하지만 속이 메슥거린다.

"내일 또 데리러 갈게." 내 뒤에다 대고 샐마가 소리치자 구역질이 확 올라온다. 두 소녀는 왜 나에게는 잘해주려고 하면서 다른 사람에게는 못되게 구는지 알 수 없다. 그 남자아이를 밀친 건 정말 못된 짓이었다. 그리고 잘 알지도 못하면서 잭과 원로 야가 할머니에 대해 나쁘게 말했다. 그토록 오랜 시간 살아 있는 사람과 친구가 되기를 바랐건만, 이제는 내가 그들을 좋아하는 건지도 모르겠다.

실망감이 내 어깨를 무겁게 짓누른다. 지쳐서 천근만근

인 다리를 끌고 집까지 걸어간다. 외로움은 오늘 아침보
다 훨씬 심해졌다. 이보다 더 나쁜 일은 없겠다고 생각하는
데…그런데, 집을 보니 벌써 그런 일이 벌어졌다.

팽창하는 우주

눈앞에 생지옥이 펼쳐졌다. 예리한 칼날이 뱃속을 난도질하고, 숨이 짧게 끊어져서 호흡이 가빠 온다. 울타리에서 떨어진 뼈들이 먼지와 진흙을 뒤집어쓴 채 사방에 흩어져 있다. 난간 기둥들은 부러지고 어그러진 데다 현관 밑바닥은 이상한 각도로 뒤틀렸다. 집이 줄에서 풀려나려고 몸부림을 친 까닭이다. 쇠줄이 나무를 쪼개고 가르며 닭다리를 파고들어간 게 최악이다.

이리 뛰고 저리 뛰며 엉킨 줄을 풀려고 기를 쓸수록 얼굴 위로 뜨거운 눈물이 쏟아져 내린다. "미안해, 미안해." 흐느껴 우는 내 목소리가 들린다. 어서 발가락과 발목에서 줄을 떼어 내야 한다. 하지만 줄이 너무 깊이 파고들었다. 한 쪽

발목 위로 넓게 벌어진 상처 부위에 피처럼 새빨간 수액이 가득 고였다. 나는 손으로 줄을 푸는 걸 포기하고 뼈 창고를 샅샅이 뒤져 절단기를 찾아낸다.

시간은 오래 걸리지만, 어쨌든 지금은 내 주위에 잘려나간 쇠줄이 한 무더기 쌓였고, 집도 풀려났다. 나는 달리 어찌할 바를 몰라 상처만 살핀다. 집이 스스로 치유할 수 있을까? 예전에 나를 위해 비밀 문과 가짜 요새와 앉을 자리를 만들어내기도 했으니까. 아니면 따로 치료가 필요할까? 죄책감에 목이 조여 온다. 바바 할머니는 내가 집을 보살필 거라고 믿었건만, 내가 무슨 짓을 했는지 보라. 집이 이렇게까지 심하게 다친 적은 한 번도 없다.

잭이 내 어깨에 내려앉는다. 날개로 내 귀를 때리며 발톱으로 드레스를 파고든다. "아, 잭." 나는 고개를 들어 잭에게 입을 맞추고 목을 쓰다듬는다. "네가 여기에 있어서 너무 좋아. 내가 미안했어." 잭이 뭔가 딱딱하고 까끌까끌한 걸 내 귓속으로 집어넣는다. 꺼내보니 납작해진 커다란 딱정벌레다. "고마워." 나는 흘러내린 눈물을 훔치며 웃는다. 딱정벌레를 주머니에 넣으려고 하지만 새 드레스에는 주머니가 없다. 문득 내 앞치마와, 낡았지만 편안한 내 드레스와 바바 할머니의 스카프가 그리워진다.

"이리 와." 내가 팔을 두드리자 잭이 뒤뚱거리며 팔꿈치로 내려온다. "집을 고쳐보자."

다친 곳에 양동이로 물을 붓고 침대보를 찢어서 수액이 흐르는 상처 두 군데를 감싼다. 다리 하나는 발목이 찢어졌고 다른 하나는 무릎이 벌어졌다. 집은 바짝 얼어붙은 채 움직이지 않다가, 내가 손으로 만지자 움찔하며 나를 엉덩방아 찧게 만들었다. 내가 확신하건데, 내가 나가떨어지던 바로 그 순간, 그러니까 집이 웃음을 멈추기 전, 집은 몸까지 떨어가며 웃었다. 집이 괜찮을지도 모른다고 생각하니 뱃속에 단단하게 뭉쳐 있던 근심이 조금 풀린다.

상처를 깨끗이 닦아내고 붕대를 감자 그제야 마음이 놓인다. 나는 끊어진 쇠줄을 정리하고 뼈를 모아 창고에 차곡차곡 쌓는다. 오늘 밤에 다시 원로 야가 할머니에게 가야 해서 울타리 세울 시간은 없지만, 돌아오면 꼭 하겠다고 나 자신과 약속한다.

나는 불을 피워서 벤지에게 먹일 분유에 필요한 물을 데운다. 바닥에서 뛰어오르고 미끄럼을 타던 벤지가 분유를 먹고는 바바 할머니의 의자 아래에 놓인 내 방석 위로 기어올라가 몸을 말고 잠이 든다. 잭은 아직 내 어깨 위에 있다. 투손카 통조림에서 삶은 고기를 꺼내 잭 부리에 한 가득 넣어주며 잭이 집을 나간 뒤로 벌어졌던 일을 모두 얘기해준다.

내가 집을 묶고, 저승문 안으로 들어가기 위해 원로 야가 할머니의 집에 갔던 일을 고백하는 동안 잭은 그저 조용히 귀를 기울인다. 그때는 엄청 화가 났지만, 원로 야가 할머니의 집이 곤두박질치며 굴렀던 얘기를 할 때는 나도 모르게 웃음을 터뜨린다. 그러자 잭도 마주 웃듯 내 귀에다 대고 깍깍 울어댄다.

나는 저택에서 여자아이들과 있었던 일도 잭에게 얘기해준다. 수영장에서 같이 놀며 두 아이의 얘기를 듣는 건 재미있었지만, 친절하게 잘 대해주다가도 아무렇지 않게 잔인한 말을 해서 상처를 받았다고 했다. 람야가 원로 야가 할머니를 사악한 마녀라고 생각한다는 것과 샐마가 시장에서 남자아이를 땅바닥에 쓰러뜨린 일도 얘기해줬다.

잭이 깍깍거리는 바람에, 잭에게 나쁜 말을 퍼부으며 바닥으로 밀쳐냈던 것과 집을 꽁꽁 묶어서 다치게 했던 사실을 떠올린다. 그 여자아이들만큼이나 못되게 굴었던 내 양심의 가책을 무시하려고 애쓰며 나는 한숨을 쉰다.

마지막으로 나는 유대감을 쌓는 의식에 관해 잭에게 속삭이며, 그 의식을 치르면 나에게도 저승문을 다룰 능력이 생길지도 모른다고 설명해준다. 그런 뒤에야 나는 말총 담요와 함께 잭을 바바 할머니의 의자에 내려놓는다. 그리고 잭에게 내가 원로 야가 할머니의 집에 가 있는 동안 우리 집과 벤지를 돌봐달라고 부탁한다. 잭이 고개를 끄덕이고는 잠시 내 손에 부리를 밀어 넣고 있더니, 돌아서서 담요를 파고들어 잠을 청한다.

엉킨 줄을 푸느라 바닥을 휩쓸고 다닌 데다 벤지와 잭을 먹이느라 초록색 새 드레스가 찢어지고 얼룩투성이 되었다. 하지만 상관없다. 오래된 모직 드레스 중 한 벌로 갈아입었더니 밤으로 향하는 내가 훨씬 나다워진 느낌이다.

벌써 집이 조금 나아진 것 같다. 어그러졌던 현관 계단은 다시 가지런히 배열되었고, 난간이 휘어지며 제자리로 돌아가느라 조용히 끼익 소리를 낸다. 부러진 난간 기둥 몇 개를 동여맸고, 벌어진 닭다리의 상처도 전보다 나빠 보이지 않는다. 붕대로 처치해놓은 곳은 상처가 깊기는 해도 더는 진득한 수액이 배어나오지 않는다.

하지만 뼈 창고 근처에 간 금은 최악이다. 금이 간 곳을 넓게 둘러싸며 나무가 말라서 부서져 내린다. 나는 그 옆에 무릎을 꿇고 앉아 얼굴을 찡그린다. "여기는 왜 못 고치는 거야?" 나는 통증을 멈추려고 한 손으로 심장을 꾹 누른 채 집에게 속삭인다.

집은 반응이 없지만, 어쨌든 나는 답을 알고 있다. 바바 할머니가 적절한 절차에 따라 죽은 사람들을 인도한 게 벌써 나흘 전이니까, 집은 죽은 사람들을 인도할 누군가가 필요하다. 나는 목구멍을 막고 있는 응어리를 삼키며 그게 꼭 나일 필요는 없다고 혼잣말을 한다. "바바 할머니를 데려올 거야." 호흡을 가다듬으며 이렇게 중얼거리고 원로 야가 할머니의 집을 향해 발걸음을 옮긴다. 집이든 뭐든 더 나빠지기 전에 어떻게든 저승문을 열어서 바바 할머니를 데려오겠다고 다짐한다.

캄캄한 밤, 방금 문을 닫은 음식점에서 풍기는 냄새 때문에 공기가 따뜻하면서도 달콤하다. 원로 야가 할머니의 집 밖에 놓인 해골이 오늘 밤엔 친근한 미소로 나를 환영하는 것 같다. 내가 도착하기도 전에 현관문이 열리며 환한 직사각형 불빛을 밤공기 속으로 던진다.

"우유 수프와 국수 좀 먹으련?" 내게 미처 대답할 시간도 주지 않고 원로 야가 할머니가 탁자에 수프 그릇 두 개를 내려놓는다.

"잘 먹겠습니다." 나는 고개를 끄덕이고 원로 야가 할머니 맞은편에 앉는다. 원로 야가 할머니의 집은 지난 밤 뒤죽박죽놀이로 난리가 났던 흔적이라곤 찾아볼 수 없이 깨끗하다. 심지어 책꽂이도 단정하게 정리되어 있다. 원로 야가 할머니가 탁자 위에 갖다 놓은 사진첩 한 권이 눈에 들어온다. "유대감을 쌓는 의식에 관한 사진을 찾았어요?" 기대감에 들뜬 내가 온몸을 떨며 묻는다.

원로 야가 할머니가 눈을 반짝이며 고개를 끄덕인다. 사진첩을 펼쳐서 내 쪽으로 돌려주는 원로 야가 할머니의 모습도 나만큼이나 들떠 보인다. "이게 가장 최근에 열렸던 유대감을 쌓는 의식이란다. 나탈리아라는 어린 야가를 위한 의식이었지." 큼지막한 흑백 사진 한 장이 사진첩 페이지 중앙에 붙어 있다. 사진 아래에는 잉크색이 바랜 글씨로 *나탈리아 야가와 그녀의 집, 유대감을 쌓는 의식*이라고 적혀 있다.

카메라를 정면으로 바라보며 꽤 많은 수의 야가들이 진지한 표정으로 둘러서 있다. 배경에는 최소한 열다섯 채는 되는 야가의 집들이 보인다. 몇몇은 의젓하게 자세를 잡았고, 몇몇은 한 다리로 서 있으며, 두 개의 흐릿한 형체는 엉뚱한 순간에 뛰어오른 듯하다. 야가의 집 가운데는, 화환과 현관에 서서 웃고 있는 어린 소녀가 장식하고 있다.

"한 곳에 이렇게 많은 야가가 모인 건 처음 봐요." 나는 숨을 멈추고 사진을 뚫어지게 들여다본다. "바바 할머니는 의식이 있을 때 야가들이 모인다는 말을 한 번도 안 했어요." 왜 바바 할머니는 이런 모임에 나를 한 번도 데려가지 않았을까 궁금해하며 나는 인상을 쓴다. 더 많은 야가들을 알고 지냈다면 이렇게까지 외롭진 않을 텐데.

"자주 있는 일도 아닌데 괜한 기대감으로 너를 설레게 하고 싶지 않았을 거야. 의식은 10년을 주기로, 어떤 때는 수백 년에 한 번 열리기도 한단다." 원로 야가 할머니가 사진 속에서 얼굴 하나를 손으로 짚는다. "이게 바바야." 그러더니 손가락을 옆으로 밀어 또 다른 얼굴을 가리킨다. "이게 나고." 그때 원로 야가 할머니가 흐릿한 집들 중 하나를 톡톡 두드린다. "내 생각엔, 이게 너희 집 같구나."

나는 원로 야가 할머니가 짚은 얼굴들을 자세히 들여다보며 바바 할머니와 원로 야가 할머니인 걸 알아본다. 사진 위쪽 구석에 휘갈겨 쓴 날짜가 눈에 띈다. "어떻게 이게 거의 백 년 전일 수 있죠?" 내가 묻는다. "말이 안 되잖아요."

"집들이 우리에게 기운을 주기 때문에 야가들은 수백 년,

심지어 수천 년을 살기도 해. 죽은 사람들이 여정에 오르도록 기운을 불어넣는 것과 비슷하지.”

나는 다시 사진을 내려다보고는 화가 나서 속이 부글부글 끓는다. 바바 할머니는 이 모든 걸 내게 얘기해줬어야 했다.

“바바는 네가 그 당시에 알아야 할 것만 얘기해준 거야.” 원로 야가 할머니가 내 마음을 읽은 것 같다. “나머지는 필요할 때 네가 스스로 알아낼 만큼 영리하다는 걸 바바는 분명히 알고 있었어.”

“바바 할머니는 몇 살이에요?” 한 가지 생각이 번뜩 떠올라서 내가 묻는다.

원로 야가 할머니가 어깨를 으쓱한다. “5백 살 정도?”

“그럼 야가치고는 꽤 젊은 편이네요?” 나는 미소를 짓는다. 바바 할머니가 젊다면 할머니를 데려올 가능성도 크다.

“바바보다 나이가 훨씬 많은 야가들도 있지.” 원로 야가 할머니가 천천히 고개를 끄덕인다. “하지만 너도 죽은 사람들을 인도해봐서 알겠지만, 저승문을 지나는 데 나이는 상관없어.”

“나는 몇 살까지 살까요?” 내가 무심코 묻는다. 하지만 바로 황당하기 짝이 없는 질문이란 걸 깨닫는다. 살아 있지도 않은데.

"몇 살까지 살지 아는 사람은 아무도 없어."

"나도 알아요." 조바심이 나서 내가 말한다. "그래도 내가 야가처럼, 야가의 집에 살면, 나도 수 백 년은 살까요?" 이런 생각으로 흥분이 되면서도 한편으론 두렵기도 하다. 수 백 년 동안 모험을 즐길 수도 있지만, 그 세월 동안 외로울 테니까.

"그럴 수도 있지." 원로 야가 할머니가 고개를 한쪽으로 기울이며 웃는다. "넌 평범한 야가들과는 조금 다르니까. 안 그러니?"

"내가 죽어서요?" 그 말이 날카롭게 느껴진다.

"아, 그래. 뭐 그렇기도 하고." 원로 야가 할머니가 빙그레 웃는다. "하지만 더 중요한 건 네가 야가로 태어나지 않았다는 거야. 너에게는 선택권이 있어."

"무슨 선택권이 있다는 거죠?" 나는 코웃음을 친다. "난 오로지 집에서만 존재할 수 있는데, 내가 달리 뭐가 될 수 있다는 거죠?"

"넌 뭐가 되고 싶으냐?"

"나, 나, 난 수호자가 되고 싶죠." 나는 흥분한 나머지 허둥거리며 거짓말을 한다. 내가 되고 싶은 것에 대해 말해봐야 소용없다. 지금 내가 원하는 단 한 가지는 집과 유대감을 쌓는 방법을 알아내서 저승문을 열고 바바 할머니를 집으로 데려오는 일이다. 그러면 바바 할머니가 죽은 사람들을 다시 인도할 테고, 집도 부서지는 것을 멈추고 모든 것이 다시 괜찮아질 테니까. 설령 나에게 수호자가 아닌 다른 무엇이 될 기회가 있다 해도, 바바 할머니가 집으로 돌아오기 전까지는 알아내지 못할 거다.

"유대감을 쌓는 의식에서," 원로 야가 할머니는 사진 쪽으로 몸을 돌리면서도 계속 나를 곁눈질한다. "야가는 지상에 머무는 동안 야가의 집과 저승문의 수호자가 될 것을 맹세한단다. 그야말로 수 백 년, 어쩌면 수 천 년 동안 지속될 관계를 기념하는 의식이지. 넌 정말 그럴 준비가 됐니?"

"그럼요." 목소리가 필요 이상으로 높아진다. 나는 숟가락을 들어 올리고 최대한 평온하게 보이도록 신경 쓰며 조금씩 수프를 떠먹는다. 정말 내가 우리 집과 수백 년 동안 묶여 있을 건 아니라고 혼잣말을 한다. 일단 바바 할머니만 집으로 돌아오면 할머니가 수호자 역할을 다시 맡을 테니까. "그럼 의식 중에 저승문도 열리는 거예요?" 내가 수프 그릇을 들여다보며 묻는다.

원로 야가 할머니가 고개를 끄덕인다. "그렇단다. 별들을 증인으로 삼아 네 집과 저승문에게 언약문을 읽으며 맹세해야 하거든. 전통으로 내려오는 언약문을 배울 수도 있고, 네가 직접 지어도 된단다. 너희 집과 저승문을 보호할 것과 죽은 사람들을 인도하겠다는 내용만 들어가면 괜찮아."

"내 건 내가 지을게요." 저승문이 열리자마자 안으로 뛰어 든다면, 지키고 싶지 않은 맹세건 그 어떤 말이건 안 해도 된다는 생각에 내가 재빨리 대답한다.

"너 정말 의식을 치르고 싶은 거냐?" 원로 야가 할머니가 눈썹을 치올린다.

"네." 나는 자세를 바로 잡으며 원로 야가 할머니의 눈을 똑바로 쳐다본다. "되도록 빨리요. 내일 밤은 어떨까요?"

원로 야가 할머니가 잠깐 주저하다가 호탕하게 웃는다. "안 될 거야 없지. 근사한 파티라면 나도 좋아한다. 파티를 열어본 지도 정말 오래 됐구나. 넌 어디에서 의식을 치르고 싶니?"

"그게 무슨 말씀이에요?"

"여기 시장 한복판에서 의식을 치를 순 없어. 살아 있는 사람들과 너무 가까우니까. 어디 조용한 곳으로 가야 해." 할머니가 서까래를 올려다보더니 한숨을 쉰다. "내 집이 갈 수 없어서 너무 아쉽구나. 내 집도 파티를 참 좋아하는데."

"할머니가 집을 다시 걷게 할 수는 없어요?

"유감스럽게도 달리 방법이 없단다. 늙는다는 건 때로 잔인한 법이지. 오랜 세월을 살았다는 의미에서는 축복이라고 할 수도 있고." 원로 야가 할머니가 벽난로를 향해 입맞춤을 보낸다. "나 없이도 하룻밤은 괜찮지?"

집이 물결을 일으키듯 마룻바닥을 굴리더니 땅 속으로 파고든다.

"여긴 다 됐다. 자, 그럼 이제 어디 보자. 네 집은 달릴 수 있으니, 어디로 갈까?"

"모르겠어요. 너무 멀지 않은 곳이요." 집이 다리에 상처가 났다는 걸 떠올리며 나는 입술을 깨문다. 내일 밤까지 다 낫기를 바랄 뿐이다.

"난 항상 대초원을 좋아했지." 원로 야가 할머니가 한쪽 눈을 찡긋하며 신호를 보낸다. "하지만 우린 어디라도 갈 수 있으니 네가 고르렴. 모임은 내가 꾸리마."

"어떻게요?" 호기심에서 내가 묻는다.

"저승문에 대고 속삭여서 전달하면 돼."

"아." 나는 저승문이 어디에서 열리는지 궁금해서 집안을 한 바퀴 빙 둘러본다. "할머니의 집이 은퇴했다고 해서 저승문도 영영 닫힌 줄만 알았어요."

"이제는 자그마한 창문에 지나지 않아. 그래도 속삭임을 전달할 정도는 돼. 네가 가고 나면 열 생각이다." 왠지 원로 야가 할머니가 의미심장한 눈길로 나를 봐서 혹시 저승문으로 뛰어들려는 내 속셈을 알아차린 건 아닐까 걱정한다.

"대초원도 좋아요." 화제를 바꾸려고 내가 말한다.

"잘 됐구나." 원로 야가 할머니가 웃는다.

온몸이 달아오르고 머릿속이 내일 밤에 대한 생각으로 윙윙거린다. 야가들의 집회라니!

다른 야가를 몇 명이나 만날 수 있을까 궁금해할수록 온몸이 간지럽다. 사람을 만나면 좋은 일이 생기기도 한다. 벤자민과 만났던 일이 내게 울타리를 넘어 내 꿈을 좇을 용기를 주었듯이. 하지만 사람을 만나는 일은 어려움을 가져올 수도 있다. 니나를 만났을 때 내가 이기적인 결정을 하는 바람에 바바 할머니를 잃었다. 샐마와 람야는 살아 있는 사람들이 내 생각만큼 항상 좋기만 한 건 아니라는 사실을 보여줬다. 신중해야 한다. 하지만 내일은 사람들을 만나러 몰래 돌아다녀서는 안 된다. 야가들을 만나니까.

늘 살아 있는 사람들의 세상만 꿈꿔왔지, 탐험할 수 있는 야가들의 세계가 있으리라곤 생각도 못했다. 나를 둘러싼 우주가 팽창하는 느낌이다. 바로 내일, 나는 바바 할머니를 데려올 뿐만 아니라 야가에 대해서, 그리고 나에 대해서 새로운 것들을 알아낼지도 모른다. 내 미래는 내가 상상했던 것 이상으로 가능성이 있을지도 모른다.

날카로운 말

희망에 부풀어 집으로 돌아온 나는 꿈속에서 야가의 집들이 바바 할머니의 아코디언 연주에 맞춰 춤추는 꿈을 꾸며 잠이 든다. 저승문이 열리자 지금까지 인도 받지 못한 죽은 사람들이 얼굴에 미소를 머금고 별을 향해 멀어진다. 원로 야가 할머니의 사진 속에서 그랬듯이 우리 집이 흐릿한 대기 속으로 펄쩍 뛰어 든다. 하지만 집은 금세 비틀거리다 넘어지고, 찢어진 무릎 상처가 벌어져 피처럼 새빨간 수액을 땅위로 쏟아낸다. 나는 땀에 젖어 온몸을 떨며 놀라 잠에서 깬다. 오늘밤에 대초원까지 뛰어야 하는데, 집은 여전히 다리에 붕대를 감고 있다.

문을 열고 현관으로 발을 내딛자, 온몸의 근육이 긴장한다. 난간 상태는 그다지 나빠 보이지 않는다. 기둥 몇 개가 조금 울퉁불퉁하고 뒤틀리긴 했지만, 부러졌던 곳이 다시 붙었다. 나는 집 밑으로 기어 들어가 가까이에서 다리를 살펴본다. 긴장했던 근육이 조금 풀린다. 베인 곳이 다 나았다. 깊은 상처만 눈여겨보면 될 것 같다.

붕대를 풀어주었더니 집이 삐걱거리며 다리를 쭉 편다. 흉터는 여전하지만 지난밤만큼 최악은 아니다. "오늘 밤에 열리는 파티에 갈래?" 내가 속삭인다. "대초원에서 유대감을 쌓는 의식이 열릴 거야. 너와 나를 위한 파티야."

집이 내게로 몸을 기울이더니 앞창을 활짝 열고 내 눈을 뚫어지게 들여다본다. 나는 웃음을 터뜨린다. 집이 이렇게 놀라는 건 처음 본다. "좋다는 뜻이야?" 내가 묻는다. "달릴 수 있겠어?"

집이 몸을 한 번 슬쩍 흔들어 보더니 스스로 벌떡 일어선다. 뼈 창고 근처에 금이 가서 부스러기가 떨어지는 것만 빼면, 집이 이토록 늠름하고 위풍당당하게 선 모습은 처음이다.

"좋았어." 나는 손으로 난간을 쓰다듬는다. "그래도 오늘 밤까지는 다리를 접어놓는 게 좋겠다."

집이 현관 밑으로 다리를 포갠다. 나는 안으로 들어가 벤지에게 먹일 분유를 타고, 나와 잭이 먹을 *카샤*를 끓인다.

설거지를 하는데 문 두드리는 소리가 들린다. 샐마일 거라고 생각하자 온몸이 얼어붙는다. 샐마가 오늘 나를 데리러 온다고 했는데, 어제 밤에 울타리 세우는 걸 잊었다. 그랬다면 울타리에게는 살아 있는 사람을 다른 곳으로 가게 하는 힘이 있으니까 샐마가 현관까지 오지 못했겠지. 대답하지 말까도 생각하지만, 샐마가 멈추지 않고 계속 문을 두드려서 그냥 문을 열어주고 다른 볼일이 생겼다고 말하기로 결심한다.

"잘 잤어?" 샐마가 현관 계단에 서서 내게 미소를 짓는다. "람야와 아이스크림 먹으러 갈 건데, 같이 갈래?"

"고맙지만 난 못 가." 나는 앞치마 주머니에 손을 넣고, 지난번 시장에 가서 사야 할 물건이라고 집을 설득할 때 적었던 목록을 꺼낸다. "장을 보러 가야 하거든."

"내가 도와줄게." 샐마가 목을 쭉 빼고 내 손에 있는 목록을 훑어본다. "여기 적힌 것 대부분은 알리 아저씨네 가게에서 팔아. 아저씨네 아들에게 여기까지 배달해달라고 할 수도 있어."

나는 잠시 주저한다. 직접 무거운 바구니를 옮기지 않고도 찬장을 채울 수 있다면야 나로서는 좋다. 하지만 샐마와

람야가 어제 시장에서 작은 소년에게 잔인하게 굴었던 게
자꾸 생각난다.

"뭐가 잘못됐어?" 샐마가 눈살을 찌푸린다.

"그 남자아이, 네 아빠 가게 근처에 있던……."

"라티?" 샐마가 웃는다. "아, 라티는 걱정 안 해도 돼! 우
리를 귀찮게 하지는 않을 거야."

"아니, 그런 게 아니라, 그러니까…어제 걔한테 좀 못되
게 굴지 않았어? 그렇게 밀어버렸으니까."

샐마는 어이가 없다는 듯 입을 떡 벌린다. "내가? 내가
걔한테 못되게 굴었다고? 아, 마링카, 그건 라티를 몰라서
하는 소리야. 얼마나 형편없는데. 거지에다 도둑놈이라고.
그런 사람들에게 잘해주면, 오히려 우리를 못살게 굴 거야.
그런 사람들에게는 못되게 굴어야 해. 여기서는 다 그래."

나는 미심쩍은 눈초리로 샐마를 본다. 바바 할머니는 우
리 집에 오는 모두에게 잘해줬다. 부자건 가난하건, 예쁘건
평범하건, 장미향이 나건 고약한 냄새가 나건. 누구에게나
먹을 걸 주고 똑같이 정성을 다해 그들을 인도했다. 그리고
그들은 모두 똑같은 문을 통해서 떠났다.

"나를 믿어." 샐마가 손을 잡자 온기가 전해진다. "난 그
럴 만한 이유 없이는 절대 아무에게나 못되게 굴지 않아.

그런데, 네 드레스는 어디 있어?"

"오늘은 이걸 입을 거야." 나는 손을 빼고 샐마의 눈을 의식하며 앞치마를 내려다본다.

샐마가 코를 찡그린다. "뭐, 아주 최악은 아니네. 소박한 편이야. 아, 맞다. 이거랑 정말 잘 어울리는 게 있는데 한번 볼래?" 샐마가 구슬로 예쁘게 장식한 가방을 뒤적인다. "이 것 봐." 샐마가 꺼낸 건 가죽 끈으로 된 목걸이다. 거기에 카나리아를 조각한 나무 장식이 달렸다. 카나리아의 부리 와 두 눈, 그리고 날개는 작게 황동으로 새겨 넣었다. "가져 도 돼." 샐마가 목걸이를 걸어준다. "어차피 나보다 너에게 잘 어울려."

나는 매끈하고 반들반들한 나무를 만지작거린다. "고마 워." 불편한 기분은 여전하지만, 샐마는 그저 잘해주려는 것 같다.

잭이 깃털을 곤두세우고 발톱으로 딸깍거리며 바닥을 가 로질러 뽐내며 걷는다. 샐마가 수상쩍다는 듯이 잭을 보더 니 한 발 뒤로 물러선다. "가자." 샐마가 내 팔을 잡아당긴 다. "필요한 것 사러 가야지."

샐마와 말싸움을 하느니 따라가는 편이 더 쉽다. 찬장을 채워 넣고 싶기도 하다. 원로 야가 할머니가 오늘 밤 의식에 가져갈 요리 준비를 도와준다고 말했기 때문이다.

샐마가 시장통에 있는 넓은 가게 앞까지 나를 데려가더니 어떤 나이 많고 수염이 난 아저씨와 흥정을 한다. 그 사이 나는 점원이 가져다준 달콤한 박하차를 마신다.

"다 됐어." 샐마가 함박웃음을 지으며 발표하듯 말한다. "오늘 저녁에 알리 아저씨네 아들이 네가 산 걸 전부 배달해줄 거야. 돈은 그때 내면 돼."

"정말?" 내가 웃는다. 지난번에 바바 할머니와 왔을 땐 병으로 가득 찬 바구니를 나르느라 여러 번 왔다 갔다 해야 했다. 샐마는 모든 일을 참 쉽게 처리한다.

"좋아, 람야를 찾아서 아이스크림을 먹자."

해가 높이 뜬 이 시간, 날씨는 덥고 습하다. 아이스크림을 먹으면 딱 좋을 것 같다. 그래서 나는 도와줘서 고맙다는 표시로 샐마에게 아이스크림을 사주는 게 예의라고 결론 내린다.

우리는 아야 언니네 상점에 들러서 람야를 데리고 나와 아이스크림을 핥으며 시장 곳곳을 누빈다. 지금까지 두어 번 아이스크림을 먹어봤지만, 오늘은 처음 먹어보는 레몬 맛으로 골랐다. 한여름 산들바람처럼 상쾌하게 맛있다.

거리는 다채롭고 생기로 활력이 넘친다. 가게 주변으로

천들이 물결치고, 수레바퀴가 굴러가고, 당나귀가 시끄럽게 운다. 멀리서 대나무 피리소리가 들리고 살아 있는 사람들이 웃음을 터뜨린다. 샐마와 람야는 기분이 좋은 듯 웃어대고, 둘에 대한 판단이 틀렸을지도 모른다는 기대감으로 내 마음도 부풀어 오른다. 그들의 말과 행동을 내가 잘못 받아들였을지도 모른다. 그렇게 못되고 잔인한 아이들은 아니었구나.

우리는 시장 가장자리로 가서 반구형 지붕을 얹은 높다란 원통형 건물까지 걸어간다. 나선형 계단을 올라 탑 꼭대기 그늘에 앉아 상점들을 내려다본다. 상점 대부분이 형형색색의 휘장에 가렸지만, 람야는 용케도 아야 언니와 샐마 아빠의 가게를 찾아낸다. 원로 야가 할머니가 위안주를 파는 가게 뒤로 머리를 내밀고 있는 야가의 집도 가리킨다.

"좀 으스스해 보이지 않아?" 람야가 몸을 부르르 떤다. "엄청 낡은 데다 어두컴컴하고 다 쓰러져 가잖아."

심장이 가슴에서 곤두박질친다. 나는 람야가 다시 원로 야가 할머니를 두고 이상한 소리를 꺼내기 전에 자리를 뜨기로 마음먹는다. 이곳에서 마지막으로 보내는 시간을 조롱하듯 내뱉는 람야의 날카로운 말로 망치고 싶지는 않다. 오늘 밤이 지나면, 언제 다시 시장으로 돌아올지도 알 수 없다.

"마링카네 집도 저 할머니의 집과 똑같이 생겼어." 샐마가 아이스크림을 핥으며 우리 집이 있는 쪽을 돌아보지만, 양탄자를 걸어놓은 빨간색 높은 건물에 가려서 보이지 않는다.

"정말?" 람야가 움찔하며 내게서 뒷걸음질을 친다. 그러더니 머리를 흔들며 웃는다. "에이, 설마. 아니야. 마링카네 집이 늙은 마녀의 집처럼 흉측하게 생겼을 리 없어."

"정말이야." 샐마가 고개를 끄덕인다. 자기 말이 돌처럼 나를 때리고 있다는 걸 눈치 채지 못 한듯, 샐마는 계속해서 아이스크림을 핥아 먹는다. "그치, 마링카?"

"할머니 집도, 우리 집도 흉측하게 생기지 않았어!" 내가 쏘아붙인다. 목덜미로 열기가 번져 오른다. "자기가 무슨 말을 떠들어대는지도 모르면서!" 목소리가 점점 높아지고 얼굴이 뜨거워진다. 그만 소리치고 싶지만 내 목구멍을 막고 있던 둑이 터지기라도 한듯 끊임없이 말들이 쏟아져 나온다. "넌 뭐가 아름답고 추한지도 몰라. 넌 잔인한 데다 미워하는 마음만 가득해. 너희 둘 다!"

너무 놀란 나머지 샐마의 눈알이 튀어나오려고 한다. "너에겐 잘해줬잖아!"

"넌 잘해줬던 게 아니야!" 나는 새장에 갇힌 새를 조각한 장식을 목에서 뜯어내 샐마 발밑에다 던진다. "넌 나를 내가 아닌 다른 무엇으로 바꿔놓으려고 했던 거야!"

"난 그냥 네가 드레스 사는 걸 도와준 것뿐이야." 당황해서 샐마의 얼굴이 일그러진다. "네가 좋아하는 줄 알았어."

이게 샐마의 잘못은 아니란 걸 깨닫자 목구멍이 막혀서 숨을 쉴 수 없다. 나 아닌 다른 무엇이 되기를 원했던 건 바로 나다. 나는 샐마처럼 살아 있길 원했다. 그래서 샐마가 제안하는 모든 걸 하며 샐마를 따라다녔다. 내가 더 강한 아이였다면, 그래서 람야가 잭과 원로 야가 할머니에 대해 잔인한 말을 할 때 자신감을 가지고 맞섰다면, 시장에서 그 남자아이를 위해 맞섰다면 얼마나 좋았을까.

람야가 턱을 치켜들고 나를 깔본다. "샐마는 네가 보통 여자애처럼 보이도록 도와준 거야. 못생긴 꼬맹이 마녀가 아니라. 그게 진짜 너지만."

"난 마녀가 아니야!" 나는 눈에서 불을 뿜으며 주먹을 움켜쥔다.

람야가 웃음을 터뜨린다. 그 웃음소리가 내 살갗을 기어다닌다.

"람야가 그냥 농담하는 거야." 샐마가 내 손을 잡으려고 팔을 뻗는다. "그저 너희 집과 늙은 할머니 집이 닮았다고 한 게 전부야. 사실 그렇잖아. 우리 같이 가서 람야에게도 보여주자. 그럼 람야도 너희 집이 조금 괴상하긴 해도 으스스하거나 무섭게 생기지 않았다는 걸 알 거야."

"우리 집 근처에는 얼씬도 하지 마!" 갑자기 내 입에서 나도 놀랄 만큼 큰 소리가 튀어나온다. 하지만 이 두 아이가 우리 집 주변을 어슬렁거리며 멋대로 판단하고, 나쁜 말을 내뱉을 걸 생각하니 도저히 참을 수가 없다. 바바 할머니가 옳았다. 집은 살아 있는 사람들로부터 보호받아야 한다. "내게서 떨어져!" 나는 나선형 계단을 뛰어 내려간다. 마음 속에서 폭풍우가 휘몰아친다. 나의 우주가 팽창하는 만큼 어둠도 깊어지는 것 같다. 집이 무너져 내리는 지금, 바바 할머니도 없고, 어디로 가야 내가 이 어둠으로부터 보호를 받고 안전함을 느낄지 알 길이 없다.

불꽃이 튀다

정신을 차려 보니 원로 야가 할머니 집 앞이다. 눈물을 참느라 온몸이 뻣뻣하게 굳었다. 눈앞에서 문이 열리지만 거실에 원로 야가 할머니 모습은 보이지 않는다. 나는 벽난로가 의자에 주저앉아 눈을 감고 *보르스치* 냄새를 맡으며 바바 할머니와 우리 집에 있다고 상상한다.

방 문 하나가 휙 열리더니 원로 야가 할머니가 두툼한 가죽 장갑을 끼고 유리로 된 두꺼운 보안경을 머리 위에 걸친 채 밖으로 나온다. "마링카, 괜찮니?"

나는 원로 야가 할머니가 왜 장갑과 보안경을 착용하고 있는지 의아해하며 할머니를 바라본다. "괜찮아요. 그냥 좀……." 목이 멘다. 무슨 말을 어디서 어떻게 시작해야 할지 모르겠다. 한쪽 눈에서 눈물이 한 방울 떨어져서 손등으로 눈물을 닦아낸다.

"또 그 여자아이들과 어울려 다닌 거냐?"

나는 고개를 끄덕이며 훌쩍인다. "다시는 같이 안 다녀요. 살아 있는 사람들이 싫어요."

"그래?" 원로 야가 할머니가 장갑을 벗더니 불 위에 주전자를 올린다. "왜 그렇지?"

"그들이 우리를 싫어하니까요." 내가 씁쓸하게 말한다.

"내 생각은 좀 다르구나. 네가 줄곧 얘기하는 그 친구들은 그저 어리고 어리석을 뿐이야. 자신과 다른 것들을 조금 두려워하는 걸 수도 있고. 하지만 살아 있는 사람이라고 다 그런 건 아니란다. 살아 있는 사람이지만 나에게는 다정하고 사려 깊은 친구들이 많은 걸."

"살아 있는 사람 친구가 있다고요?" 나는 똑바로 앉으며 원로 야가 할머니를 쳐다본다. 척추를 타고 얼얼한 느낌이 흐른다. "하지만 야가는 살아 있는 사람과 친구를 하면 안 되잖아요."

"그렇지, 그러면 안 되지. 그러니까 지금 내가 하는 말은 아무한테도 말하지 마라. 나는 살아 있는 사람들이 좋단다. 그래서 내 집이 은퇴했을 때 시장 안에 자리를 잡기로 결정한 거야."

나는 입을 떡 벌리고 원로 야가 할머니를 쳐다본다. "하지만 야가는 집과 저승문을 보호해야 한다고 바바 할머니가 말했어요. 살아 있는 사람들을 경계해야 한다고도 말했어요."

"아무렴, 바바 말이 옳고말고." 원로 야가 할머니가 차를 조금 따른 뒤 나를 탁자로 부른다. "나도 살아 있는 사람들과 교류하는 바람에 문제를 자초한 게 한두 번이 아니야."

"그런데 왜 그러세요?"

"내 생각엔 너와 같은 이유 때문인 것 같은데."

나는 찻잔을 내려다본다. 삶에 꽤 만족하는 원로 야가 할머니가 과연 나와 같은 이유로 살아 있는 사람을 좋아하는 걸까 의구심이 든다. 원로 야가 할머니가 자신이 처한 운명과 외로움에서 탈출해 살아 있는 사람들과 같이 살고 싶어 한다고? 하지만 이런 말을 원로 야가 할머니에게 털어놓을 수는 없다. 내가 진심으로 다음 수호자가 되고 싶어 한다는 믿음을 원로 야가 할머니에게 심어줘야 하기 때문이다. "살아 있는 사람하고는 친구가 될 가치가 없다는 걸 깨달았어요." 내가 단호하게 말한다. "람야나 샐마 같은 애들과 친구를 하느니, 차라리 친구가 없는 편이 나아요."

"그 여자아이들은 얼마든지 못되게 굴 수 있어." 원로 야가 할머니가 동의한다. "그래도 살아 있는 사람 자체를 포기하지는 마라. 세상에는 나쁜 사람보다 좋은 사람이 훨씬 많단다. 다만 신중하고 현명하게 친구를 사귈 필요는 있어."

"친구 따위 필요 없어요." 그 말이 입에서 시큼한 맛을 낸다. "어차피 집이 계속 옮겨 다니니까 살아 있는 사람들과 친구가 되는 건 의미가 없어요."

"진짜 야가처럼 말하는구나." 원로 야가 할머니가 차를 꿀꺽꿀꺽 마시고 웃는다.

나는 자리에서 불편하게 움직인다. "그럼 이제 유대감을 쌓는 의식을 준비하면 되는 건가요?" 내가 묻는다. "요리를 도와준다고 하셔서요."

"네가 도착했을 때 내가 하고 있던 게 바로 그거란다." 원로 야가 할머니의 눈이 반짝인다. "보르스치보다 훨씬 근사한 걸 만들고 있었지. 들어와서 보렴."

나는 원로 야가 할머니를 따라 조금 전 할머니가 나왔던 문으로 들어간다. 이상한 화학약품 냄새가 코끝을 간지럽힌다. 나는 놀라움에 사로잡혀 벽을 따라 시선을 옮긴다. 커다란 구리 냄비들과 배관들이 방 한쪽을 가득 채우고 있다. 싹과 뿌리와 덩굴들이 그것들을 휘감고 자라 단단하게 고정하고 있다.

다른 한쪽은 기다란 나무 작업대가 아예 통째로 자리를 차지하고 있다. 할머니의 집이 작업대 위로 선반들을 만들어놓았고, 선반은 온갖 종류의 유리 용기로 꽉 들어찼다. 단단하게 감긴 덩굴손이 유리 용기들을 감싸고 있다.

"정말 근사하지?" 원로 야가 할머니가 자랑스럽게 방안을 둘러본다. "집이 8백 년도 훨씬 전에 이 실험실을 나에게 만들어줬단다. 집이 모든 냄비와 시험관들을 어찌나 조심스럽게 다루는지, 이 안에서 깨진 적이 한 번도 없어. 집이 대초원 위를 질주할 때조차도." 원로 야가 할머니가 나를 돌아보며 한 쪽 눈을 찡그린다. "방문객을 즐겁게 해주느라 한 바퀴 구를 때는 물론이고."

"이게 다 뭐예요?" 방안 풍경을 전부 담아내느라 눈이 커지며 내가 속삭이듯 묻는다. 원통형 구리 용기가 눈을 멀게 할 정도로 번쩍여서 선반 쪽으로 돌아섰더니, 상상할 수 있는 모든 색깔의 가루와 미립자와 액체로 채워진 병들이 늘어서 있다.

"이것들로 위안주를 만든다." 원로 야가 할머니가 청동제품이 가득한 쪽으로 손을 흔들더니 작업대 쪽을 돌아보며 환히 웃는다. "이쪽은 실험도구와 혼합물이고. 지금은 폭죽을 만들고 있어."

"폭죽이요?" 몸 안에서 자그마한 폭발이 일어난다. 나는 작업대 위의 물건들을 좀 더 가까이에서 살핀다. 종이 양파 같은 둥근 공들이 질서정연하게 놓여 있는데, 공들마다 줄이 한 가닥씩 매달려 있다. 공 하나는 검은색 가루와 꼬인 종이 층을 드러내며 벌어져 있다.

"오늘밤에 터뜨리려고." 원로 야가 할머니가 장갑을 다시 끼며 환하게 웃는다. "너도 도와주겠니?"

"네, 그럴게요." 나는 손가락을 떨며 고개를 끄덕인다. 원로 야가 할머니가 건네준 장갑과 보안경을 착용하고 작업대로 이동하는 순간, 샐마와 람야에 대한 생각은 전부 증발해 버린다.

"별(*색화제와 발화제를 반죽해서 굳힌 작은 구슬)을 만들어 보렴." 원로 야가 할머니가 선반 밑을 두드리자 굵직한 덩굴이 여러 색깔의 가루로 가득한 선반을 들고 작업대 쪽으로 내려온다. "이걸로 폭죽에 색깔을 내는 거야."

원로 야가 할머니가 선반에서 통을 하나씩 꺼내며 안에 든 가루의 이름과 그 가루가 탈 때 무슨 색을 내는지 설명해준다. 염화바륨은 초록색, 염화칼슘은 주황색, 그리고 질

산나트륨은 노란색을 내며 탄다. 원로 야가 할머니는 새로운 색깔 만드는 방법도 설명해준다. 가령, 붉은색을 내는 탄산스트론튬과 푸른색을 내는 염화구리를 섞으면 보라색을 내는 폭죽을 만들 수 있다. 그리고 각각의 혼합물에 얼마만큼의 가루를 넣어야 하는지 보여주고는 나에게 만들라며 건네준다.

나는 작업대 이쪽 끝에서 작은 별들을 만들고, 원로 야가 할머니는 저쪽 끝에서 작업한다. 나는 각각의 혼합물에 가루를 한 가지씩 넣다가, 나중에 하늘에서 얼마나 멋진 색깔을 내며 터질까 궁금해하며 이것저것 조금씩 섞어보기 시작한다.

　원로 야가 할머니가 내가 만든 별로 종이 양파를 채운다. 할머니는 각각의 층들이 무슨 역할을 하는지 들떠서 설명한다. 양파가 사실은 '옥피玉皮'라고 불리며, 그 안에는 폭죽을 하늘로 쏘아 올리는 화약이 있고, 실제로 폭죽을 터뜨리는 화약도 있으며, 폭죽이 원하는 높이까지 올라가서 터지도록 시간을 맞춰주는 도화선도 있다고 알려준다.

　"이런 건 어디서 배웠어요?" 원로 야가 할머니가 숨을 쉬느라 잠깐 말을 멈춘 사이 내가 묻는다.

　"살아 있는 사람들에게 배웠지! 그래서 살아 있는 사람들과 얘기한단다. 세상에 대해, 그리고 나 자신에 대해 새로운 걸 배우려고. 내가 너만 할 때 대초원에서 처음으로 살아 있는 사람과 친구가 된 이후 나에게는 언제나 살아 있는 사람 친구들이 있었어. 까만 머리의 유목민 소년이었는데, 마술을 부릴 줄 알아서 내가 홀딱 빠져 버렸지.” 원로 야가 할머니가 손가락을 꼼지락거리더니 허공에서 반짝이는 동전 하나를 끌어당기며 웃는다. “하지만 폭죽 만드는 법은 저 멀리 동쪽에 사는 자이오 사부에게 훨씬 나중에 배웠단다. 나는 늘 화학을 좋아했어. 물론 수백 년 전 먼 옛날에는 화학이라는 말 자체가 없었지만. 나는 세계 각지에서 온 수도사며 학자들과 연금술을 연구하기도 했어. 그때 우리는 아는 게 거의 없어서 달걀껍질과 유기물을 이용해서 금을 만들 수 있다고 확신했단다. 우리가 실험을 진행했을 때 이 안에서 풍기던 냄새가 얼마나 고약했는지 넌 상상도 못할 거야.” 웃음을 터뜨리는 원로 야가 할머니의 눈이 반짝인다. “그 이후로 정말 많은 진전이 있었지. 나는 보일, 라부아지에, 로절린드 프랭클린 같은 최고의 화학자들과 연구했단다.” 할머니가 한숨을 쉰다. “멘델레예프와 수업을 받던 게 바로 엊그제 같은데, 백 년도 더 됐을 거야.”

“할머니는 지금 몇 살인데요?” 내가 묻는다.

“어른들에게 나이를 묻는 건 예의에 어긋난다고 바바가 얘기 안 해주던?” 원로 야가 할머니가 보안경 너머로 근엄

한 눈빛을 보내지만, 여전히 입가에 미소를 머금고 있어서 나는 할머니가 장난치는 거라고 생각한다.

"죄송해요." 나는 얼굴을 붉힌다. "원로 야가 할머니가 원로회 일원이라고 바바 할머니가 말했지만, 그게 무슨 뜻인지 생각해보지 않았거든요. 그냥 나이가 많고, 지혜롭고, 뭐 그럴 거라고 짐작했어요."

"나이가 많다, 그래 맞다. 원로회 야가들은 다 천 년도 넘게 살았어. 하지만 나이를 먹는다고 지혜가 그냥 따라오는 건 아니란다. 그래도 나는 긴 세월을 살면서 몇 가지는 배웠다고 생각하고 싶다만."

"화학 같은 거요?"

원로 야가 할머니가 고개를 끄덕인다. "네게 주어진 시간을 죽은 사람들만 인도하면서 보내면 안 돼. 바바도 늘 음악을 즐기지 않던?"

"바바 할머니는 내가 아는 악기는 모두 연주하고 고칠 수도 있어요." 나는 한 발로 바닥을 두드리며 아코디언을 연주하고, 고개를 한쪽으로 기울인 채 입술로 플루트를 불며, *발랄라이카*를 가볍게 퉁기는 바바 할머니 모습을 떠올리며 자랑스럽게 말한다. 나는 눈물이 차오를 때마다 눈을 깜빡이며 무슨 일이 있어도 오늘 밤에는 바바 할머니를 데려오겠다고 다짐한다.

"너는 어때?" 할머니가 묻는다. "뭘 하고 싶니?"

나는 이제 막 혼합을 마친 별을 내려놓고 생각한다. 나는 내가 뭘 좋아하는지 몰라서 입술을 굳게 다문다. 물론 책을 읽거나 공상에 잠기며 매일 뭔가를 한다. 하지만 내가 열정을 품은 건 없다. 벤자민은 미술을 좋아하고, 니나는 동식물을 아끼고, 원로 야가 할머니에게는 화학이 있고, 바바 할머니에게는 음악이 있지만, 나에게는 그런 게 없다. 문득 내가 뭘 좋아하는지 알 것 같은 느낌이 들자 마음속에서 불꽃이 튄다. 나는 온 세상을 탐험하고 싶다. 새로운 일에 도전하며 내 열정이 무엇인지 알아내고 싶다. 하지만 그러기 위해선 나 대신 바바 할머니가 죽은 사람들을 인도할 수 있도록 할머니를 집으로 데려와야 한다.

"그저 수호자가 되고 싶을 뿐이에요." 나는 오늘 밤 치를 의식과 바바 할머니를 찾을 것만 생각하며 거짓말을 한다.

원로 야가 할머니는 장갑과 보안경을 벗고 우리 앞에 차곡차곡 쌓인 폭죽을 흐뭇한 눈으로 바라본다. "이 정도면 충분하겠지."

나는 보안경을 머리 위로 밀어 올리며 힐긋 창밖을 본다. 벌써 바깥이 어둑어둑하다. "이제 갈 시간이에요?" 질문하는 내 뱃속이 꽉 조여 온다.

"아직도 이게 네가 원하는 일이라고 확신한다면." 원로야가 할머니가 작업대 아래에서 철로 된 커다란 상자를 꺼내 작업대 위에 올려놓고 폭죽을 담기 시작한다.

"그야 물론이죠. 기다리는 것도 지쳤어요." 나는 이게 진실임을 깨달으며 웃는다. 오늘 밤 나는 내가 지금껏 봤던 야가보다 훨씬 많은 야가를 한 자리에서 보게 된다. 내가 만든 폭죽이 머리 위에서 터지며 불꽃이 피어나는 광경을 지켜보게 된다. 그리고 바바 할머니를 찾기 위해 저승문 안으로 뛰어들 생각이다.

오늘 밤은 정말 멋질 거야. 내일이면 바바 할머니가 집에서 죽은 사람들을 인도할 거고, 집에 금이 간 것도 아물 테고, 위대한 순환 고리도 제자리를 찾을 거고, 내가 무엇을 하고 싶은지도 자유롭게 알아볼 수 있을 테니까.

그렇게 되면 죽은 사람으로서 닭다리가 달린 집에 매여 지내는 처지도 그렇게 나쁘지만은 않을지도 모른다.

유대감을 쌓는 의식

원로 야가 할머니가 창밖으로 몸을 내밀고는 환희에 차서 탄성을 지른다. "야가의 집이 이렇게 빨리 달릴 때 어떤 느낌인지 까맣게 잊고 있었어." 원로 야가 할머니가 다시 집안으로 머리를 거둬들이며 활짝 웃는다. 숱이 많은 할머니의 꼬불꼬불한 머리카락이 바람에 잔뜩 부풀었다. 이제 막 돋아난 덩굴이 서까래 아래로 내려와 굵어지며 비비 꼬이더니 할머니 아래쪽에서 그물침대를 만든다. "어머나, 고마워요, 아가씨."

"아가씨?" 나는 눈이 휘둥그레진다.

"그럼." 원로 야가 할머니가 그물침대 위로 뛰어오른다. "너희 집은 아주 멋진 아가씨란다."

"그걸 어떻게 아세요?" 우리 집이 '남자'나 '여자'일 거라고는 한 번도 생각해보지 않았다.

"그냥 느낌이야. 저기 좀 봐라!" 원로 야가 할머니가 손을 뻗어 지평선 위에 있는 무언가를 가리킨다. 달빛 속으로 간신히 보이던 작고 흐릿한 형체가 순식간에 커진다. 잭도 창턱을 오가며 눈여겨본다.

나는 창문 쪽으로 더 붙어서 눈을 가늘게 뜨고 흐릿한 형체를 본다. "다른 야가의 집이에요!"

"오네킨 야가야! 오네킨 님을 마지막으로 본 게…맙소사, 못해도 2백 년은 지났을 거야." 원로 야가 할머니가 한 손을 가슴 위에 올리며 미소를 짓는다.

오네킨 야가의 집이 질주하며 우리 집 바로 옆까지 다가온다. 거대한 닭다리 두 쌍이 쿵쿵거릴수록 내 심장이 더 빠르게 뛰더니 지금은 소리가 몸 전체로 울려 퍼진다.

동그랗고 밝은 노란색 모자를 쓴 할아버지가 창문에서 손을 흔든다. "안녕하신가요, 타티아나 야가님!" 할아버지가 소리친다. "내가 기억하는 모습보다 훨씬 더 아름답습니다."

원로 야가 할머니가 키득거리며 손수건을 마주 흔든다. "아휴, 감사합니다, 오네킨 야가님. 오네킨 님이야말로 멋지세요. 파티하기에 정말 좋은 밤이네요."

"그렇고말고요." 오네킨 야가가 달을 올려다본다. 커다란 보름달이 환히 빛나고 있다. "그럼 어디 한번 달려 볼까요?" 오네킨 야가의 집이 우리 앞을 박차고 나가는 바람에 창문으로 먼지구름이 소용돌이치며 밀려들어온다. 잭이 요란하게 깍깍거리더니 날개를 퍼덕이며 내 어깨 위로 올라온다.

"집. 너 지금 이걸 참아주려는 건 아니겠지?" 원로 야가 할머니가 그물침대의 덩굴을 꽉 움켜쥐자 별안간 우리 집이 속도를 낸다. 나는 휘청거리며 넘어지지 않으려고 창턱에

기댄다. 집이 다른 어느 때보다 빠르게 속도를 높이며 달린다. 창밖 풍경이 흐릿한 형체로 바뀌며 쌩 지나간다. 나는 흥분으로 온몸이 폭발할 것 같아서 휘몰아치는 공기 속으로 소리를 지른다.

"더 빨리! 달려! 넌 할 수 있어! 더 빨리! 더 빨리!"

잭이 나를 따라하며 부리를 높이 쳐들고 날개를 퍼덕인다.

닭다리들이 더 강하고 더 빠르게 쿵쿵거리더니 어느새 우리 집이 오네킨 야가의 집을 따라잡는다. 우리가 앞서 나가자 오네킨 야가가 미소를 지으며 모자 한쪽을 살짝 들어

올렸다가 내린다. 그러자 원로 야가 할머니도 고개를 끄덕여 화답한다. 나는 펄쩍 뛰며 환호성을 지른다. "집! 네가 해낼 줄 알았어!" 나는 승리감에 젖어 창문을 손으로 찰싹 때린다.

원로 야가 할머니도 웃으며 그물침대에서 그네를 탄다.

"그게 할머니 이름이에요?" 내가 묻는다. "타티아나?"

"그렇답니다. 마링카 야가님." 원로 야가 할머니가 고개를 끄덕이며 한 손을 앞으로 내민다. "나는 타티아나 야가에요. 만나서 정말 반가워요."

나는 원로 야가 할머니의 손을 마주 잡고 얼굴을 붉힌다. 원로 야가 할머니의 이름도 물어보지 않다니, 믿을 수 없다. "오늘 밤 모이는 야가는 모두 아는 분들이에요?" 내가 묻는다.

"그렇단다. 전부 내가 만든 위안주를 사려고 시장에 들르는 야가들이지. 내가 위안주를 만드는 것도 그 때문이야." 원로 야가 할머니가 눈을 찡긋한다. "나는 친구 만드는 걸 좋아하거든. 그들이 언젠가 떠난다 해도."

더 많은 야가의 집들이 지평선 위로 등장해서 뒤로 먼지를 풀풀 날리며 우리와 합류한다. 엄청나게 많은 닭다리들이 내는 소리가 지축을 울리고, 그 울림에 답하듯 나도 전율한다.

"이렇게 많은 집들은 처음 봐요!" 내가 소리친다.

"야가의 집들이 우레와 같은 굉음을 내며 달리는 광경은 그야말로 장관이야." 원로 야가 할머니가 한숨을 내쉰다. "흔히 볼 수 있는 건 아니란다."

"야가들은 왜 좀 더 자주 모이지 않아요?" 이미 답을 알 것 같지만 그래도 물어본다.

"살아 있는 사람에게서 집과 저승문을 보호하는 게 우리 임무니까. 이 정도 규모로 모이면 원치 않는 시선을 끌 수도 있거든." 방금 내뱉은 말이 나쁜 냄새라도 되는 것처럼 원로 야가 할머니가 손을 휘젓더니 나를 곁눈질한다. "우리가 더 자주 만나면 좋겠다는 생각은 나도 늘 한단다. 야가로 산다는 건 참 외로울 수도 있거든."

"꼭 그렇지만은 않아요." 내가 아직 의식을 치를 준비가 덜 됐다고 원로 야가 할머니가 생각할 것 같아서 거짓말을 한다. "우리는 밤마다 죽은 사람들과 파티를 열잖아요."

"그것도 사실이지." 원로 야가 할머니가 고개를 끄덕인다. "나도 죽은 사람들을 인도하는 파티를 좋아했단다. 그래도 일단 야가들 파티가 어떤지 한 번 보기만 해. 그에 견줄만한 건 없거든. 말이 나온 김에 나도 준비를 해야겠구나." 원로 야가 할머니가 그물침대에서 뛰어내리더니 가지고 온 커다란 상자를 연다. 상자 안에서 옷들이 튀어나온다. 원로 야가 할머니가 커다란 솜사탕 같은, 손바닥만 하면서도 순전히 술만 엮어서 만든 것 같은 드레스 사이로 손을 헤집는다. "아무래도 난 짐을 꾸리는 덴 소질이 없나봐." 원로 야가 할머니가 바다색으로 반짝이는 전복 껍데기를 붙여서 꾸민 작은 가방에 이어 털모자와 주름장식이 많은 깃과 깃털 목도리를 한쪽으로 던진다.

"너도 한 번 입어보고 싶을 것 같은데, 네가 뭘 좋아하는지 모르겠구나." 원로 야가 할머니가 한때 배 모양이었을 것 같은 납작하게 찌그러진 파란 머리장식을 들어 올리며 웃는다. "아무래도 이건 유행이 한참 지났겠지. 정리를 했어야 했는데."

"난 이걸로 만족해요." 원로 야가 할머니의 상자에서 맴도는 시선을 거두지도 못하면서 나는 평범한 내 모직 드레스를 쓸어내린다.

"뭐든 네가 편하다면야." 원로 야가 할머니가 검은색 긴 치마와 꽃무늬 자수가 놓인 흰색 윗도리를 들고 자리를 뜬다. "그래도 내가 옷을 갈아입는 동안 마음껏 살펴보렴."

상자 밖으로 처음 보는 직물에다 재미있는 모양의 옷들

이 너무 많이 빠져 나와 있어서 어느새 나도 모르게 그것들을 뒤적인다. 이런 건 도대체 언제 어디에서 구했을까 추측하면서. 그러다가 상자 거의 밑바닥에 뭉쳐 있는 옷더미에서 가장자리를 따라 온갖 색깔의 해골과 꽃무늬로 화려하게 장식한 검은색 벨벳 드레스를 발견한다. 부드럽고 따뜻한데다 어찌나 두꺼운지 잭의 발톱에도 끄떡없을 것 같다. 바바 할머니가 생각나는 무늬다.

"네가 입으니까 아주 사랑스러워 보이는구나." 원로 야가 할머니가 벨벳 드레스를 입은 내 모습을 보고 미소를 짓는다. "오늘 밤은 정말 재미있을 것 같아." 원로 야가 할머니가 그물침대 위로 다시 폴짝 뛰어오르더니 창밖을 내다본다. "네가 유대감을 쌓는 의식을 끝까지 밀고 나가든 중단하든 상관없이 말이다."

"그게 무슨 말씀이에요? 난 당연히 의식을 치를 건데." 내가 단호하게 말한다.

"네가 마음을 바꿔도 괜찮다는 말을 하는 것뿐이야. 유대감으로 엮이는 건, 그건 정말 엄청난 결정이거든. 특히 너처럼……."

"나처럼 죽은 사람?" 내가 끼어든다. 목을 타고 차가운 기운이 내려간다.

"아니, 너처럼 어린 사람." 원로 야가 할머니가 다정하게 말한다.

얼굴로 피가 몰린다. "죄송해요." 그렇게 날을 세워 말했다는 것에 당혹스러워하며 내가 중얼거린다. 나는 창문으로 돌아서서 다가올 밤을 생각한다. 의식이 시작되면 저승문을 넘어 별까지 떠내려가자. 나는 죽었으니까 검은 바다 위에 둥둥 떠서 유리 산까지 흘러가겠지. 그럼 나는 바바 할머니를 찾아서 할머니를 업고 집까지 오면 된다. 아기였던 나를 할머니가 업고 왔듯이. "난 정말 이 일을 원해요." 내가 말한다. "내 뜻은 바뀌지 않을 거예요."

닭발이 땅을 내딛는 소리가 더 깊어지고 더 크게 울린다. "대초원이구나." 원로 야가 할머니가 반짝이는 눈동자로 창밖을 응시하며 속삭인다. "다시 돌아오니 정말 기쁘구나. 나에게 영원한 고향은 언제나 여기였어."

달빛을 받아 은색으로 빛나는 초원이 내 눈길이 미치는 곳 끝까지 드넓게 펼쳐져 있다. 닭발이 흙을 파헤치자 상쾌한 비 냄새가 땅에서 올라온다. 저 멀리로는 나지막한 산들이 검은색 선으로 모습을 드러내고, 그보다 더 짙은 검은색 윤곽선을 한 숲도 보인다.

집이 속도를 늦춰 이제는 걷다시피 하며 나무들이 늘어

선 쪽으로 향하자 다른 야가의 집들도 우리를 따른다. 서로 가까워지자 산들바람에 실려 오는 북소리가 들린다. 북소리가 나를 밀어 올리는 것 같아서 나는 가벼워져서 더 높이 올라간 느낌이다. 잭이 날갯짓을 하며 다시 창턱에 내려앉는다. 잭도 들떴는지 창밖으로 밤을 응시하는 눈이 반짝인다.

숲 가장자리에 모여든 무리를 보자 온몸이 짜릿하다. 이런 광경은 상상도 못 해봤다. 천 개쯤 되는 해골이 발하는 빛으로 거대한 해골 울타리가 주황색으로 반짝인다. 그 너머에서는 수많은 야가의 집들이 뛰어오르기도 하고 열린 문에서 흘러나오는 음악에 맞춰 춤도 춘다. 나이 든 집 몇 채는 다리를 집 아래에 포개고 무리 가장자리에 앉아, 황소만하게 꿰맨 가죽 공을 가지고 노는 젊은 집들을 구경하고 있다.

우리 집 뼈 창고에서 뼈들이 굴러 나와 울타리에 합류하겠다며 그쪽으로 달려간다. 종아리뼈와 넓적다리뼈가 이상한 수레 모양으로 합쳐지더니 덜컹거리며 울타리 위를 불안하게 굴러간다. "너도 저런 걸 타며 재미있게 놀려무나." 원로 야가 할머니가 나를 문으로 이끈다. "잠시만 기다리렴. 내가 네 물건 하나를 가지고 있단다. 며칠 전 밤에 네가 우리 가게 앞에 떨어뜨리고 갔더구나." 원로 야가 할머니가 주머니에서 바바 할머니의 해골과 꽃무늬가 그려진 스카프를 꺼내더니 내 턱 밑에 묶어준다. "됐다." 원로 야가 할머니가 나와 함께 현관 계단을 내려와 축축한 흙 위에 고인 물웅덩이를 가리킨다. "지금은 뭐가 보이지?"

물속을 들여다보니 바바 할머니의 스카프 아래로 삐져나온 내 곱슬머리가 보인다. "물에 비친 내 그림자!" 나는 몸을 더 숙인다. "내가 수호자처럼 보여요!"

"거의." 원로 야가 할머니가 너털웃음을 짓는다. "의식에서 보자꾸나."

나는 신경을 곤두세우고 바짝 긴장한 채 무리를 향해 걷는다. 무슨 일이 벌어지는지 미처 파악하기도 전에 원로회 야가들이 나를 둘러싸고 악수를 하며 등을 두드린다.

"난 애나 야가란……."

"…드미트리 야가……."

"…만나서 반가……."

"…유대감을 쌓을 최적의 밤이……."

"…정말 멋진 집……."

"엘레나 야가! 이리 와서 마링카 야가와 인사 나누렴."

한 어린 소녀가 뛰어오는 걸 보고 나는 활짝 웃는다. 나만큼이나 어린 야가는 처음 본다.

"안녕, 마링카 야가. 유대감을 쌓는 의식을 치르게 된 걸 축하해." 엘레나 야가도 나와 평생 알고 지낸 사이처럼 환히 웃어준다. 엘레나 야가가 내 팔짱을 끼고 원로회 야가들에게서 멀어진다. "우리 뼈코스터 타러 갈래?"

엘레나 야가의 눈길을 따라가며 울타리 꼭대기를 보니 뼈 수레 몇 대가 그 위로 굴러다닌다. 엘레나 야가가 나를 이끌고 울타리가 낮아진 쪽으로 가자, 수레 한 대가 덜컹거리며 내려온다. 우리는 수레 안으로 기어오른 뒤 골반 좌석에 앉아 어깨뼈에 등을 기댄다. 우리가 올라탄 수레가 뼈 기찻길이 있는 울타리 맨 꼭대기로 쉭 소리를 내며 올라가자 속이 뒤집힌다. 뼈 기찻길은 커다란 원을 그리며 모든 야가의 집들을 오르내린다.

나와 엘레나 야가는 곧 무너질 듯한 오르막에서는 서로를 꼭 끌어안고, 미친 듯이 급경사로 내달리는 내리막에서는 함께 목이 터져라 비명을 질러댄다. 기찻길을 따라 질주하는 수레 위로 잭이 솟구쳐 오른다. 온통 환한 불빛과 소용돌이뿐이고, 내 눈엔 현기증과 웃음소리와 별들만이 가득하다. 드디어 수레가 멈추자 나는 후들거리는 다리로 비틀거리며 나오면서도 입이 찢어지도록 웃는다.

사방이 야가들 천지다. 곳곳에서, 야가들이 긴 탁자 위에 음식을 차리며 어마어마하게 빠른 속도로 얘기를 해서 나는 머리가 핑 돈다. 모두가 친근하고 다정하다. 하나같이 미소 띤 얼굴로 나와 우리 집을 칭찬하며 손으로 음식을 떼서 잭에게 나눠준다. 몇몇 야가들은 바바 할머니와 아는 사이였다면서 바바 할머니가 얼마나 좋은 분이었는지 얘기해주기도 한다. 나는 나만의 비밀을 품은 채 미소로 화답한다. 바바 할머니는 아주 가버린 게 아니다. 내가 곧 할머니를 데려오려고 한다.

나는 정말 많은 야가를 만나지만, 누구도 제대로 알지는 못한다. 저승문으로 향하는 죽은 사람들처럼 모두 춤을 추며 멀어진다. 하지만 그들이 전부 나 같은 야가라서 웃느라 뺨이 아프다. 뭐, 나와 거의 비슷하다. 나는 살아 있는 사람과도 어울리지 않고 죽은 사람들과도 어울리지 않는다. 하지만 시간만 충분하다면, 이곳에서는 어울릴 수도 있을 것 같다. 오래 지속할 관계가 아니라 아쉬울 따름이다. 원로 야가 할머니 말이 옳았다. 야가들은 더 자주 모여야 한다. 바바 할머니가 돌아오면, 우리가 다시 모임을 주선할 수는 없는 건지 궁금하다.

"저길 봐!" 엘레나 야가가 내 팔을 당긴다. "너희 집을 꾸며놨어.”

뒤를 돌아보니 지붕에서 줄을 늘어뜨린 해골 촛불이 달랑거리며 밝게 빛나고, 큼지막한 붉은색 꽃다발로 집을 뒤덮었다. 그 모습이 너무 아름다워서 나는 자랑스러움에 가슴이 벅차오른다.

“유대감을 쌓는 의식이 기대돼?” 엘레나 야가 묻는다.

나는 온 신경에 전류가 흐르는 걸 느끼며 고개를 끄덕인다. “엘레나 야가 집도 유대감을 쌓은 사이야?” 내가 묻는다.

“아, 아니.” 엘레나 야가 대답한다. “난 엄마 발렌티나 야가와 함께 살아. 난 적어도 쉰 살이 되기 전까지는 수호자가 되고 싶지 않아. 백 살이 될 때까지 미룰지도 몰라. 이렇게 어린데 의식을 치르기로 했다니 넌 정말 용감하다.”

나는 용감하다고 생각하지 않는다. 불현듯 강렬한 한기를 느끼며 자신감을 잃는다. 이 모든 야가들과 빛과 음악으로 가득한 의식을 뒤로 한 채, 홀로 저승문 너머 어둠 속으로 발을 들인다고 생각하니 몸이 떨린다.

원로 야가 할머니가 굵은 금속관 몇 개를 들고 내 옆에 나타난다. 오네킨 야가도 우리가 만든 폭죽으로 채워진 금속 상자를 들고 원로 야가 할머니와 함께 있다. “네가 첫 번째 푹죽에 불을 붙이겠니?" 원로 야가 할머니가 웃으며 묻는다.

"네, 그러고 싶어요." 내가 말한다. "근데 벤지와 잭은 어쩌죠? 무서워하지 않을까요?"

"벤지가 누군데?" 엘레나 야가가 묻는다.

"내가 키우는 새끼 양이야. 뒤쪽 현관 우리 안에 있어."

"괜찮다면 불꽃놀이를 하는 동안 내가 벤지와 잭을 돌볼게." 엘레나 야가가 제안한다.

"그럼 나야 좋지. 고마워." 나는 벤지가 담요에 파묻혀 있는 곳으로 엘레나 야가를 데리고 간다. 나는 벤지와 잭을 떠나기 전 둘을 쓰다듬고 꽉 안아준다. 눈물이 나서 눈 안쪽이 찌르듯이 아프지만, 눈을 깜빡여서 눈물을 삼킨다. 저승문을 넘는 건 가치가 있을 거라고 나 자신에게 말해준다. 바바 할머니와 함께 곧 돌아올 거라고도 중얼거린다.

수백 명의 야가들이 모여들어 해골 불빛에 얼굴을 반짝이며 우리 집 현관 앞을 둘러싼다. 원로 야가 할머니가 나를 무리에서 조금 떨어진 곳으로 이끌고는 어떻게 관을 세우는지 보여준다. 원로 야가 할머니가 뇌관이라고 부르는 장치인데 폭죽을 쏘아 올린다.

나는 오네킨 야가의 도움을 받아 처음 다섯 발에 불을 붙이고 우리는 다시 현관으로 달려간다. 밤하늘에서 거대한 붉은색, 초록색, 황금색, 파란색, 보라색의 폭죽이 민들레처럼 터지는 걸 지켜본다. 무리가 환호성을 지르고, 마지막 불꽃이 반짝이며 하늘에 둥둥 떠서 내려오자 나는 익숙한 온기와 냄새를 풍기는 우리 집 안으로 미끄러지듯 들어간다.

원로회 야가 다섯 명이 항상 저승문이 열리는 공간 주변으로 모이더니 죽은 사람들의 언어로 무언가를 소리 높여 즐겁게 노래한다. 집안이 활기로 터져나갈 지경이 되도록 야가들이 끊임없이 방으로 들어온다. 그들은 손뼉을 치고 발을 구르며 춤을 추고, 음식이 담긴 접시와 *크바스* 잔을 돌린다. 집이 박자에 맞춰 들썩이고 난로가 행복한 표정으로 나를 향해 미소를 보낸다.

하얀색의 작은 꽃으로 엮은 목걸이가 내 목을 감싸며 떨어지고, 나는 집 전체를 활짝 핀 꽃으로 뒤덮은 가느다란 덩굴을 쳐다본다. 서까래에서 자란 덩굴은 허공을 가로질러 벽을 타고 내려와 벽난로 선반과 가구를 휘감고 있다. 야가들이 나를 저승문 쪽으로 안내하고, 내가 앞으로 나가자 덩굴과 꽃이 천천히 나를 휘감으며 집과 나를 연결한다. 나는 내 안이 따뜻해지듯 집이 행복해하는 걸 느낀다.

"마링카, 꼭 이렇게 할 필요는 없다는 사실을 기억해라. 언제든 마음을 바꿔도 돼." 원로 야가 할머니가 내 귀에다 속삭인다.

나는 원로 야가 할머니에게서 떨어져 달콤한 꽃향기에 파묻힌다. 저승문에 다가갈수록 비단결 같은 꽃잎과 솜털이 보송보송한 부드러운 덩굴이 내 얼굴과 손을 스친다. 내가 원로회 야가들 바로 곁에 서자 원로회 야가들이 나를 향해 돌아서며 부르던 노래를 바꿔 부른다. 엄숙하고 느린 곡이다. 나는 노랫말을 이해하려고 애쓰지만 도무지 집중할 수가 없다. 심장이 터질 듯 두근거린다.

갑자기 노랫소리가 귓속말에 가까울 정도로 작아진다. 나는 위대한 순환 고리의 고귀함과 수호자에 대한 존경의 뜻이라고 생각한다. 나는 손에서 덩굴을 쓸어내고 호흡을 가다듬는다.

야가들이 평화롭고 조용한 가운데 내 주변으로 모인다. 기대에 부푼 야가들이 입술을 살짝 벌리고 있다. 굴뚝에서 불어온 바람 한 줄기에 촛불들이 깜빡이며 방안 가득 춤추는 그림자를 드리운다.

"야가의 집이여!" 원로회 야가 중 한 명이 서까래를 향해 크게 외치자 내가 움찔한다. "마링카 야가가 별을 증인으로 삼아 그대에게 맹세할 수 있도록 저승문을 열지어다."

바로 이거다. 바로 몇 발짝 앞에서 저승문이 열린다. 드디어 바바 할머니를 집으로 데려올 수 있다. 나는 다시 안전해지고 집도 허물어지는 걸 멈추겠지. 인도 받지 못한 죽은 사람들이 사라지는 일도 없겠고, 위대한 순환 고리도 순식간에 바로잡힐 거다. 내가 바바 할머니를 바짝 끌어당기는 순간 바바 할머니가 떠난 뒤 줄곧 나를 짓누르던 근심걱정은 모두 사라지고, 바바 할머니가 나를 꽉 안는 순간 모든 것이 괜찮아질 거다. 집은 나을 테고, 바바 할머니는 죽은 사람들을 인도하고, 나는 내 미래를 결정하면 된다.

길게 심호흡을 하자 가슴이 부풀어 오른다. 드디어 검은색 직사각형 저승문이 입을 벌린다. 나는 전속력으로 달려 그 안으로 뛰어든다.

암흑

내가 저승문을 향해 날아가는 동안 주변의 모든 것들이 느리게 움직인다. 나를 휘감고 있던 꽃과 덩굴이 끊어져서 떨어진다. 야가들은 턱이 땅에 닿도록 입을 크게 벌리고 짧은 숨을 토해낸다. 손을 입으로 가져가기도 한다. 충격과 저승문 너머 텅 빈 곳에서 반사된 불빛으로 눈이 휘둥그레지며 깜박거린다. 귀를 스치며 바람이 불어 닥치고 검은색의 바다가 일으킨 파도가 나를 아래로 잡아당긴다. 나는 차가운 바닷물이 올라와 머리와 목으로 덮칠 걸 단단히 각오하는데…….

난데없이 발톱이 등을 파고들고, 누군가가 팔을 잡는다. 머리를 바닥에 부딪쳐 쪼개질 듯한 통증을 느낀다. 암흑과

고요함이 나를 집어삼키고, 내가 가장 좋아하는 *발랄라이 카*로 연주하는 희미한 자장가 소리가 그 사이로 끼어든다.

눈꺼풀을 파르르 떨다 눈을 뜬 나는 내게로 몸을 숙인 채 걱정스러운 표정으로 나를 들여다보는 많은 야가들의 얼굴을 본다. 내가 다시 눈을 질끈 감자 분노의 눈물이 뜨겁게 흘러 귀까지 내려온다. 이대로 마룻바닥으로 푹 꺼져서 사라졌으면 좋겠다.

내 위에서 야가들이 수군거린다. "괜찮은 건가요?"

"뭘 하려던 거죠?"

"저승문 안으로 뛰어들려던 것 아니었어요?"

"왜 그러려고 했을까요?"

"너무 이상해요."

"파티는 끝인가요?"

눈처럼 귀도 닫을 수 있으면 얼마나 좋을까! 그들을 보기도 싫고 그들의 말을 듣기도 싫다. 바닥에 부딪친 머리가 쑤시고, 잭이 발톱으로 할퀸 등은 따갑고, 누군가가 확 잡아당긴 팔도 아프다. 하지만 이 전부를 합한 것보다 야가들이 나를 내려다보며 나에 대해 떠들어대서 지치고 녹초가 되는 게 더 싫다.

"의식은 있는 것 같아요?"

"어디로 옮길까요?"

"마링카?"

"괜찮니?"

"마링카는 괜찮아요." 바로 옆에서 원로 야가 할머니의 목소리가 들리고 내 이마에 손을 얹는 게 느껴진다.

"마링카는 원로 야가님께 맡기고 우리는 나가죠." 다른 야가들의 목소리 위로 오네킨 야가의 목소리가 들린다. 오네킨 야가가 집안을 비우기 시작하자 그에게 무한한 감사의 마음이 밀려든다.

폐가 아프고 나서야 내가 숨을 참고 있었다는 걸 깨닫는다. 나는 몸을 옆으로 굴려 원로 야가 할머니에게서 멀어진 다음 실눈을 뜨고 저승문을 쳐다본다. 저승문은 사라지고 없다. 그럴 줄은 알았지만, 흘러내리는 눈물은 멈춰지지 않는다. 눈물이 방울져 바닥으로 뚝뚝 떨어지고 분노가 목 위로 활활 타오른다. "왜!" 울부짖는 내 목소리가 꾸르륵거리고, 머릿속에서 폭발하는 통증 때문에 나는 몸을 공처럼 둥그렇게 만다.

"마링카를 침실로 옮길까요?" 원로 야가 할머니가 뭔가 차가운 걸 내 이마에 대며 묻는다. "마링카, 머리를 심하게 부딪쳤단다. 그래도 괜찮을 거야. 그냥 잠깐 쉬도록 해."

오네킨 야가의 노란색 모자가 눈앞으로 내려오더니 할아버지의 두 팔이 내 등 밑으로 미끄러지듯 들어와 나를 공중으로 들어올린다. 까만 반점들이 내 시야를 흐리고, 묵직한 마비감이 내 몸을 삼킨다.

문에서 원로 야가 할머니와 오네킨 야가가 나지막한 목소리로 속삭이는 소리가 들리더니 금세 정적이 흐른다.

잭이 내 침대 머리맡에 앉아 부리를 내 귀에다 밀어 넣는다. 나는 눈을 감고 돌아눕는다. 머리가 지끈거린다. 거의 다 갔는데. 바바 할머니를 데려올 수 있었는데. 그렇게만 됐다면…….

나는 불편하게 잠을 자다가 깨기를 반복한다. 집이 리듬을 타며 밑에서 닭발을 쿵쿵거린다. 집에게 멈추라고 말하고 싶지만 목소리가 나오지 않는다. 몸이라도 움직이고 싶지만, 침대보는 밧줄 같고 침대는 우리 같다.

마침내 집이 속도를 늦추고 땅에서 휘청거린다. 집이 자꾸 기울어져서 내가 침대 밑으로 미끄러진다. 침대 머리맡을 잡으려고 손을 뻗어보지만 너무 늦었다. 내가 쿵 하며 바닥으로 떨어지자 마룻바닥이 나를 현관문 쪽으로 밀어서 굴린다.

"도대체 왜 이래?" 나는 어떻게든 두 발로 일어서려고 기를 쓰며 꺽꺽거린다. 현관문이 열리고 나는 미끄럼을 타듯이 그대로 문을 통과해 현관 계단마다 엉덩방아를 찧으며 미끄러져서 집 밖 딱딱한 흙더미 위로 굴러 떨어진다. 나는 일어나 앉으며 눈을 깜빡이고 손으로 목을 문지른다. 우리가 시장으로 돌아왔다. 어둡고, 세상은 빙빙 돈다.

원로 야가 할머니가 침착한 걸음걸이로 내 뒤를 따라 계단을 내려온다. 원로 야가 할머니의 뒤에서 현관문이 거세게 닫히고 창문도 미끄러지며 닫힌다.

"무슨 일이야?" 내가 다시 묻는다. "집, 왜 그래?"

집이 벌떡 일어나더니 내게서 등을 돌린다.

"집이 너에게 화가 났구나." 원로 야가 할머니가 내가 일어나는 걸 돕는다.

"왜?" 내 목소리가 울먹이는 것 같다. 나는 목을 가다듬고 다시 묻는다. "왜 화가 났어?" 이번에는 화난 목소리로 들린다. 내가 기분이 상해서 뒤쪽 현관을 발로 뻥 차버리자 집이 닭발을 질질 끌며 내게서 멀어진다.

"자, 자, 그만." 원로 야가 할머니가 내 팔을 꼭 잡는다.

"네 집은 지쳤어. 우리 아가씨가 오늘 밤에 꽤 먼 거리를 달렸거든. 쉬게 놔두자. 아침에 화해해도 돼."

나는 원로 야가 할머니가 이끄는 대로 시장 안 어둡고 텅 빈 거리를 따라 걸으며 집에서 멀어진다. 원로 야가 할머니의 위안주 가게에 놓인 해골과 병들을 지나간다. 원로 야가 할머니의 집 현관문 위쪽 상인방(*창이나 문의 위쪽을 가로지르는 나무)이 미소로 우리를 맞아준다. 응접실은 따뜻하고 폭죽과 *보르스치* 냄새가 난다. 나는 난롯가 의자에 털썩 주저앉는다. 머리가 아프고 멍하다. "우리 집이 왜 나에게 그렇게 화가 많이 났을까요?" 코코아 잔을 건네는 원로 야가 할머니에게 내가 묻는다. "이해가 안 가요."

"속고도 기분 좋을 사람은 아무도 없어." 원로 야가 할머니가 맞은편에 앉는다. "네가 오늘 밤 집과 유대감을 쌓는다고 기대했는데, 너는 그저 저승문을 넘어가길 원했잖니."

"바바 할머니를 데려오려고 그랬던 거예요." 눈에서 분노가 타오르며 목소리가 높아진다. "집은 왜 그것도 이해 못해요? 잭은 또 왜 그걸 이해 못하는 거예요? 원로 야가 할머니도 모르겠어요? 왜 다들 제 일에 참견하죠? 저를 막지만 않았으면 바바 할머니를 데려올 수도 있었다고요." 나는 원로 야가 할머니를 쏘아본다. 숨이 짧게 끊어져서 심하게 헉헉거렸더니 폐가 아프다.

"너를 아끼니까 멈추게 한 거야. 저승문을 넘어가는 건 위험해. 다시는 돌아올 수 없을지도 몰라."

"그 정도 위험은 감수할 수 있다고요!" 나는 소리를 지른다. "바바 할머니를 집으로 데려오기 위해서라면 뭐든 할 수 있다고요. 어쨌든 그건 내 결정이었어요. 원로 야가 할머니에겐 나를 막을 권리가 없어요!"

"바바는 떠났어." 원로 야가 할머니가 조용히 말한다.

"아니에요!" 나는 벌떡 일어나 소리를 지른다. 머리가 핑 돌며 머그잔이 바닥 위로 떨어져 산산조각 난다. 내 손을 내려다본다. 깨진 머그잔과 쏟아진 코코아가 손을 통과해서 보인다. 몸 전체가 희미해지며 순간 가벼워지는 게 느껴지더니 아침 안개처럼 떠오른다. 그러더니 내 몸이 깜빡이며 폐로 숨이 밀려들어온다.

"마링카, 부탁이다. 좀 앉거라." 원로 야가 할머니가 내 손을 잡으려고 하지만 나는 손을 뿌리치고 비틀대며 문으로 향한다. 문을 밀치고 나가 속도를 높여 시장으로 내달린다.

춥고 어둡지만 동이 트기 전 희미한 어둠일 뿐이다. 몇몇 상인이 가게 열 준비를 하며 손을 맞대 부비고 하얗게 입김을 내뱉는다. 나는 그들을 지나쳐 달린다.

나는 내 집이 필요하다. 바바 할머니도 필요하다. 원로야가 할머니가 틀렸다. 나는 바바 할머니를 데려올 수 있고, 꼭 그렇게 하려고 한다. 바바 할머니가 모든 걸 바로잡을 테니까.

시야가 흐리다. 나는 잠시 멈춰 서서 세상이 다시 또렷이 보이기를 기다린다. 마음을 진정시키는 익숙한 나무 타는 냄새가 나를 감싼다. 나는 나무 타는 냄새를 깊이 들이마시고 등을 곧게 편 뒤 우리 집을 향해 천천히 걷는다.

나무 타는 냄새가 더욱 강해진다. 집에 가까워질수록 연기가 짙어지더니 공기 중으로 휘말려 올라간다. 나는 걷는 속도를 높이다가 다시 달음박질친다. 뭔가 잘못됐다. 연기가 너무 짙다.

불에 타며 나무가 쪼개지고 갈라지는 소리가 정적을 깨뜨린다. 까마귀가 깍깍거린다. 나는 땅을 박차고 폐가 찢어질 듯 전속력으로 달린다. 사람들이 고함치는 소리와 물 뿌리는 소리가 들린다. 모퉁이를 돌아서며 나는 보고야 만다. 그토록 생각하지 않으려고 기를 썼던 집이, 우리 집이, 불타고 있다.

화재

"집에 불을 내려던 건 아니었어." 샐마가 시야를 가로막겠다는 듯 두 팔을 앞으로 쭉 편 채 내 앞으로 달려든다. 그을음과 재로 뒤덮인 얼굴에 두 줄기 눈물자국을 선명하게 남기며 샐마의 눈에서 눈물이 쏟아진다. "우린 아빠 가게 문 여는 걸 도우러 가던 길이었어. 근데 너희 집이 지난번과 다른 방향으로 돌아가 있는 게 보이는 거야. 너무 이상했어. 그래서 우린 그냥 둘러보려고 왔는데, 람야가 너희 집 현관 밑에서 엄청나게 큰 다리를 본 것 같다는 거야. 바닥에 뼈다귀도 있고. 그래서 내가 그게 무슨 바보 같은 소리냐고 하며, 람야가 잘못 봤다는 걸 증명하려고 성냥불을 켰어." 샐마가 가쁜 숨을 깊이 들이마신다. "근데 해골이 보였어. 내가 너무 놀라서 넘어지는 바람에 불이 사방으로 번졌어. 우린 불을 끌 수가 없었어. 모든 게 너무 삽시간에 벌어졌어. 미안해, 너무너무 미안해." 당황해서 샐마의 얼굴이 구겨진다. "너희 집 밑에 왜 해골이 있는 거야?"

나는 샐마를 밀치고 집으로 달려간다. 누군가가 내 어깨를 거세게 잡으며 굵직한 목소리로 위험하다고 말한다. 남녀 할 것 없이 이리저리 뛰어다니며 물을 퍼 나르고 서로에게 소리를 지른다. 람야는 바닥에 주저앉아 몸을 앞뒤로 흔들며 해골과 거대한 발톱 따위를 중얼거린다.

다 내 잘못이다. 니나가 저승문을 넘지 못하게 막지 않았다면, 바바 할머니도 니나를 따라가지 않았을 테고, 그럼 나도 이 멍청이 같은 시장에서 샐마와 람야를 만나지 않았을 테니까. 왜 다들 우리 집을 가만 내버려 두지 않지?

밤하늘로 연기가 굽이치며 올라간다. 우리 집이 통째로 타고 있다. 맹렬히 타오르는 괴물 같은 불길이 내부를 시커멓게 만든다. 바로 저런 불이 부모님과 내 삶을 앗아갔다. 나는 믿기지 않는 눈으로 불을 바라본다. 나는 기억조차 나지 않을 정도로 오래 전부터, 불길에 휩싸인 야가의 집에 사로잡혀 있었다. 그런데 이건 진짜다. 바로 내 눈앞에서 엄청난 기세로 불이 사납게 타오르며 더욱더 뜨겁게 거세진.

다. 지금 내가 사랑하는 모든 걸 앗아가겠다고 위협하면서. 우리 집, 잭, 벤지. 미래를 꿈꾸며 품었던 내 모든 희망까지.

"잭!" 나는 나를 잡고 있는 팔을 뿌리치며 소리친다. 삐걱거리는 소리가 나며 집 벽에 금이 가자 내 몸이 깜빡거린다. 희미한 죽은 사람들처럼 나는 나를 잡고 있던 손들을 빠져 나와 집을 향해 달린다.

"잭!" 나는 다시 한 번 목이 터지도록 잭을 부른다. 재로 가득한 공기가 목구멍으로 밀려들어와 기침이 난다. 잭이 연기 속을 헤치고 내려오다가 내 어깨에 부딪치며 팔로 굴러 떨어진다. "잭." 내가 흐느낀다. "벤지는 어디 있어?"

잭이 어색하게 퍼덕거리며 뒤쪽 현관으로 향하고 나도 그 뒤를 따라 달린다. 화염이 현관을 집어 삼키고 있다. 나는 두 팔을 들어 올려 강력한 열기를 막고 불에서 멀리 떨어진다. 벤지가 미친 듯이 울어대며 뼈 우리에다 몸을 부딪치고 있다.

현관으로 한 발 내딛자 열기와 연기로 폐가 타들어 간다. 드레스가 녹아서 살갗에 달라붙는 것 같다. 벤지가 빗물 통 근처 벌어진 틈으로 머리를 들이밀고 애타게 나를 부른다. 빗물 통을 한 번, 두 번, 세 번 걷어차자 마침내 사방으로 뼈가 흩어지고 공중으로 수증기가 피어오르며 빗물 통이 뒤집어진다. 나는 화염이 주춤하는 사이 우리 입구의 빗장을 더듬거리지만, 손가락이 자꾸 보였다 사라지기를 반복한다.

우리를 열기도 전에 갑자기 집이 옆으로 기우뚱 하며 기울어져서 나는 난간을 잡고 버틴다. 집이 열기로 타닥거리며 타는, 불이 붙은 닭다리를 세우며 일어서자 땅이 흔들리더니 멀어진다. 아래쪽에서 충격을 받은 사람들이 연기 속에서 얼굴을 번쩍이며 비명을 지른다.

"멈춰!" 나는 양손으로 난간을 쥐어짜듯 잡으며 외친다. "살아 있는 사람들이 보면 안 돼!" 하지만 곧 달리 방법이 없다는 걸 깨닫는다. 불을 끄는 게 무엇보다 중요하다. 집이 사람과 상점들을 뛰어 넘으며 점점 빨리 달린다. 뒤로 화염과 연기가 머리카락처럼 휘날린다. 불에 탄 나무 조각들이 느린 동작으로 작은 별똥별처럼 땅 위로 떨어지고, 주위에선 불꽃이 반딧불처럼 춤을 춘다. 저 멀리 보이는 잔잔한 바다에 부둣가의 어렴풋한 불빛이 비친다.

집이 마지막으로 도약하며 공중으로 솟구쳐 올랐다가 물을 튀기며 착지한다. 차가운 물살이 나를 때린다. 벤지가 울고 잭이 시끄럽게 깍깍거린다. 나는 마룻바닥에서 미끄러진다. 입술에서 소금기가 밴 숯가루 맛이 난다.

집은 화염이 모두 꺼질 때까지 좌우로 물을 첨벙거리며 한숨을 쉬고 삐걱거린다. 우리는 매캐한 냄새를 풍기며 피어오르는 거대한 연기구름 속에 앉아 있다. 집이 모래투성이 물을 튀기는 가운데 잭이 내 무릎 위에서 퍼덕거린다. 나는 잭을 두 팔로 끌어안고 간신히 뒷문으로 가서 문을 열어젖힌다. 잭이 젖어서 미끄러운 깃털 뭉치로 물을 튀기며 집안으로 들어가고, 나는 벤지를 데려오려고 되돌아간다.

시커멓고 물기로 가득한 응접실 안에 모인 우리 모두가 안전해졌을 무렵, 집이 다시 움직인다. 물을 튀기며 얕은 해안을 걷다가 모래밭을 지나 사막을 가로지르고 언덕을 올라 산과 숲으로 들어간다.

나는 바바 할머니의 침실에 있는 선반 높은 곳에서 담요를 찾아낸다. 연기 냄새가 코를 찌르지만, 최소한 물에 젖지는 않았다. 나는 젖은 옷을 벗고 담요를 두른 뒤, 무릎에는 벤지를 어깨에는 잭을 올리고 앉아, 밤을 헤치고 달리는 집의 리듬에 맞춰 몸이 천천히 흔들리게 놔둔다.

"정말 미안해." 나는 기어들어가는 목소리로 서까래에게 속삭인다. "너를 속이거나 화나게 하려던 건 아니었어. 그냥, 바바 할머니가 너무 그리웠어. 내게는 바바 할머니가

집으로 돌아오는 게 가장 중요했어. 내가 유일하게 알고 사랑했던 사람이 바바 할머니야. 할머니 없이 지내야 한다고 생각하니까 겁이 났어. 난 할머니가 필요해. 단지 할머니가 죽은 사람들을 인도할 수 있고, 그러면 내가 수호자가 되는 것에서 벗어날 수 있어서가 아니야. 나를 보호해주고 사랑해줄 할머니가 필요한 거야."

서까래에서 덩굴이 구불거리며 내려와 나를 휘감는다. 덩굴이 내게 꼭 붙어서 굵어진다. 나는 벨벳처럼 부드러운 덩굴 껍질에 머리를 기댄다. 동글동글한 덩굴손이 뻗어 나오더니 뭉친 채로 내 손에 쥐고 있던 바바 할머니의 스카프를 덮는다. 나는 천을 휘감는 덩굴손을 보며 집도 바바 할머니를 그리워한다는 걸 처음으로 깨닫는다.

"어딘가 한적한 곳으로 가자." 내가 말한다. "아무 데나 사람이 살지 않는 곳으로." 살아 있는 사람은 이제 충분히 겪었다. 모든 것이 제자리로 돌아가길 바랄 뿐이다. 나와 바바 할머니와 집이 죽은 사람들을 인도하던 시절로.

눈의 나라

이가 딱딱거리며 부딪치는 소리를 듣고 나는 잠에서 깬다. 차가운 공기가 덜컥거리며 폐로 들어온다. 눈꺼풀이 얼어붙어서 손으로 녹이고서야 간신히 눈을 뜨는데, 눈이 아프고 가렵다. 방을 둘러보는 내 눈에 눈물이 고인다. 모든 것이 그을음으로 시커멓고 재로 뒤덮여 회색이거나 눈과 얼음으로 새하얗다. 지붕과 바닥과 벽에는 구멍이 뚫렸다. 집에서 너무 많은 부분이 잿더미로 변해버려서 재생하는 데 얼마나 걸릴지 짐작할 수도 없다. 뱃속이 조금씩 아파 온다.

두 발로 일어선 나는 무겁게 늘어지는 팔다리로 바닥을 가로질러 창문까지 가기로 한다. 발을 디딜 때마다 마룻바

닥이 부서져서 나는 움찔하고 놀란다. 벤지가 나를 따라오며 얼음 위에서 자꾸 미끄러져서 벤지를 안아 올려 몸에 두르고 있던 담요 속으로 밀어 넣는다.

창문으로 들어오는 빛은 부드럽고 은은하다. 지금이 몇 시라고 단정 짓기는 어렵다. 태양은 두툼한 하얀색 구름 뒤로 숨었고, 눈이 끝없이 펼쳐져 있어서 사방이 매끈하고 편평하다. 생명의 기운이라곤 전혀 없이 풍경은 텅 비었다. 내가 바라던 바지만, 막상 마주하니 거부감이 생기는 것 같다. 어딘가 다른 곳으로, 어디든 달려가고 싶은 욕망이 앞서지만, 달리 갈 곳은 없다.

잭이 내 어깨 위에서 뛰어 내리더니 창턱에 앉아 유리창을 두드린다. 들창이 크게 흔들리며 느릿느릿 위로 올라가자 까맣게 탄 나무 조각들이 비처럼 쏟아져 내린다. 얼음장같이 차가운 공기가 방안으로 불어 들어와 내 살갗을 꼬집는다. 나는 담요를 가슴 주위로 단단히 잡아당기고 잭은 깃털을 곤두세운다. 그러더니 밖으로 날아가야 할지 말아야 할지 결정을 못하겠다는 듯 날개를 반만 들어올린다.

"잭, 밖엔 아무것도 없어. 가서 불 좀 피우자."

불이라는 단어에 집이 움찔해서 내 심장이 가슴에서 곤두박질친다. 나도 불꽃이라면 두 번 다시 보고 싶지 않다.

하지만 그것만이 집을 마르게 할 유일한 방법이다. 불이 없으면 모두가 얼어 죽는다.

창고 안 장작들이 남김없이 흠뻑 젖었다. 가구도 살펴보지만 젖은 건 마찬가지다. 나는 무엇으로 불을 피워야 할지 고민하며 서까래를 올려다본다. 그랬더니 서까래 하나가 요란하게 갈라지는 소리를 내며 바닥으로 쿵 떨어진다.

"고마워." 내가 웃는다. 집이 나를 꼭 안아준 느낌이다. "우리가 얼른 널 고쳐줄게." 내 말이 진짜였으면 좋겠다.

나는 도끼를 가져와 서까래를 쪼개 장작과 불쏘시개를 장만한다. 힘들지만 몸은 따뜻해진다. 뭔가 쓸모 있는 일을 한다는 생각에 기분도 조금 나아진다.

일단 벽난로에서 불이 활활 타오르기 시작하자, 나는 말리려고 집안 물건 대부분을 벽난로 주변으로 끌어 모은다. 입구를 단단히 봉한 통조림이나 병에 넣어 안전하게 보관하던 음식은 고맙게도 대부분 멀쩡하다. 나는 벤지를 먹인 다음 서양자두 젤리를 넣어 잭과 내가 먹을 *카샤*를 한 냄비 가득 끓이고 집을 정리하기 시작한다.

집안 곳곳이 그을음과 재와 숯덩이로 가득하다. 나는 불 위에서 한 솥 가득 눈을 녹여 지붕에서 바닥까지 구석구석을 씻어낸다. 그래도 여전히 뿌옇고 지저분해서 다시 한 번 닦아낸다. 일을 다 마칠 때쯤엔 등과 팔이 쑤시고 손가락이 벌겋게 돼서 아프다. 그런데도 아직 집이 더럽다. 나는 바바 할머니의 의자에 주저앉아 손으로 머리를 감싼다.

고요함과 공허함이 나를 둘러싼다. 잭이나 벤지나 집에게 얘기를 해봐도 소용없다. 내 목소리가 고요 속에서 메아리치며 혼자라는 사실을 강조할 뿐이다. 날이 저물수록 엉망이 된 집의 상태, 피해 규모, 외로움이 나를 압도한다.

모든 것이 바바 할머니를 생각나게 한다. 새까매진 요리용 냄비며, 한쪽 구석에서 숯덩이가 돼버린 악기와 기를 쓰며 하는 집안일까지. 할머니라면 나보다 열배는 더 빨리, 열배는 더 잘 할 걸 알기 때문이다.

여기에서 바바 할머니와 함께 일하고 얘기할 수 있으면 좋겠다. 다른 건 둘째 치고, 한 번만 더 할머니와 나란히 앉을 수 있으면 좋겠다. 그래서 어리석었던 내 모든 행동과 말을 사과하고, 할머니에게 사랑한다고 말하고 싶다.

원로 야가 할머니의 생각도 머리를 스친다. 원로 야가 할머니를 떠올리자 처음에는 화가 나서 몸이 화끈거린다. 내가 저승문을 넘어가 바바 할머니를 데려오려는 걸 막았으니까. 하지만 얼마 지나지 않아 나는 내가 원로 야가 할머니도 그리워한다는 걸 깨닫는다. 원로 야가 할머니의 집에서 뒹굴고, 폭죽을 만들고, 유대감을 쌓는 의식을 치르러 가면서 오네킨 야가와 달리기 시합을 벌였던 건 정말 재미있었다. 시장으로 돌아간 원로 야가 할머니는 어떻게 지내는지, 모두가 보는 앞에서 우리 집이 달린 것 때문에 별탈은 없는지 궁금하다. 하지만 자신감에 차서 위풍당당하게 서 있는 원로 야가 할머니를 떠올리자 달리는 집에 대한 소문을 잠재울 이가 세상에 존재한다면, 그건 바로 원로 야가 할머니일 거라고 확신한다.

원로 야가 할머니를 비롯한 다른 야가들이 나를 두고 뭐라고 할지 생각하니 피부가 또 따끔거린다. 그들에게 난 그저 바보 같은 아이일 테지. 나에게 바바 할머니가 얼마나 중요한지 그들은 이해하지 못한다.

지저분한 유리창 너머의 하늘이 짙은 회색의 어둠속으로 저문다. 나는 촛불 몇 개를 밝히고 청소를 계속한다. 밤이 깊어도 침대로 가지 않는다. 불이 걷잡을 수 없이 타오르거나, 장작이 다 타버려서 모두가 얼어 죽지는 않을까 두렵기 때문이다. 결국 나는 바바 할머니의 의자에 앉은 채로 손에서 청소 솔이 떨어질 때마다 잠을 깨며 꾸벅꾸벅 존다.

다른 때보다 더 피곤한 아침이지만, 집안을 둘러보니 뿌듯해서 날아갈 것 같은 기분이다. 대부분이 깨끗한 데다 집이 낫고 있다는 흔적도 보인다.

그을린 창틀과 벽 위로 새 나무가 자라고 있다. 이끼와 풀이 두툼한 깔개처럼 바닥에 뚫린 구멍을 덮었고 덩굴이 지붕에 벌어진 틈 사이를 가로지르며 뻗어나갔다. 서까래가 떨어져 나간 부분에서도 통통한 새싹이 돋아나고 있다. 나는 바깥 상황을 둘러보고 싶은 마음에 폴짝폴짝 뛰며 추운 밖으로 나간다.

현관 난간이 새로운 형태로 꼬여 있고 닭다리도 두꺼워지고 있다. 나는 안도의 한숨을 내쉰다. 그러다가 뼈 창고 근처에 갈라진 틈이 부서지는 광경을 본다.

갈라진 틈 주변의 죽은 나무들이 지붕은 물론이고 집에서 가장 바깥쪽 모퉁이까지 퍼져 있다. 벽은 시커멓게 타서 숯 검댕이 얼음이 얼어붙었다. 정면에서 봤을 때 적어도 집의 4분의 1은 낫고 있다는 흔적이 조금도 보이지 않는다. 아무도 죽은 사람들을 인도하지 않아서 집이 완전히 나을 수 없나보다.

"집!" 나는 현관 계단에 앉아 울렁거리는 배를 팔로 감싼다. "우리는 죽은 사람들을 인도할 바바 할머니가 필요해. 안 그러면 네가 허물어지고 말아."

집이 몸을 좌우로 흔든다.

"그런데 난 혼자서 죽은 사람들을 인도할 수 없어." 눈에 눈물이 가득 고인다.

난간이 휘어지며 내려와 움츠러드는 내 어깨를 펴주려고 한다.

"그러지 마." 나는 어깨를 비비 꼬아서 난간을 뿌리치며 고개를 젓는다. "난 그 일을 혼자 할 수 있을 정도로 강하지 않아. 바바 할머니가 있어야 해."

난간 기둥이 내 척추를 바로 세우겠다는 듯 등을 찌른다.

"그만 해." 나는 발을 끌며 계단을 내려온다. "난 바바 할머니를 데려올 수 있어. 그러면 바바 할머니가 죽은 사람들을 인도할 거야. 네가 저승문을 통과할 수 있게 도와주면 내가 할 수 있어."

창문들이 전부 미끄러지며 닫히고 집이 눈 속으로 깊이 파고든다.

나는 돌아서서 끝없이 펼쳐진 하얀 세상을 응시한다. 온몸의 근육이 바짝 긴장한다. 정적이 귀를 압박한다. 간혹 틈이 넓어지거나 나무가 쪼개지는 소리, 나무 파편이 눈 위로 떨어지는 소리가 정적을 깬다.

처음에는 집이 부서질 때 일으키는 소음이 나에게 죽은 사람들을 인도하라고 강요하는 것처럼 들려서 화가 나고 몸이 달아오른다. 하지만 그건 사실이 아니다.

집은 내가 저승문을 넘지 못하도록 문을 닫았다. 원로 야가 할머니는 내가 저승문을 넘어가면 다시는 돌아오지 못할 수도 있기 때문에 위험하다고 했다. 집은 나를 보호하려고 했다. 그 때문에 결국 자기만 다친 꼴이 됐지만.

가슴이 무너져 내린다. 나는 죽은 사람들을 인도하고 싶지 않다. 그렇다고 집이 계속 고통을 겪게 놔둘 수도 없다. 내가 고통을 덜어줄 수 있기에 더는 보고만 있을 수 없다.

"좋아." 결국 내가 말한다. "저승문을 열어줘. 내가 죽은 사람들을 인도할게. 그리고 저승문을 넘지도 않을게."

집이 창문 하나를 슬며시 열더니 의심스러운 눈빛으로 나를 본다.

"속이려는 것도 아니고 거짓말하는 것도 아니야." 나는 길게 심호흡을 한다. "네가 부서지고 쪼개지고 무너지는 걸 못 보겠어. 너까지 잃을 수는 없다고. 너를 잃는 게 내가 사라지는 걸 의미하기 때문만은 아니야." 내가 덧붙인다. "넌 내 가족이니까. 널 사랑하니까 그런 거야."

집이 창문과 문, 그리고 현관 지붕의 처마까지 동원해서 웃는다. 하지만 어쩐지 거기에는 슬픔이 어렸다. 만족할 만큼 미소가 크지도 환하지도 않다. 나는 자리에서 일어서며 고개를 절레절레 흔든다. 가끔은 닭다리가 달린 우리 집이 무슨 생각을 하는지 파악하기 쉽지 않다.

"그럼 어디 한 번 해보자고." 까닭 모를 눈물을 삼키며 내가 말한다. "뼈 창고를 열어. 울타리를 세울 거야."

나는 뼈를 닦아서 단단한 얼음 층에 꽂아 넣는다. 눈 속 깊숙이 뼈가 파묻히자, 미래에 대한 내 꿈과 희망도 내 가슴 속에 숨어 있는 비밀의 방으로 가라앉는다. 너무 깊은 곳에 있는 공간이라 다시는 찾을 수 없을까 걱정된다.

나는 응어리를 목구멍으로 삼키며, 하루나 이틀이면 된다고 스스로를 다독인다. 내가 죽은 사람들을 몇 명만 인도하면 집도 낫겠지. 그 뒤엔 바바 할머니를 데려올 수 있게 해달라고 집을 설득할 수 있을지도 모른다. 하지만 나는 패배감을 느끼며 죽은 사람들을 인도해야한다는 생각에 짓눌린다. 집을 돕고 잘못된 일을 바로잡을 다른 길이 있으면 좋겠다.

내가 넓적다리뼈 사이에 척추를 연결해서 엮고 그 위에 균형을 잡아 해골을 올리는 동안, 잭과 벤지가 벌레나 풀을 찾겠다며 눈 속을 파헤치지만, 아무것도 건지지는 못한다. 나는 울타리를 완성한 뒤 녹여서 물로 쓸 눈을 한 양동이 채워서 안으로 들어간다. 나는 아침을 먼저 만들어놓고 오늘 밤 있을 의식을 위해 무엇을 준비해야 할지 생각하며 남은 재료를 샅샅이 조사한다.

나는 하루 종일 요리를 하면서 시간을 보낸다. 통조림 채소로 *보르스치*를 끓이고, *투손카*로 속을 채워 만두를 빚고, 말린 버섯으로는 *피로그*를, 바바 할머니의 치즈 소스 병을 사용해서는 *바트루슈카*를 만든다. 나는 검은 빵과 벌꿀 빵도 굽는다. *자쿠지*와 통조림 과일 *파스틸라*와 차갑게 젤리로 만든 *키슬*을 준비한다.

집안 가득 갓 구운 빵과 향신료 냄새가 퍼진다. 따뜻하고 먹음직스럽다. 화덕에서는 불이 타오르고, 바바 할머니가 떠난 이후 처음으로 바바 할머니가 아주 가까이에 있는 것처럼 느껴진다. 바로 내 옆에서 죽은 사람들을 인도하려고 준비하는 할머니의 모습이 보이는 것 같아서, 오늘 밤 저승문이 열리면 할머니가 건너편에 있을 것만 같다.

어둠속에서 나는 해골 촛불에 불을 밝히고 *뼈다귀 문*을 연 다음, 잔마다 *크바스*를 따라놓고 앉아 죽은 사람들이 도착하기를 초조하게 기다린다. 저 멀리서 우르릉거리는 천둥소리를 내며 얼음이 움직이더니, 지평선 위로 죽은 사람들이 안개처럼 나타난다.

바바 할머니의 스카프를 턱 밑에 묶고 죽은 사람들을 맞으려고 현관문을 여는 내 뱃속에서 위장이 단단한 매듭으로 꼬인다. 얼어붙을 듯 차가운 바람이 방안으로 휘몰아쳐 불어와 불이 더 환하게 타오른다. 차가운 공기, 따뜻한 불, 그리고 눈 위를 떠다니는 죽은 사람들의 모습에 나는 현기증이 나고 속이 울렁거린다. 저들 모두를 나 혼자서 인도해야 한다고 생각하니 순식간에 공포가 밀려온다. 노부부 한 쌍과 세리나, 그리고 니나를 인도했지만, 이건 완전히 다르다. 숫자가 너무 많다. 저들 모두의 삶이 내 삶에 더해진다. 수천에 수천을 더한 타인의 기억과 감정이 내 머릿속으로 들어온다고 생각하니, 온몸의 근육이 전율을 일으킨다. 심장이 두근거리고 다리가 당장에라도 마룻바닥으로 녹아들 것만 같다.

나는 차가운 공기를 쐬려고 밖으로 나간다. 그곳에서 나는 나무가 갈라지고 정면의 벽에 금이 가는모습을 보며, 내가 왜 이 일을 해야 하는지 되새긴다. 눈을 깜빡여 눈물을 멈추고 등을 곧게 펴서 똑바로 선다. 죽은 사람들을 인도할 준비가 됐다.

한 줄기 돌풍이 굴뚝을 타고 내려와 집을 통과해서 현관
문 밖으로 불어온다. 바람이 해골들 위로 휘몰아치며 촛불
을 모조리 꺼버린다. 나는 촛불을 다시 켜려고 현관 계단을
달려 내려간다. 그런데 집이 벌떡 일어나더니 커다란 닭발
로 나를 집어 올려서 지붕 위로 던져 버린다. 내가 어렸을
때 했던 것과 똑같이.

"뭐 하는 거야?" 굴뚝 옆 소복이 쌓인 눈 더미 위로 떨어
지며 내가 소리친다. "우린 죽은 사람들을 인도해야 해!"

내 옆에서 어린 싹 하나가 자라더니 눈 밑으로 삐져나온
얼어붙은 눈물을 닦아준다.

"난 괜찮아." 나는 어린 싹을 밀어내고 희미한 죽은 사람

들이 어둠 속으로 물러나는 광경을 지켜본다. "가자. 우리가 인도해야지."

굴뚝 아래에서 덩굴이 펴지며 나를 감싼다.

"이해가 안 돼." 나는 이마를 잔뜩 찡그린다. "너와 바바 할머니는 내가 다음 수호자가 되기를 늘 바랐잖아. 이제야 겨우 내가 마음을 잡고 너를 돌봐주며 죽은 사람들을 인도 하겠다는데, 왜 나를 막는 거야?"

손가락 사이로 파란색 작은 꽃들이 올라온다. 지난번 집에게 시장에 데려다 달라고 부탁했을 때도 그랬다. 이번에는 집이 무슨 말을 하는지 알 것 같다.

"내 기분이 어떤지 얘기해주길 바라는구나." 내가 속삭인다. "솔직하게."

집이 고개를 끄덕인다.

나는 머리에서 바바 할머니의 해골과 꽃무늬가 그려진 스카프를 벗고 한숨을 쉰다. "난 저승문의 수호자가 되고 싶지 않아." 내 목소리가 낮게 흔들린다. 나는 목을 가다듬고 좀 더 분명하게 말한다. "난 죽은 사람들의 기쁨과 슬픔을 느끼면서 그들을 인도하며 살고 싶지 않아. 난 나 자신의 기쁨과 슬픔을 느끼며 내 삶을 살고 싶어."

집이 움직이지 않고 조용해서 나는 얘기를 계속한다. 내 입에서 나오는 말들이 나를 더 약하게도 더 강하게도 한다고 느낀다. "난 죽은 사람들의 삶이 나에게 더해지는 걸 원치 않아. 삶은 하나였으면 좋겠어. 내 삶. 그걸로 뭘 할지도 내가 결정할 수 있으면 좋겠고." 나는 경계 없는 하늘과 어둠을 뚫고 반짝이는 저 모든 별을 올려다본다. "내가 죽었고, 너에게 묶인 처지라는 것도 알아. 그래도 난 다른 운명을 원해. 내 안 깊숙한 곳에서 그게 가능하다고 느껴."

집이 몸을 기울이며 덩굴로 나를 단단히 붙잡는다. 집이 점점 뒤로 기울어지더니 마침내 우린 등을 대고 누워 끝없이 이어지는 별을 바라본다. 소용돌이치는 초록색 오로라가 아름답게 펼쳐지며 춤을 추고, 온몸에 온기가 흐른다. 드디어 집이 나를 이해했다고 생각하기 때문이다.

무궁무진한 가능성으로 가득한 이 우주 어딘가에, 내가 그토록 거부하는 운명을 억지로 받아들이지 않고도, 일을 바로잡을 다른 길이 분명 있겠지.

나는 나를 붙잡고 있는 덩굴 위에 손을 올리고, 모든 별을 증인으로 삼으며 밤을 향해 속삭인다. "난 내 운명을 스스로 결정할 기회가 있는 나만의 삶을 원해."

잭이 앞쪽 창문에서 으스대듯이 걸어 나와 내 목에 몸을 비비고는 *피로그* 조각을 귓속으로 밀어 넣는다. *피로그* 조각을 떼어내려고 손을 움직이자 바바 할머니의 스카프가 얼굴을 스치며 떨어진다.

"그리고 난 바바 할머니를 원해." 내가 덧붙인다. "난 할머니를 집으로 데려올 수 있어. 너만 도와주면."

집이 한숨을 쉬며 나를 바짝 끌어안는다. 어릴 때처럼 별빛 아래에서 잠이 들도록 집이 나를 안고 흔든다. 한밤중에는 덩굴이 나를 살며시 들어 올려 집안으로 옮긴 후 침대에 눕혀주는 것도 느낀다.

다음에 무슨 일이 벌어질지는 몰라도, 진심을 털어놓고 나니 기분이 한결 낫다. 나와 집이 어떻게든 방법을 생각해 낼 걸 알기에 든든하다.

호수의 땅

내 밑에서 바닥이 요동쳐서 그런지 집이 대초원을 가로질러 질주하는 꿈을 꾼다. 나는 잠에서 깨자마자 우리가 어떤 새로운 곳에 있다는 걸 확신한다. 공기가 목구멍을 따갑게 하지도 않고 눈썹이 얼어붙지도 않았다.

내 방 창문이 열려 있고 잭이 창턱에 앉아 있다. 그 뒤로 희미하게 보이는 초록색과 파란색의 느낌이 너무 익숙해서 나는 터질 듯한 가슴을 끌어안고 창문으로 달려간다.

"호수의 땅!" 나는 탄성을 내지른다. 절벽 꼭대기 정확히 같은 지점으로 돌아왔다. 나는 이곳에서 벤자민을 만나고 벤지를 키우게 됐다. "고마워, 집!"

나는 급히 옷을 입고 벤지를 밖으로 데리고 나간다. 내 품에서 탈출하려고 난리를 치던 벤지가 발이 땅에 닿자마자 펄쩍펄쩍 뛰며 몸을 비튼다. 한동안 그렇게 들떠서 달리고 뛰어오르며 울어대던 벤지가 커다란 바위 근처에 무릎을 꿇고 엎드려서 바위 밑에 새로 돋아난 어린 싹을 뜯어 오물거린다.

산은 내 기억만큼 황폐하지 않다. 봄이 새싹과 야생화를 피워냈다. 짙은 초록색을 띤 무성한 헤더 덤불 곳곳에 보라색의 작은 꽃봉오리가 맺혔다. 잭이 요란하게 깍깍거리며 헤더 덤불 위에서 퍼덕거리다 부서진 바위조각을 날리며 벌레를 찾는다.

저 아래 멀리 있는 계곡과 호숫가 작은 도시와 그 주변으로 흩어져 있는 자그마한 마을을 바라보고 있자니 슬픔이 밀려온다. 지난번 이곳에서 지낼 때는, 집만 빠져나가면 시내에 갈 수 있다고 믿었다. 하지만 이제는 내가 절대 집을 벗어날 수 없다는 걸 안다. 나는 현관문으로 돌아선다. "아, 집. 왜 나를 이곳으로 데려왔어?"

집이 몸을 비틀어서 벤지 쪽으로 창문을 향하게 한다. 벤지가 머리를 숙이고 풀을 뜯으며 느릿느릿 잭에게 가고 있다.

"벤지를 집에 데려다주려고 여기로 온 거야?" 나는 현관 계단에 몸을 구기고 앉으며 한숨을 쉰다. 풀이 사방에 널려서 마음껏 돌아다닐 수 있는 이곳이 벤지에게 훨씬 좋다는 건 안다. 하지만 나에게 남은 건 벤지와 잭뿐이다.

뼈 창고에서 뼈들이 달그락거리는 바람에 나는 어리둥절해하며 주위를 돌아본다. 집이 한발 물러서려는 듯 처마를 축 늘어뜨리고 나를 본다. 그 눈길이 나를 기대감에 부풀게 한다. "내가 저승문을 넘어가게 해주려는 거구나. 그렇지?" 나는 믿을 수 없어서 집에게 속삭이며 물어본다.

집이 느릿느릿 고개를 끄덕인다.

"고마워!" 나는 손으로 입을 막고 펄쩍펄쩍 뛴다. 안도와 행복의 눈물이 뺨을 타고 흘러내려서 나는 웃으며 눈물을 닦아낸다. "잭!" 이 소식을 누군가와 나누고 싶은 마음에 큰 소리로 잭을 부른다. 잭이 헤더 덤불 아래 벌레들이 가득한 돌무더기를 흘깃 돌아보고는 나를 향해 걸어온다. "내가 바바 할머니를 집으로 데려 올게!" 내가 크게 외친다. "오늘밤에!"

"바바 할머니가 누구야?"

난데없는 목소리에 나는 깜짝 놀란다. 눈 위로 한 손을 들어 올리고, 목소리가 들려온 방향을 뚫어지게 바라본다. 벤자민이 지난번에 나와 같이 앉았던 커다란 바위 위에서 손을 흔들고 있다. "너희 집이 다시 걸어온 거야?" 벤자민이 장난기로 가득한 눈을 반짝이며 웃는다.

"맞아. 집이 걸어왔어." 벤자민에게 다가갈수록 내 얼굴에 미소가 번지며 따뜻해진다. "우리 할머니 이름이 바바야. 어딜 좀 갔는데, 내가 오늘 밤에 데려오려고."

"뭔가 수상한데?" 벤자민이 고개를 끄덕인다. "그동안 어디 있었어? 너를 찾으려고 매일 여기에 왔었어. 근데 너와 네 집이 마치 증발한 것처럼 사라지고 없더라."

"미안해. 벤지 걱정 많이 했지? 새끼 양을 말하는 거야. 내가 벤지라고 이름을 붙였어." 뺨이 화끈거린다. "난 가기 싫었는데, 우리 집이, 그러니까, 우리가 갑자기 떠나야 했고 또……."

"괜찮아." 벤자민이 벤지를 훑어본다. "네가 잘 돌볼 줄 알았어. 내가 걱정했던 건 너야…아니, 널 찾았다고." 벤자민의 귀가 분홍빛으로 물든다. "다시 보니까 좋다."

"나도." 내가 활짝 웃는다. "울타리 세우는 것 도와줄래? 너도 뼈 좋아하잖아."

벤자민이 나를 도와 넓적다리뼈와 종아리뼈를 세우고, 척추를 올린 뒤, 맨 위에 균형을 잡아 해골을 올린다.

점심시간에 나는 *크바스*를 담은 병과 어젯밤에 죽은 사람들을 맞이하려고 준비했다가 입도 대지 않은 음식을 가지고 나온다. 벤자민이 담요를 깔고, 내가 그 위에 *피로그*와 *바트루슈카*와 버터 바른 빵이 담긴 접시를 올리고 후식으로 먹을 달콤한 *파스틸라*도 내놓는다.

"네가 떠난 뒤로 *크바스*가 어떤 맛일까 무척 궁금했어." 벤자민이 코를 킁킁거리며 한 모금 마신다. "맛이 좀 이상해." 벤자민이 레몬이라도 씹은 것처럼 묘한 표정을 짓는다. "톡 쏘면서 신 맛이 나, 좋아." 벤자민이 웃으며 크게 한 모금 들이켠다. "그동안 어디 있었어?"

"말해도 못 믿을 거야." 잭에게 피로크를 한 조각 떼어준 뒤 내가 나머지를 한 입에 넣는다.

"그래도 말해봐." 벤자민이 어떤 것부터 먹어야할지 모르겠다는 표정으로 차려진 음식을 바라본다. 그러더니 한 손엔 *피로그*를, 다른 한 손엔 *바트루슈카*를 들고 몸을 뒤로 기댄다.

"사막에서는 개미지옥을 보고 모래밭에서 재주넘기를 했어. 처음으로 친구를 데리고 바다에도 갔는데, 그곳 열대 해변에서 파도를 뛰어넘고 얕은 물에서 문어를 뒤쫓았어. 시장에서도 친구들을 사귀긴 했지만, 절대 친구가 될 수 없다는 걸 알았어. 하지만 뱀 조련사도 보고 근사한 저택에서 수영도 했어. 게다가 폭죽도 만들었는데……." 목구멍에 응어리가 생긴다. 바바 할머니는 영영 떠났으니 저승문을 넘어가는 위험을 감수할 가치가 없다고 말하는 원로 야가 할머니 목소리가 들리는 것 같다.

벤자민이 의아한 눈길로 나를 본다. 뭔가 알아내려는 눈치다.

"학교는 어때?" 화제를 돌리려고 내가 묻는다. "아직 정학 중이야?"

"아니, 다시 다녀. 남자아이들과 쓸데없는 언쟁은 그만뒀어." 벤자민이 한숨을 쉰다. "하지만 여전히 거기와 맞지 않아."

내가 고개를 끄덕인다. 이제는 벤자민이 무슨 말을 하는지 알겠다. 나는 살아 있는 사람들과도 어울리지 않고, 죽은 사람들이나 야가들과도 어울리지 않는다.

"그래도 학교에 좋은 것도 몇 가지 있는 것 같아." 벤자민이 웃는다. "내가 좋아하는 새로 온 미술 선생님도 있고, 새 모이통을 만드는 수업도 있어."

"재미있겠다." 나는 살아 있는 사람과 죽은 사람과 야가의 좋은 부분만 모아서 내 삶을 채울 수 있으면 얼마나 멋질까 생각해본다. 이 집에 살면서 친구를 만들 수도 있고,

시내에서 멀리 떨어져 숨어 살지 않으면서 야가 파티에도 갈 수 있다면 얼마나 좋을까. 나는 그 생각을 머릿속에서 지운다. 어차피 가질 수 없는 삶을 꿈꿔도 소용없으니까.

"이번에는 얼마나 있을 거야?" 벤자민이 묻는다.

"모르겠어." 나는 마지막 남은 *피로그*를 잭에게 준다. 심장이 가슴 저 밑으로 가라앉는다. "바바 할머니가 돌아오면, 아마 또 움직일 거야."

"아쉽다." 벤자민이 벤지를 돌아본다. "벤지는 네가 키울래?"

"아, 안 돼." 나는 고개를 젓는다. "그러니까 내 말은…나야 물론 키우고 싶지만, 벤지는 너와 있는 편이 더 좋아. 우린 너무 자주 옮겨 다니니까. 벤지는 여기 있는 게 더 행복할 거야." 잭이 날개를 퍼덕이며 내 어깨 위로 내려앉는 순간 나는 뭔가 중요한 걸 깨닫는다. 그대로 심장이 멎을 것 같다.

오늘밤, 원로 야가 할머니의 말처럼, 나는 저승문으로 다시 나오지 못할 수도 있다. 나는 죽었다. 곧바로 별로 돌아갈지도 모르고, 그러면 잭은 오롯이 혼자 남는다.

"잭을 좀 맡아줄래?" 마음이 변하기 전에 내가 서둘러 묻는다. "오늘 하룻밤만, 내가 바바 할머니를 데려올 동안."

"그럴게." 벤자민이 한 쪽 팔꿈치를 들고 그 위에 빵조각을 흔들리지 않게 놓는다. 잭이 의심스러운 눈초리로 빵 조각을 보더니 금세 고개를 돌려버린다.

"벤자민에게 가 있어, 잭." 나는 잭을 들어서 벤자민 팔에 넘겨준다. "내일 데리러 갈게."

잭이 시끄럽게 깍깍거리며 날개를 퍼덕인다. 벤자민이 다시 빵 조각을 건네지만, 잭은 화가 난 듯 빵 조각을 낚아채서 벤자민 귀에다 쑤셔 넣는다.

"미안해. 잭이 자주 그래. 그러다가 거미나 딱정벌레가 귀에 들어가기도 해. 양말 속에도."

"괜찮아." 벤자민이 잭을 품에 안고 잠잠해질 때까지 깃털을 쓰다듬어준다. 안도감이 밀려든다. 내가 돌아오지 못해도, 벤자민이 잭을 돌봐줄 테니까, 잭은 안전할 거야.

계곡 맞은편 산 너머로 해가 지자 우리 위로 시원한 그늘이 드리워진다. "이제 난 오늘 밤을 위한 준비를 해야 할 것 같아." 나는 눈물을 삼키며 돌아선다. 두 번 다시 잭과 벤자민, 벤지, 내 뒤로 펼쳐진 아름다운 풍경을 볼 수 없을지도 모른다는 불길한 생각이 나를 엄습한다. 몸이 떨리는 걸 느낀다. 아무리 눈을 깜빡이고 심호흡을 해도 흐르는 눈물을 멈출 수 없다.

내가 옳은 일을 하고 있다는 확신이 흔들리지 않도록 바바 할머니의 모습을 떠올린다. 바바 할머니를 집으로 데려와야 한다. 할머니가 떠난 후로 오직 이것만 생각했다. 그리고 마침내 오늘밤, 내가 그 일을 해내도록 집이 허락하려고 한다.

저승문을 지나

나는 손가락을 떨며 해골에 불을 밝힌다. 호숫가 작은
도시에서도 반짝이는 불빛들이 낮게 깔린 어둠을 가
로질러 환한 주황색 빛을 비춘다. 나는 애써 불빛을 외면하
며 앞치마에 손을 닦고 울타리 문이 단단히 닫혔는지 확인
한다.

나는 집안으로 들어가 탁자 앞에 앉아 기다린다. 목덜미
를 타고 따끔따끔한 느낌이 올라온다. 나는 뭘 어떻게 해야
할지 몰라 다시 자리에서 일어나 방안을 서성인다.

집은 잘 낫고 있다. 이제 화재로 탄 흔적도 몇 군데 남지
않았다. 타버렸던 나무 대부분이 다시 자라면서 예전보다
튼튼해졌다. 그을린 곳에 특이한 자국이 남아 있지만, 가

구며 침대보 모두가 깨끗하다. 내 방으로 들어가 집이 나를 위해 키워놓은 이끼 낀 요새를 보고는 눈물이 핑 돈다.

"내가 돌아오지 않으면 넌 어떻게 돼?" 내가 서까래에게 묻는다.

집이 처마를 으쓱하고는 다리를 쭉 편다. 아마도 유대감을 쌓을 새로운 야가를 찾아 떠나겠다는 의미 같다. 나는 입을 다물고 머리카락을 흔들어 얼굴에서 떼어낸다. 다음 수호자가 되는 건 싫지만, 다른 누군가가 나와 바바 할머니의 집으로 들어온다고 생각하니 가슴 속에서 불길이 인다.

나는 다시 응접실로 성큼성큼 걸어가 저승문이 열리는 곳을 뚫어지게 바라본다. "자, 그럼 이제 열어." 그렇게 거칠게 말할 의도는 없었다. 그래서 내가 한 마디 덧붙인다. "부탁할게." 모든 근육이 단단하게 꼬인다. 나는 이를 앙다문다. 마음이 바뀌기 전에, 지금 이걸 해야 한다.

굴뚝에서 돌풍이 불어 내려온다. 촛불이 바람에 나부끼다 모두 꺼진다. 눈을 깜빡여 어둠 속으로 초점을 맞추자 저기 아득히 먼 곳에 별들이 보인다. 나는 저승문을 향해 발을 내딛는다. 다리가 무겁고 뱃속에 단단한 매듭이 생겼다.

저승문에 가까워질수록 별들이 더 강하게 나를 잡아당기는 게 느껴진다. 진짜 길고 차가운 손가락을 뻗어 내 치마를 잡아당기는 것 같다. 심장이 두근거리고, 그 어느 때보다 피가 빠르게 온몸을 내달린다. 귓속에서 울리는 쿵쾅거리는 심장 소리에 문득 생생하게 살아 있는 나를 실감하고 숨을 헐떡인다.

나는 마룻바닥이 끝나는 지점에 서서 저승문 안으로 몸을 기울인다. 두려움에 온몸이 떨린다. 낭떠러지에 까치발로 서 있는 기분이라 살랑거리는 바람 한 점에도 날아갈 것 같다.

삐뚤어진 이를 드러내고 환히 웃으며 죽은 사람들과 춤을 추는 바바 할머니를 떠올린다. 오로지 그 모습만 마음속에 남도록 집중하면서 한 걸음 앞으로 내딛는다.

어둠 속으로 들어서자 정적이 나를 삼킨다. 하나둘 반딧불처럼 깜빡이는 불빛이 나타난다. 아름답다. 처음엔 천천히 움직이던 불빛이 점점 빨라지며 위로 솟구치더니 급기야 여러 가닥의 선이 된다. 그제야 움직이는 건 불빛이 아니라 나라는 걸 깨닫는다. 내가 아래로 떨어지고 있다. 바뀌는 압력에 따라 귓속에서 펑 소리가 나더니 곧바로 저 아래에서 시커먼 바다가 포효하며 울부짖는 소리가 들린다.

공포에 질린 심장이 옆구리에 부딪쳐 천둥소리처럼 울린다. 뭔가 잘못됐다. 죽은 사람들은 별들까지 평온하게 둥둥

떠서 흘러간다. 그들은 검은 바다로 곤두박
질치며 떨어지지 않는다. '별로 돌려보낼 수 없었
던 아기' 이야기 속의 문장들이 스쳐간다. "별들까지 둥
둥 떠서 가는 죽은 사람들보다 무거웠던 야가는 검은 바다
에 떨어졌어요." 왜 하필 이 시점에 이 문장이 떠올랐는지
따져보기도 전에 나는 얼음장 같은 물에 세차게 부딪친다.

공기를 들이마시려고 헐떡거리지만 목구멍은 꽉 막혔고,
허파는 완전히 작동을 멈췄다. 거대한 파도가 나를 위로 날
려버려서 팔다리를 허우적거리고, 얼음장 같은 차가운 물
살이 나를 휘감아 아래로 처박는다.

이러다가 정말 가슴이 터져버리겠다는 생각이 드는 순
간, 기도가 뚫리면서 공기가 밀려든다. 나는 숨을 쉴 수 있
게 되고 리듬을 타며 물을 찬다. 자신감이 붙을 때까지

마음속으로 맥박 수를 센다. 그러다 나는
헤엄을 치기 시작한다.

　저 멀리서 파도가 유리 산에 쨍그랑 소리를 내며 부딪
친다. 그 소리에 벤자민과 속이 빈 돌 위를 걷던 순간이 떠
오른다. 나는 파도에 실려 솟구쳤다가 곤두박질치며 소리
가 들려온 방향으로 헤엄쳐간다. 추위로 온몸이 아프고 마
비된다.

　깎아지른 유리 절벽에 반사된 불빛이 얼핏 보인다. 거대
한 파도가 나를 번쩍 들어 올려 편평한 표면에다 내동댕이
친다. 손이 미끄러져서 뭐든 잡을 걸 찾지만 유리는 거울처
럼 매끈하다.

　아무리 애를 써도 유리를 잡을 수 없다. 얼음장
같이 차가운 물속으로 미끄러질 때마다 머릿속이

절망으로 불탄다. 나는 이야기 속 바바 할머니처럼 유리 산에 이와 손톱을 꽂으려고 하지만 소용없다. 산은 끝없이 높이 솟아 있다. 매끄럽고 캄캄해서 불가능해 보인다. 어떡하지? 돌아갈 수도 없고, 앞으로 나아갈 수도 없…….

"으악!" 뭔가가 시끄럽게 깍깍거리며 물에 젖은 깃털을 요란하게 퍼덕이다가 내 어깨에 세차게 부딪친다. "잭! 여기서, 뭐하는, 거야?" 차가운 파도에 제압당해서 목소리가 끊어진다.

잭이 펄쩍 뛰어 유리에 내려앉자 유리에 금이 가며 발톱이 꽂힌다. 잭이 표면을 부리로 쪼아대자 마침내 유리 산에 구멍이 생긴다. 내가 손가락 몇 개를 넣을 정도로 구멍이 깊어지자 잭이 절벽 위로 뛰어올라 또 다른 구멍을 낸다.

나는 몸을 끌어올린다. 유리가 손가락을 아프게 파고든다. 하지만 일단 발가락을 구멍에 넣고 양 발까지 사용할 수 있게 되자 올라가기가 한결 수월해진다. 위로 올라갈수록 바다의 울부짖는 소리가 희미해지더니 이제는 저 멀리 아래에서 속삭이는 소리처럼 들린다. 마침내 나는 산꼭대기를 손으로 감아쥐고 좁지만 편평한 정상 위로 몸을 끌어올린다.

먹물 같은 어둠을 가로질러 빛과 색이 더해지며 우주가

우리를 둘러싼다. 은색의 별들과, 보라색과 초록색의 성운과 피어오르는 붉은색의 구름. 죽은 사람들의 영혼일지도 모르는 유성들이 별을 향해 날아간다. 나는 손으로 입을 틀어막은 채 무한한 우주를 응시한다. 눈을 너무 크게 떠서 아프다.

잭이 내 어깨 위로 올라앉고 나는 잭의 목을 쓰다듬는다. 왜 나를 따라왔느냐고 혼을 내고 도와줘서 고맙다는 말도 전하고 싶지만, 나는 아무 말도 할 수 없다. 지금은 그 어떤 말로도 표현할 수 없다. 우리는 회전하는 우유 빛 별 무리가 기다랗게 길을 내면서 우리를 향해 다가오는 광경을 지켜본다. 반짝이는 빛이 바로 내 발밑에 닿는다. 나는 숨을 깊이 들이마셔 가슴 속에 용기를 가득 채운 뒤, 두 눈을 꼭 감고 빛 무리 위로 발을 내디딘다. 구름을 통과하듯, 반쯤은 빛을 관통해 떨어질 거라는 예상도 한다.

그런데 내 발이 길 위에 둥둥 뜬다. 나는 눈을 뜨고 미소를 머금은 채 별까지 먼 거리를 걷기 시작한다. 춥지도, 따뜻하지도 않다. 몸에 달라붙은 젖은 옷이나 머리에서 뚝뚝 떨어지는 물도 감촉이 없다. 하지만 다리 통증만은 걸으면 걸을수록 더 심해진다.

시간 감각이 모두 사라지고 피곤함에 눈꺼풀이 무거워진

다. 눈꺼풀이 눈을 덮어 잠에 빠져든다는 느낌이 들면 눈을 껌뻑여서 다시 들어올린다. 그러다가 난데없이 강렬하게 쏘는 빛이 저 앞에서 나타나 나는 눈을 번쩍 뜬다. 욕조속의 반짝이처럼 별들이 소용돌이친다. 가운데로 갈수록 빛이 더욱 강렬해져서 눈을 뜨고 볼 수 없을 정도다.

잭이 나를 뒤로 잡아끌겠다는 듯 내 어깨에 발톱을 박고 날개를 퍼덕인다. 하지만 나는 오히려 빛을 향해 달린다. 처음에는 다리가 너무 무거워서 느리지만 다가갈수록 속도가 붙는다. 여기가 별들이 태어난 곳이다. 바로 이곳에서 나는 바바 할머니를 찾게 된다.

빛이 나를 감싸고 정전기처럼 피부에 달라붙어서 온몸이

빛난다. 잭을 올려다보니 잭도 빛으로 뒤덮였다. 잭의 환한 은빛 눈동자가 깃털과 잘 어울린다. 목구멍에서 웃음이 차오르지만 빛의 흐름에 휩쓸려서 날아가 버린다.

"바바 할머니!" 내가 크게 소리친다. 내 목소리가 별들 사이로 흩어진다. "바바 할머니!" 다시 소리치지만 대답은 없다.

팔다리가 둥실 떠오르고 중력이 사라지는 느낌이 들더니 몸이 자유로워진다. 가장 환하게 빛나는 중심으로 끌려가면서 내 몸이 느리게 돈다. 피부 위로 반짝이는 입자가 겹겹이 쌓인다. 빛의 소용돌이가, 내가 눈길을 돌리는 모든 곳에서 빛나며 나와 잭을 휘감는다. 따스하고 평화롭다. 하지만 그 어디에서도 바바 할머니는 느껴지지 않는다. 집에 같이 있을 때는 언제나 바로 곁에서 할머니를 느꼈다. 우리 집에서는 그랬다.

바바 할머니는 여기 없다.

진실을 깨달은 나는 눈을 깜빡여서 빛과 반짝이와 눈물을 떨쳐내려고 애쓴다.

바바 할머니는 이곳에 없다. 어쨌든 내가 기억하는 할머니의 모습은 아니다. 지금 할머니는 다른 그 무엇이다. 나로서는 이해할 수 없는 저 빛과 기운이 만든 소용돌이의 일부가 됐다.

두 손이 모두 희미해지며 빛 속으로 녹아든다. 별안간 무엇보다 떠나고 싶어진다. 이곳의 일부가 되고 싶지 않다. 아직은 싫다. 나는 헤엄치듯 팔과 다리를 움직여서 내가 왔던 방향으로 되돌아가려고 기를 쓴다.

"마링카!" 어떤 목소리가 빛을 꿰뚫고 울려 퍼지며 굽이치는 소용돌이 속으로 작은 불꽃들을 날려 보낸다. 아주 먼 곳에서 들리는 남자아이의 목소리다. 나는 그쪽 방향으로 있는 힘을 다해 속도를 내며 헤엄쳐 간다.

"마링카!" 다시 내 이름을 부르는 소리가 들리고, 나는 마침내 목소리의 주인공을 알아낸다. 벤자민이다! 나는 별빛이 흐르는 길 위를 두 발로 쓸어내듯 달리면서 팔에 붙은 빛과 반짝이를 털어낸다.

"벤자민!" 나는 끝없는 어둠 속 공간을 가로질러 뒤를 돌아보며 소리친다. 얼핏 저 멀리 직사각형 빛에 대비되어 자그마한 벤자민의 검은 윤곽선을 본 것 같다. 저승문이다. 저 너머에 우리 집이 있다. 나는 전속력으로 질주한다. 잭이 날개를 퍼덕여서 떨쳐낸 빛이 내 주위로 비처럼 쏟아진다.

별이 나를 뒤로 잡아당긴다. 등에서 그 힘이 느껴진다. 하지만 저승문과 우리 집과 벤자민이 끌어당기는 힘이 더 강력하다. 나는 내가 있고 싶은 곳을 똑똑히 안다.

유리 산 정상을 딛고 올라서자 시커먼 바다 위로 까마득히 높은 곳에 있는 저승문이 보인다. 심장이 내려앉는다. 저기까지 어떻게 가지?

뛰어내릴까도 생각해본다. 어차피 난 죽은 몸이니까 둥둥 떠서 흘러가야 마땅하다. 하지만 조금 전 나는 그대로 떨어져서 곧바로 물속에 빠졌다. 또 다시 그렇게 됐다가는 절대 저승문에 도달하지 못 한다.

분명 뭔가 방법이 있다. 틀림없이 바바 할머니도 이 길을 거쳐 갔을 테니까. 나는 '별로 돌려보낼 수 없었던 아기'에 나왔던 문구를 모조리 떠올린다. 바바 할머니가 태양풍이나 유성우를 탔던가? 아니면 폭풍우 구름에 실려 갔나? 이것저것 따져보지만 모두 말이 안 된다.

"잭, 어떻게 하지?" 필사적으로 방법을 생각해내느라 이마에 힘이 잔뜩 들어간다.

잭이 깍깍거리며 날갯짓을 하더니 어깨에서 떨어져 나가 저승문을 향해 날아간다. 나는 눈도 깜빡이지 않고 잭이 사라진 공간을 뚫어지게 쳐다본다. 드디어 잭의 울음소리가 다시 들리면서 나를 향해 돌진해오는 까만 윤곽선이 보인다. 잭이 부리에 뭔가를 물고 있다. 그게 뭔지 알아보는 순간, 얼굴 한가득 웃음이 번진다.

잭이 원을 그리며 덩굴로 내 허리를 감는다. 나는 덩굴을 몇 번 더 휘감아서 단단히 동여맨 뒤 매듭으로 묶는다. 그 즉시 집이 덩굴 반대 쪽 끝을 잡아당기는 게 느껴진다. 나는 눈을 감고 절벽 밖으로 발을 내딛는다.

이전에도 그랬듯이 처음에는 천천히 떨어진다. 어둠이

나를 실어 나를지, 나를 그대로 떨어뜨릴지 가늠하는 것 같다. 그러다가 갑자기 풀려나며 아래로 곤두박질친다. 하지만 이번에는 덩굴이 나를 잡는다. 덩굴이 팽팽해지며 내 허리를 격렬하게 잡아챈다. 나는 거세게 휘몰아치는 파도 위에 대롱대롱 매달린다.

덩굴이 나를 잡아당기며 저승문과 집이 있는 쪽으로 올라간다. 나는 몸을 둥글게 비틀어 덩굴을 단단히 잡고, 양 손을 교차해가며 위로 오른다. 직사각형의 빛 바로 아래에서 위를 올려다보자 웃는 얼굴로 내려다보는 벤자민이 보인다. 벤자민이 자신의 손을 잡으라는 듯이 한껏 팔을 뻗는다.

마지막엔 혼자 올라갈 수도 있었지만, 나는 벤자민과 걸어 쥔 손가락을 풀지 않는다. 벤자민이 나를 집안으로 끌어 올리자 내 얼굴이 미소로 환히 빛난다. 나는 마룻바닥을 데굴데굴 구르며 *크바스*와 *보르스치*, 그리고 바로 옆에서 나는 물에 젖은 잭의 깃털 냄새를 맡는다. 저승문이 번쩍였다 닫히자, 내 허리에서도 덩굴이 스르르 풀리며 애초에 자라났던 서까래로 나는 듯이 올라간다.

"고마워." 난 웅얼거리는 목소리로 집과 잭, 벤자민에게 말한다.

"방금 그게 뭐야?" 벤자민이 저승문이 있던 곳을 바라본다.

"얘기해줄 수 없어." 나는 똑바로 앉는다. 새삼 피부에 닿은 젖은 옷이 지독히도 차갑게 느껴져서 몸을 부르르 떤다.

벤자민이 바바 할머니의 의자에 걸린 말총 담요를 끌어당겨서 나를 감싸준다. "가고 싶어지는 그런 곳은 아닌가 봐?"

"맞아." 내가 동의한다. "아직은 아니지. 난 그저 할머니를 찾고 있었어."

"할머니를 찾았어?"

나는 눈물을 삼키며 고개를 젓는다. "할머니는 영영 떠난 것 같아." 이 말을 하자 목이 멘다. 먹먹함이 가슴을 조여와서 깊이 숨을 들이쉰다.

"저런." 벤자민이 내가 바바 할머니 의자에 앉도록 돕고 불 위에 주전자를 올린다. 불꽃이 만들어내는 온기에 몸이 데워지자 피가 돌면서 손가락들이 따끔거린다.

"그런데 넌 여기서 뭐해?" 내가 묻는다.

"너희 집이 나를 데리러 왔어." 벤자민이 웃는다. "집이 걸어 다닌다더니 농담이 아니었나봐?"

나는 못 믿겠다는 눈으로 서까래를 흘깃 올려다본다. 집이 나를 돌아오게 하려고, 살아 있는 사람, 벤자민을 데려왔다는 게 믿어지지 않는다. 나는 고마운 마음을 가득 담아 벽난로 선반을 토닥인다. "고마워, 집."

"사실 엄청 놀랐어." 벤자민이 맞은편에 앉는다. "새벽녘에 우리 집 뒤 벌판에서 무리 지어 노래하는 새를 그리고 있었어. 그런데 엄청나게 큰 발소리가 쿵쿵 울리면서 내 쪽으로 다가오는 거야. 그래서 위를 올려다봤더니 너희 집이 달리고 있었어." 벤자민이 웃는다. "정말이지 무서워서 죽는 줄 알았어. 내가 그리던 새들도 놀라서 전부 다른 방향으로 날아갔어. 그 중 한 놈은 정확하게 내 머리로 날아들었지. 어쨌든 그 다음엔 문이 저절로 열렸어. 그래서 너를 찾으려고 안으로 들어갔지." 벤자민의 귀가 분홍빛으로 물든다. "나머지 얘기는 너도 알 거야."

나는 우리가 어디에 있는지 궁금해서 창밖을 내다본다. 풀밭에 맺힌 이슬방울에 부드러운 새벽 햇살이 비쳐 반짝인다. 건너편으로 집 몇 채가 자리를 잡고 있다. 집들 사이에 있는 정원은 꽃으로 만발했고, 작은 새들이 모이통을 날아다니며 경쾌하게 지저귄다.

"우리가 계곡에 있는 거야? 너희 마을에?" 왜 그런지 눈꼬리에서 눈물이 삐져나온다. 아마도 우리 집이 살아 있는 사람들의 집과 이렇게 가까이 자리 잡은 적이 없었기 때문

일 거다. 그랬던 집이 나를 위해서 이렇게 해주었기 때문일
수도 있다.

벤자민이 코코아를 타줘서 우리는 컵을 들고 밖으로 나
와 현관 계단에 나란히 앉아서 코코아를 홀짝이며 마지막
남은 벌꿀 빵을 먹는다. 나는 빵을 뜯어서 잭에게 몇 조각
먹이고, 잭은 젖어서 부드러워진 흙을 파내고 벌레를 잡아
서 계속 내게 갖다 준다.

"내가 잠들자마자 잭이 도망친 것 같아." 벤자민이 고개
를 흔든다. "미안해."

"미안해하지 마. 난 잭이 도망쳐서 기쁘기만 한걸." 내가
팔꿈치를 들자 잭이 쓰다듬어 달라는 듯 그 위로 폴짝 뛰어
오른다.

"너와 잭과 집은 언제까지 마을에 있을 거야?" 벤자민이
묻는다.

"나도 모르겠어." 내가 솔직히 말한다. "그건 집이 결정
해." 뼈 창고 옆에 갈라진 틈이 떠오르자 온몸에 냉기가 흐
른다.

집이 땅 속으로 더 깊숙이 파고들자 벽들이 삐걱거리며
살짝 흔들린다. 자기가 이곳에서 얼마나 편안하게 지내는
지 보여줄 테니, 갈라진 틈은 다른 날 걱정하라고 나에게

말하고 싶은 눈치다. 나는 우리가 이곳에서 좀 더 머물 거란 생각에 가슴이 설렌다.

바바 할머니는 얼마나 오래 사느냐가 아니라 얼마나 행복하게 사느냐가 중요하다고 했다. 어쩌면 우정도 그와 똑같을지 모른다. 벤자민과 얼마나 오랜 시간을 보낼지 모르겠지만, 내게 주어진 시간을 감사한 마음으로 충분히 누려야겠다. 바바 할머니와 함께 했던 시간에 더 충실했으면 얼마나 좋았을까. 그 누구도 내 소유가 아니다. 영원한 것은 없다.

"오늘은 뭘 할 거야?" 벤자민이 머그잔을 내려놓고 하늘을 향해 두 팔을 쭉 편다.

"모르겠어." 나는 말총 담요로 몸을 꼭 감싸며 뼈 창고를 곁눈질한다. 하지만 집이 오늘 밤엔 내가 죽은 사람들을 인도하지 않았으면 좋겠는지, 문을 꼭 닫고 꼼짝하지 않는다. 왠지 공허해서 얼굴을 찌푸린다. 세워야 할 울타리도, 준비해야 할 저승길 인도 의식도, 반겨줄 바바 할머니도 없는 난 뭘 해야 할까?

씨앗 심기

내가 깨끗하게 마른 옷으로 갈아입는 사이 벤자민이 현관에 앉아 잭을 그린다. 그러더니 나더러 자기 집에 가서 식사를 하자고 한다. 초원 바로 맞은편이라 내가 사라질 염려는 없지만, 나는 풀밭을 가로지르며 어쩔 수 없이 계속 손을 살펴본다.

벤자민 아빠는 좋은 분이다. 벤자민 아빠는 나와 악수하면서 벤자민이 나에 대해서 다 얘기해줬다고 말한다. 그러고는 우리에게 차를 끓여준다. 우리는 벤자민 아빠가 음식을 준비하는 동안 따뜻한 부엌에 앉아 차를 마신다. 벤자민이 아빠에게 창밖으로 우리 집을 보여주며 내가 방학을 맞아 이곳에 왔다고 말한다. 벤자민 아빠가 당황해서 턱을 쓰다듬으며 우리 집을 바라본다.

"그런데 집이 어떻게 여기로 왔지?" 결국 벤자민 아빠가 묻는다.

"집이 걸어왔어요." 벤자민이 나에게 눈을 찡긋해서 내가 웃는다.

나는 구운 감자, 완두콩, 작고 둥근 허브 빵과 푸딩은 좋아하지만, 창밖에서 깡충깡충 뛰며 놀고 있는 벤지에게 저절로 눈길이 가서 구운 양고기는 정중히 사양한다.

"벤지는 계속 키울 거예요?" 벤자민 아빠가 벤지를 잡아먹을지도 모른다는 생각에 몸서리를 치며 내가 묻는다.

"그렇단다. 벤지가 내 식탁에 오를 일은 없을 거야." 내가 무슨 생각을 하는지 눈치 채고 벤자민 아빠가 재빨리 고개를 끄덕인다. "저 초원도 우리 농장의 일부란다. 벤지는 저기에서 풀을 뜯으며 오래오래 살 거야."

"아저씨네 농장인지 몰랐어요." 집이 둥지를 튼 곳이 아저씨네 농장이라는 걸 깨닫자 얼굴이 달아오른다. "죄송해요, 우리 집이 저렇게……."

"괜찮아." 벤자민 아빠가 서둘러 말을 잇는다. "있고 싶은 만큼 얼마든지 있어. 어차피 우리는 쓸 일이 별로 없으니까. 가장자리를 따라서 식물을 좀 키우는 게 전부야. 가서 좀 볼래?"

오후가 쌩 지나간다. 벤자민과 벤자민 아빠가, 화분에 심은 관목과 허브로 둘러싸인 채 이제 막 흙을 뒤집은 채소밭을 보여준다. 야생화가 핀 작은 초원에서 곤충들이 춤을 추고, 뒤엉키며 자란 덤불은 새들로 생기가 넘친다.

니나라면 이곳을 진짜 좋아했을 텐데. 니나 생각에 슬픔이 밀려오지만, 그 순간 벤자민이 씨앗이 가득 담긴 상자를 열어 보이며 나에게 심어보겠느냐고 묻는다. 맨 위로 니나 아빠가 엄마를 위해 심었다는 협죽도 씨앗 꾸러미가 보인다.

나는 떨리는 손으로 협죽도 씨앗 꾸러미를 들었다가 그 밑에 있는 다른 꾸러미를 보고 숨이 막힌다. 꾸러미에 꽃 그림이 그려져 있다. 바바 할머니가 나를 꼭 안고 나의 *페치카*라고 부르며 줬던, 별처럼 생긴 자그마한 연분홍 꽃이다.

마치 니나와 바바 할머니가 나를 용서했으니, 앞으로 모든 일이 잘 풀릴 거라고 말해주는 신호 같다. 우리는 작은 화분들에 씨앗을 심었다. 벤자민이 가져가서 현관에 놓고 키우라며 각각 두 개의 화분을 준다.

해 질 무렵, 벤자민과 벤자민 아빠가 나를 집까지 바래다

준다. 물론 집에 가고 싶지만, 밤새도록 잭과 혼자 있을 생각에 가슴이 무겁게 내려앉는다.

집이 가까워지자 어둠을 뚫고서라도 내가 누구랑 같이 있는지 확인하겠다는 듯 집이 창문을 가늘게 찌푸린다. 그때 갑자기 집이 벌떡 일어나더니 성큼성큼 걸어서 우리 코 앞까지 다가와 다시 주저앉는다.

벤자민 아빠는 걸음을 내딛다 말고 그 자리에 얼어붙는다. 벤자민 아빠가 입을 크게 벌리고는 숨이 턱 막히는 소리를 낸다. "저, 저게, 뭐……." 벤자민 아빠가 말을 더듬으며 집을 봤다가 나를 봤다가 다시 벤자민을 본다.

벤자민이 어깨를 으쓱한다. "말씀드렸잖아요. 집이 걷는다고."

우리는 벤자민 아빠를 부축해서 집으로 들어가 벽난로 앞에 앉힌다. 충격을 받고 하얗게 질린 벤자민 아빠는 아무 말도 하지 않다가 따뜻한 음료를 마시고 몸이 따뜻해진 후에야 입을 연다. 질문이 꼬리에 꼬리를 물고 이어진다.

집에 다리가 달렸고, 살아 있으며, 나를 돌봐준다는 것 외에는 딱히 할 말이 없다. 나는 벤자민 아빠에게 집이 다리를 보여준 건 두 사람에게 엄청난 비밀을 믿고 맡긴다는 뜻이라고 말한다. 벤자민 아빠는 이게 얼마나 중대한 사안

인지 충분히 이해한다면서, 동네 사람들에게 내가 벤자민 사촌이라고 둘러댈 이야기까지 지어낸다. 하지만 내가 집에 혼자 산다는 걸 알고는 나를 그냥 두고 떠나지 못한다. 나는 괜찮다고 아저씨를 설득하기까지 꽤 시간이 걸린다. 벤자민 아빠는 내가 다음날 아침을 먹으러 가겠다고 약속하고 나서야 겨우 자리에서 일어난다.

두 사람이 떠난 뒤 나는 현관 계단에 앉아 하얀색의 옅은 구름 위로 얼굴을 내민 달과 별을 쳐다본다. 저기 어딘가에 바바 할머니가 있다. 그리고 할머니는 집으로 돌아오지 않을 거다.

나는 두 번 다시 할머니를 볼 수 없다. 죽은 사람들과 춤추며 환히 웃는 할머니도 못 본다. 다시는 할머니의 음악을 들을 수도 없다. 다시는 할머니 품에 안길 수도, 할머니에게 기대 이야기를 들을 수도 없다. 가슴 속에 날카로운 울음소리를 가두며 강렬한 슬픔의 물결이 밀려들어 나는 숨이 막힌다. 몸속의 모든 근육이 전율을 일으키고, 단단하게 일그러진 얼굴 위로 눈물이 쏟아져 내린다.

집이 나를 흔들어서 재워주고 싶은 듯, 부드럽게 몸을 좌우로 흔든다. 난간이 내 어깨를 감싸며 나무답게 딱딱한 포옹을 해주고, 잔가지들이 다정하게 나를 토닥인다. 나도 두 팔로 난간을 휘감고 집을 마주 안는다.

저 멀리서 고통스럽게 삐걱거리는 소리가 나더니 곧이어 끼익 하고는 쿵 하는 소리가 난 후 다시 삐걱거리는 소리가 난다. "저게 무슨 소리지?" 나는 눈을 가늘게 뜨고 어둠 속을 바라본다. 잭이 지붕에서 내려와 소리가 들리는 쪽으로 날아간다. 잭이 잠시 뒤 돌아와 잔뜩 흥분해서 깍깍거리며 공중을 맴돈다.

삐거덕. 끼익. 쿵. 삐거덕. 끼익. 쿵. 대체 뭔지 모르겠지만, 가까워질수록 소음이 심해진다. 시커먼 거대한 그림자가 나타나서 쾅 하더니 쪼개지는 소리를 내며 우리 집 바로 옆에 주저앉는다. 문이 활짝 열리고 원로 야가 할머니가 웃으며 밖으로 나온다.

"안녕, 마링카 야가. 다시 만나니 정말 반갑구나."

"원로 야가 할머니의 집이!" 나는 부서져서 만신창이가 된 원로 야가 할머니의 집을 바라본다. 다리에는 금이 갔고 지붕과 창문도 내려앉았다.

"상당히 먼 거리를 걸었단다. 끝까지 갈 수 없겠다는 생각을 몇 번이나 했는지 몰라." 원로 야가 할머니가 뿌듯하면서도 어딘가 슬픔이 섞인 눈빛으로 집을 올려다본다. "정말 잘해냈어." 원로 야가 할머니가 난간을 토닥이고 현관 계단을 내려와 내게로 걸어온다.

"여긴 왜 온 거예요? 내가 여기 있는지 어떻게 알았어요?" 할머니의 집이, 단지 원로 야가 할머니에게 나를 만나게 해주려고 기를 쓰고 여기까지 오느라 이 모양 이 꼴이 됐다고 생각하니 미안한 마음에 가슴이 타들어간다.

"내가 저승문을 통해 들려오는 속삭임을 듣는다는 것 기억하지?" 원로 야가 할머니가 계단 위 내 옆에 앉으며 웃는다. "그래서 네가 시커먼 바다로 떨어지면서 냈던 제법 크게 철썩 하는 소리를 들었지."

얼굴로 피가 몰려서 나는 딴 데로 눈길을 돌린다.

"아, 걱정하지 마." 원로 야가 할머니가 내 죄책감과 창피함을 손을 흔들어 씻어낸다. "자기 자신을 위해 저질러야만 하는 실수도 있는 법이니까. 네가 무사히 돌아와서 기쁠 뿐이다. 내 관심을 끈 건 철썩 하는 소리였어."

"왜요?" 나는 당황해서 원로 야가 할머니를 바라본다.

원로 야가 할머니가 눈을 반짝이며 내 쪽으로 몸을 기울인다. "죽은 사람들은 둥둥 떠서 별로 가거든. 산 사람만이 철썩 하는 소리를 내지."

숨이 파닥거리며 가슴으로 들어오는 게 이전과는 완전히 다른 새로운 느낌이다. 살아 있는, 진짜 폐로 시원한 공기가 들어온다. 하지만 그건 불가능하다. 아닌가?

성장

나는 충격에 휩싸여 원로 야가 할머니를 바라본다. "무슨 말을 하는 거예요?" 긴장감이 몰려들며 내가 속삭인다.

"글쎄다, 나도 확실하게 아는 건 아니야." 원로 야가 할머니가 현관 계단에 등을 기댄다. "내 생각에는 너희 집이 살짝 야가의 마술을 부린 것 같구나."

내 뒤에서 집이 의기양양하게 가슴을 부풀린다.

"이해가 안 돼요." 목덜미가 따끔하다. 성급하게 결론을 내리고 싶지도 않고 엉뚱한 희망을 품었다가 산산조각이 나는 건 더더욱 싫다.

"야가의 집이 죽은 사람들에게 기운을 주기 때문에 그들이 살아 있는 것처럼 보이잖니."

나는 천천히 고개를 끄덕인다.

"그런 식으로 너희 집이 너에게 너를 살릴 정도로 기운을 불어넣었을지도 모른다는 거지. 정말 살아날 정도로."

"그게 가능해요?" 차마 믿을 수 없어서 내가 이렇게 묻는다.

"안 될 것도 없지. 여기까지 오면서 생각을 많이 해봤지만, 그것 말고는 네가 시키면 바다 속으로 떨어진 걸 달리 설명할 길이 없어. 네가 저승문을 넘어가기 전에, 네가 별로 돌아가는 걸 막으려고 이미 집이 너를 살려놨을지도 몰라. 아니면 너를 행복하게 해줄 가장 좋은 방법은 너를 살아 있는 사람으로 만드는 거라고 단순하게 결론 내렸을지도 모르고." 은퇴한 야가의 집을 보고 있던 원로 야가 할머니가 우리 집으로 눈길을 돌린다. "야가의 집은 영특하고 충직하지. 자신의 야가가 무엇을 원하는지 알면, 야가의 집은 어떻게든 그걸 해주려고 무엇이든 한단다. 우리 집이 나를 위해 연구실을 만들어주고 여기까지 그 먼 길을 걸어왔듯이 말이다." 원로 야가 할머니가 애정을 듬뿍 담은 눈으로 원로 야가 할머니 집을 바라보다가 나를 돌아본다. "아무래도 너희 집이 행복하게 해주려고 너를 살린 것 같구나."

"정말이야?" 혈관을 타고 흐르는 피를 그 어느 때보다 생생하게 느끼며 가장 가까운 창문에게 내가 묻는다. "내가 살아 있어?"

집이 고개를 끄덕이고 어깨를 으쓱한다. 나를 살리려는 노력이 정말 성공했는지 잘 모르겠다는 눈치다.

"어떻게 하면 확실하게 알 수 있죠?" 나는 집을 보다가 다시 원로 야가 할머니에게 묻는다.

"아침에 호숫가 도시까지 걸어가면서 네가 사라지는지 한 번 보렴." 원로 야가 할머니가 웃으며 제안한다.

"아침까지 못 기다리겠어요." 나는 흥분해서 몸을 떨며 고개를 흔든다. "절대 잠을 못 잘 거예요."

"무슨 말을. 넌 눈을 좀 붙여야 해." 원로 야가 할머니가 나를 집안으로 안내한다. "최근에 넌 굉장히 바쁘게 지냈단다. 내일도 정신없는 하루가 될 테고. 잠을 좀 자둬야 해. 특히 살아 있다면 말이야."

세수할 때 살갗에 튀기는 물방울, 소나무 비누에서 나는 향기, 따뜻한 체온과 그 체온으로 덥혀지는 침대보, 잘 자라고 잭에게 입맞춤할 때 내 입술에 보드랍게 닿는 깃털, 초원을 달리며 바스락거리는 밤바람 소리. 나는 이 모든 느낌을 처음인 듯 경험하며 잠자리에 들 준비를 한다. 모든 것이 너무도 달라졌다고 상상해서 그런 건지, 내가 정말 살아 있어서 그런 건지 잘 모르겠다.

막 잠에 빠져들려는 순간 불길한 생각이 기어들어온다. 내가 살아 있다면, 나와 우리 집은 어떻게 되는 거지? 집이 나를 떠나려나? 야가의 집은 죽은 사람들을 인도할 수호자가 필요하다. 살아 있는 사람들과 살기를 원하는 살아 있는 소녀가 아니라.

가슴이 조여 오는 아픔에 얼굴이 일그러진다. 나는 평생 야가 할머니와 야가의 집에서 살았다. 그러니 나 또한 야가다. 살아 있는 사람들과 지내겠다고 내 집을 잃고 싶지는 않다. 엄밀히 말해서 난 그들과 아주 똑같지는 않기 때문이다. 게다가 나는 내 집이 필요하다.

이런 생각이 꿈속까지 스며들어, 내가 어떤 집에서 살고 있는 불편하기 짝이 없는 장면으로 가득 채운다. 그런데 그 집은 이끼 낀 요새를 키워내지도 못하고, 나와 같이 숨바꼭질을 하거나 숨이 턱에 차도록 잡기놀이도 못하는 데다 현관으로 날 안아주지도 못한다.

두런거리는 소리에 잠에서 깼지만, 머릿속이 안개가 낀 듯 멍해서 누구 목소리인지 분간하는 데 한참이 걸린다. 원로 야가 할머니와 벤자민, 그리고 벤자민 아빠 목소리다. 세 사람은 오랜 친구처럼 밖에서 웃으며 얘기하고 있다. 나도 대화에 끼려고 잠이 덜 깬 눈을 비비며 밖으로 나간다.

"마링카, 잘 잤니?" 원로 야가 할머니가 찻잔을 건네준다. "정확히 시간을 맞춰서 왔구나. 아직 따뜻할 거야."

"감사합니다." 나는 현관 계단에 앉아 벤자민과 벤자민 아빠에게 웃으며 인사한다. "벌써 타티아나 할머니를 만났네요." 예전에 원로 야가 할머니가 원로 야가나 타티아나 야가로 부르지 말라고 했던 게 막 생각난다.

"그렇게 됐구나." 벤자민 아빠가 고개를 끄덕인다. "타티아나 할머니가 바바 할머니와 오래 전부터 친구였다고 하는구나. 타티아나 할머니가 너를 돌봐주니 정말 다행이다. 사실 네가 혼자 산다고 했을 때 얼마나 걱정했는데. 그래서 네가 아침을 먹으러 오질 않아서 우리가 온 거야."

그 말에 하늘을 올려다보니 과연 해가 중천에 걸렸다. "죄송해요. 늦잠을 잤나 봐요."

"괜찮아." 벤자민이 웃는다. "시내에 안 갈래? 호숫가에서 음악 축제가 열린데. 같이 걸어가면 돼."

흥분해서 근육이 바짝 긴장한다. 내가 원로 야가 할머니를 흘깃 봤더니 원로 야가 할머니가 마주 보고 웃어준다. "네가 준비하는 동안 내가 *카샤*를 만들어 주마." 할머니가 제안한다. "나중에 벤자민 집에서 만나 둘이 같이 가면 되겠구나."

나는 나갈 준비를 마치고 현관 계단 맨 마지막 칸에 서 있다. 손바닥은 땀으로 흥건하고 다리는 납덩이같다.

"괜찮을 거야." 원로 야가 할머니가 나를 풀밭 위로 살살 밀어낸다.

"사라져 버리면 어떡해요?" 그 생각에 심장이 내려앉는다.

"벤자민에게 몸이 안 좋다고 말하고 집으로 돌아오렴."

나는 숨을 깊이 들이쉬고 돌아서서 집에게 손을 흔든다. 하지만 정작 내 눈길을 사로잡은 건 원로 야가 할머니 집이다. 어제 밤보다 더 심하게 망가진 것 같다. 집 전체가 무너져 내리면서 땅 속으로 가라앉는 듯하다. "원로 야가 할머니 집은 괜찮을까요?" 내가 이마를 찡그리며 묻는다.

원로 야가 할머니 눈이 촉촉해져서 반짝인다. 원로 야가 할머니가 입을 열지만, 아무 말도 나오지 않는다. 내가 뭘 하는지 미처 깨닫기도 전에 나는 벌써 두 팔로 원로 야가 할머니를 감싸고 꽉 껴안는다. 원로 야가 할머니도 나를 꼭 안아준다. 원로 야가 할머니의 목에서 나지막한 웃음소리가 난다. "이제 가보렴." 원로 야가 할머니가 말한다. "그냥 잠깐 바보처럼 굴었던 거야. 어서 가서 재미있게 놀아." 원로 야가 할머니는 나를 한 번 더 안아준 뒤 부드럽게 밀어내고는 할머니 집을 향해 걸어간다. "나는 내 집과 시간을 좀 보낼 테니 돌아오면 보자꾸나." 원로 야가 할머니가 손을 들어 올리고는 현관 문 안쪽으로 사라진다.

나는 우리 집을 돌아본다. "집!" 내가 나지막이 말한다. "네가 원로 야가 할머니 집을 도와줄 수는 없을까?"

문틀이 모두 오그라들고 창문들이 좁아진다.

"나를 행복하게 해주기 위해서 네가 뭐든 한다는 게 진짜라면. 물론 네가 이미 너무 많은 걸 해줬다는 건 알아. 그럴 필요는 없었는데 나를 살려내기까지 했......." 내 숨결이 떨린다. "내가 너무 많은 걸 요구하는 것일 수도 있는데, 그래도 혹시 너에게 원로 야가 할머니 집을 구할 방법이 뭐라도 있으면 말이야......." 그 다음엔 뭐라고 해야 할지 모르겠다. "부탁해."

집이 고개를 조금 끄덕여서 내가 미소를 짓는다.

나는 발밑에 용수철을 달고 벤자민 집을 향해 걸어간다. 벤자민과 함께 마을을 벗어나 호숫가 작은 도시로 향하며 내내 웃었더니 양 볼이 아프다.

나는 손이 사라질까 봐 계속해서 확인하지만, 그럴 일은 없을 거란 걸 가슴으로 알고 있다. 죽었다기에는 살아 있는 느낌이 너무 생생하다. 피가 혈관을 따라 힘차게 돌고 난생처음 보고 듣고 만지는 그 모든 새로운 것들로 정신이 없다.

우리는 호숫가 오솔길을 따라 걷는다. 휘장처럼 나부끼는 나뭇잎 아래에서 빛과 그림자가 춤을 춘다. 작은 섬들에서는 가마우지 떼가 젖은 날개를 말리려고 날개를 활짝 편 채 쉬고 있다. 거위들이 갈대숲 속 둥지 근처에는 얼씬하지 말라고 경고하며 끼룩끼룩 울어대고, 솜털이 난 새끼들은 어미들의 발밑에서 뒤뚱거린다.

호수가 산과 하늘과 바바 할머니의 머리카락을 닮은 폭신한 흰 구름을 비치며 부드럽게 찰랑거린다. 나는 시원한 물속에 손가락을 담갔다가 반들반들하게 윤이 나는 돌멩이를 몇 개 주워 올린다.

나도 모르는 사이에 우리는 시장 안 점포와 건물들과 진짜, 살아 있는, 살아 숨 쉬는 사람들을 지나치며 도시 가장

자리를 따라 걷고 있다. 별에서 경험했던 것처럼 중력이 거의 느껴지지 않는다. 내 시선은 먹을 걸로 가득한 가게 창문에서 손을 맞잡고 친근한 미소를 띠고 있는 사람들의 얼굴로 자유롭게 옮겨 다닌다. 나는 모든 것이 새롭고 신기해서 가슴이 터질 것 같은데, 다른 사람들은 그저 보통날인 듯 평범하게 지낸다.

축제는 도시 가장자리에서 호숫가로 이어지는 공원에서 열린다. 무대가 세워졌고, 많은 수의 드럼 연주자가 그 위에서 둥둥거리며 울리는 리듬을 허공으로 날린다. 몸속의 모든 근육이 떨린다. 다른 사람들도 마찬가지인가 보다. 곳곳에서 나처럼 모두가 펄쩍펄쩍 뛰고 있다.

다른 연주자들이 번갈아 무대에 오른다. 몇몇은 햇빛 속에서 반짝이는 악기를 들고 춤을 추고, 어떤 사람들은 기타를 퉁기며 노래를 부른다. 선율이 하늘 높이 올라가 호수를 가로질러 퍼진다. 바바 할머니는 이 모든 음악을 정말 좋아했겠지. 바바 할머니가 생각나자 몸이 무거워지며 내 발밑에서 통통 튀어 오르던 흥겨움이 사라진다.

벤자민이 눈치를 채고 나에게 좀 쉬면서 가게에서 뭘 좀 먹겠느냐고 묻는다. 나는 폭신폭신한 분홍색 구름처럼 보이는 걸로 고른다. 무슨 맛일지 감도 잡히지 않기 때문이다. 나는 끈적끈적한 조각을 조금 떼서 입에 넣고 혀에서 사르르 녹게 놔둔다. 그런데 벤자민은 그걸 한 덩어리 큼지 막하게 잡아떼더니 짓눌러서 분홍색 사탕처럼 만든다.

해가 기울지만 음악은 멈추지 않는다. 허파에 숨 쉴 공기 가 조금도 남아 있지 않을 때까지 우리는 살아 있는 사람들 에게 둘러싸여 무대 앞에서 춤을 춘다. 드디어 축제가 끝나 고 벤자민과 나는 수면 위에서 은색으로 잔물결을 일으키는 달빛을 바라보며 호숫가를 따라 걷는다.

나는 몸도 마음도 지쳐서 피곤하지만, 이렇게 근사하고 따뜻한 느낌은 받아본 적이 없다. 꿈속에서나 바라던 걸 하 느라 진이 빠졌기 때문이다. 빨리 집에 가서 집과 원로 야 가 할머니에게 오늘 일을 말하고 싶어 안달이 난다.

"잠깐 여기서 기다릴래?" 벤자민 집에 도착했을 때 벤자 민이 말한다. "너에게 줄 게 있어."

벤자민이 안으로 뛰어 들어가더니 눈에 익은 액자를 들 고 나온다. 내가 아기였을 때 바바 할머니와 찍은 사진이 다. 벤자민의 귀가 분홍빛으로 물든다. "너에게 묻지도 않 고 들고 와서 미안해. 하지만 좋은 의도로 그랬어." 벤자민 이 다른 손에 들고 있던 커다란 종이를 건네준다.

산막에서 나와 잭을 그린 그림이다. 그런데 벤자민이 거기에 바바 할머니를 그려 넣었다. 사진 속 바바 할머니와 똑같다. 커다란 미소와 자랑스러움이 묻어나는 눈빛. 벤자민은 나와 잭을 그린 그림에도 살짝 변화를 줬다. 음영과 세부묘사를 더했다. 그림 속 내 눈이 원래 사진보다 더 행복해 보인다. 눈동자 두 개가 기대감에 가득 차서 반짝인다.

"마음에 들었으면 좋겠는데." 벤자민이 긴장한 듯 발을 꼼지락거린다.

"마음에 들어." 내가 속삭인다. "이거 정말 끝내준다."

벌판을 지나 집으로 돌아가는 내 머리 위로 둥그런 달이 환하게 빛난다. 집의 윤곽선이 조금 달라 보여서 나는 고개를 갸웃거리며 무슨 일이 벌어지고 있는지 유심히 살핀다.

현관 한 쪽 바닥이 옆으로 넓어지면서 새로운 공간이 생기는 중이다. 양쪽에서 벽도 두 개가 새로 생겨서 위로 올라가고 있다. 그 벽들 사이로 어린 가지 세 가닥이 자라고 있는데 굵어져서 지붕 들보가 될 것 같다. 집에 가까이 다가갈수록 새로 생긴 방이 두 집을 서로 연결하고 있다는 걸 알아차린다.

벽을 타고 기어오른 덩굴이 원로 야가 할머니의 집으로 뻗어가고 있다. 어둠 속에서도 덩굴이 닿은 원로 야가 할머니의 집이 낫고 있는 게 보인다. 나무 벽들이 튼튼해져서 바로 서고 밀랍으로 윤을 낸 듯 달빛을 받아 반짝반짝 빛난다.

새로 생긴 보드라운 바닥 위로 올라서니 원로 야가 할머니가 벽 꼭대기에서 갓 나온 어린 가지들이 머리 위를 가로질러 자라는 광경을 지켜보며 그 한가운데 앉아 있다. 잭이 원로 야가 할머니의 어깨에 앉아 있다가 나를 보더니 깍깍거리며 날갯짓을 해서 내 팔꿈치에 내려앉는다.

원로 야가 할머니가 나를 올려다보며 미소를 짓지만, 아무 말도 하지 않는다. 나도 말없이 별빛 아래 원로 야가 할머니 옆에 앉는다. 우리는 밤새도록 우리 집이 함께 자라나는 광경을 지켜본다.

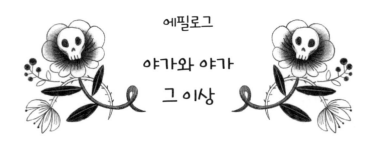

에필로그

야가와 야가
그 이상

우리 집에는 닭다리가 달렸다. 하지만 우리 집은 1년 중 대부분의 시간을 불빛이 반짝이는 도시에서 멀지 않은 작은 마을에 둥지를 틀고 지낸다. 도시는 호수 가장자리를 돌아 꺾어지는 곳에 있다. 내 친구 벤자민은 벌판 맞은편에 산다. 벤지는 우리 집과 벤자민 집 사이, 풀과 야생화로 가득한 곳에서 자유롭게 다닌다.

이제 벤지는 포동포동하고 배고파하는 어른 양이 되었다. 바바 할머니는 양고기 브로스치가 된 벤지도 사랑했겠지. 나는 여전히 바바 할머니를 그리워한다. 하지만 할머니는 언제나 내 마음 속에, 내 생각 속에 살아 있다. 게다가 내 곁에는 영원한 짝꿍 잭도 있고 늘 나를 보살펴주는 집도 있다.

원로 야가 할머니도 나를 돌봐준다. 우리의 집은 하나가 되었다. 원로 야가 할머니의 집에 달렸던 다리는 움직임을 멈추고 마룻바닥 밑으로 말려들어갔지만, 우리 집 다리가 늘어난 무게를 감당할 정도로 튼튼하게 두꺼워지고 굵어졌다. 그래서 지금은 오히려 예전보다 달리는 속도가 빨라졌다. 여름에 대초원에서 달리기 시합이 벌어졌을 때 우리 집 만큼 빨리 달린 집은 단 한 채도 없었다.

나는 죽은 사람인 동시에 산 사람이고, 게다가 야가이기도 하다. 나는 내가 만나는 그 누구와도 다르다. 그래도 난 이대로가 좋다. 서로 다른 세계를 옮겨 다닐 수 있으니까.

우리 집에는 야가들이 많이 놀러온다. 야가들은 내 죽음과 내 삶과 별까지 다녀왔던 내 여행에 관해 얘기하는 걸 좋아한다. 또 원로 야가 할머니에게 위안주도 사고 자기들 얘기도 들려주며 *야가 동화집*도 수집한다. 나는 원로 야가 할머니를 도와 동화를 더 자주 쓰고 복사본도 더 많이 만든다.

나는 살아 있는 사람들과 함께 하는 삶도 누린다. 호숫가 작은 도시에 가서 도서관도 이용하고, 극장에서 공연도 본다. 벤자민 아빠는 내가 1주일에 이틀 정도 학교생활을 경험할 수 있도록 주선해줬다.

내 운명은 정해지지 않았다. 내가 바라는 바다. 가능성은 별처럼 무한하다. 살아 있는 사람들의 세계와 야가들의 세상을 가득 채운 가능성은 심지어 죽은 사람들을 위한 잔치에서도 반짝인다.

나는 죽은 사람들을 인도하는 원로 야가 할머니 일을 돕는다. 많은 수는 아니지만, 때로는 내가 직접 영혼을 인도하기도 한다. 나만의 삶이 있고 보니, 죽은 사람들을 인도하는 일도 그렇게 나쁘지만은 않다.

하지만 우리는 결코 호수의 땅에서 죽은 사람들을 인도하지는 않는다. 우리가 이곳에 있을 때는 집이 뼈 창고를 단단히 잠가 둔다. 하지만 영혼을 인도하는 일이 급히 필요할 때마다, 집은 한밤중에 벌떡 일어나 나와 원로 야가 할머니를 태우고 어딘가 새로운 곳으로 이동한다. 가끔은 벤자민과 벤자민 아빠까지 싣고 가기도 한다. 우리 집에 다리가 달려서 얼마나 좋은지 모르겠다. 우리는 어디든 함께 갈 수 있다.

우리는 섬과 습지, 열대우림과 황야, 고산 지대와 깊은 계곡을 여행한다. 어디든 우리가 도착한 곳에 울타리를 세우고, 해골 촛불을 밝힌 다음, 잔치를 준비한다. 파티는 언제나 흥겹다. 우린 죽은 사람들과 함께 노래하고 춤추며, 그들의 이야기를 들은 다음 그들을 저승문 너머로 인도한다.

그래도 단연 최고의 파티는 야가들이 벌이는 파티다. 원로 야가 할머니와 오네킨 야가가 함께 머리를 맞대고, 야가의 집들이 계절마다 한 번씩 모일 수 있도록 계획을 세워 실제로 진행해왔다. 지금까지 그들이 추진했던 행사는 대초원 경주와 키 큰 나무들의 나라에서 스퀘어 댄스(*네 쌍의 남녀가 서로 마주 서서 정사각형을 이루며 추는 포크 댄스의 일종)추기였다. 게다가 가까운 시일 내에 사람이 살지 않는 자그마한 열대섬에서 '별빛 수영'이라는 행사도 개최할 예정이다.

어쨌든 지금 이 순간 우리 집은 벤자민네 농장에 앉아 있다. 나는 현관 계단에 앉아 사슴 가족이 달빛을 받으며 풀을 뜯는 광경을 지켜본다. 원로 야가 할머니가 내 옆에 앉아 피우는 담배 연기가 별을 향해 올라간다.

잭이 계단 마지막 칸 아래를 오가며 벌레를 찾느라 땅을 쪼아대고 있다. 조금 전 비가 내린 탓에 흙이 젖어 부드럽다. 원로 야가 할머니가 담뱃대로 잭 근처에 있는 물웅덩이를 가리킨다. "뭐가 보이지?"

나는 몸을 앞으로 숙이고 새 모직 모자 밑으로 삐져나온 빨간 곱슬머리를 한 내 모습이 비칠 것을 기대하며 물웅덩이를 들여다본다. 잭이 던진 작은 돌멩이 하나가 물웅덩이

에 빠져 수면에 잔물결을 일으킨다. 물속에서 하늘이 일렁
인다. 반딧불처럼 반짝이는 별들과 은빛 달과 끝 모를 호를
그리는 은하수도 춤을 춘다. 작디작은 물웅덩이에서 우주
전체를 보며 나는 미소를 짓는다.

마링카의 용어 사전

- 발랄라이카(Balalaika): 삼각형 몸통에 줄이 세 개 있는 악기.
- 베흐리르(Beghrir): 벌꿀에 흠뻑 적신 스펀지 팬케이크.
- 베사라(Bessara): 콩으로 끓인 걸쭉한 수프.
- 블리니(Blini): 얇은 팬케이크(*러시아 메밀 팬케이크).
- 보르스치(Borsch): 비트로 끓인 수프, 기호에 따라 다양한 맛을 낼 수 있다.
- 착착(Chak-Chak): 공 모양으로 튀긴 밀가루 반죽을 뜨거운 벌꿀에 담갔다가 말린 것.
- 체르케스 치즈(Circassian cheese): 맛이 순하고 부드러운 치즈.
- 카샤(Kasha): 죽, 주로 메밀로 끓인다.
- 키슬(Kissel): 걸쭉해진 과일 주스로 만든 디저트.
- 콜바사(Kolbasa): 삶거나 훈제한 소시지.
- 코지나키(Kozinaki): 견과류를 벌꿀에 버무려 납작하게 굳힌 강정 종류.

ﹼ 크바스(Kvass): 빵이나 곡물을 발효시킨 음료수로 시고 톡 쏘는 맛이 난다.

ﹼ 마가리아(Magaria): 사막에서 자라는 나무. 체리만 한 갈색 열매가 열린다.

ﹼ 파스틸라(Pastilas): 과일을 졸이고 구워서 막대 형태로 만든 것.

ﹼ 페치카(Pchelka): 작은 벌. 사랑하는 사람을 부르는 애칭.

ﹼ 피로그(Pirog): 달거나 짭짤한 것으로 속을 채운 파이.

ﹼ 쉬(Shchi): 양배추 수프.

ﹼ 슈바키아(Shebakia): 벌꿀 바른 볶은 참깨 쿠키.

ﹼ 투손카(Tushonka): 삶은 고기 통조림.

ﹼ 우하(Ukha): 생선 수프.

ﹼ 바트루슈카(Vatrushka): 주로 치즈로 속을 채운 동그란 페이스트리.

ﹼ 보블라(Vobla): 물고기의 일종.

ﹼ 자쿠지(Zakusi): 주로 식사 전에 먹는 과자.

소피 앤더슨과의 인터뷰

- 소피, 어디에서 영감을 받고 ≪닭다리가 달린 집≫을 썼나요?

  내가 어렸을 때 우리 할머니가 바바 야가와 그들이 사는 닭다리가 달린 집이 등장하는 동화를 들려주었어요. 어떤 이야기는 무섭기도 했지만, 저는 그 이야기들에 완전히 마음을 빼앗기고 말았죠. 바바 야가는 일반 동화 속 마녀보다 훨씬 더 복잡한 존재예요. 바바 야가는 잔인할 수도 있지만, 연민할 줄도 알고 다정하기도 하거든요. 나는 바바 야가의 이런 면을 알아보고 싶었어요. 사람들이 바바 야가를 두려워하는 이유나, 바바 야가와 죽음과의 연결 고리를 설명하는 역할은 바바 야가에게 맡기고 말이죠.

≪닭다리가 달린 집≫에 등장하는 집은, 죽음에 관한 기억으로 가득하지만 삶을 기념하는 곳이기도 하고, 맛있는 음식과 아름다운 음악, 근사한 이야기가 차고 넘친다는 점에서 결국 우리 할머니 집과 상당히 비슷해졌어요.

애초 마링카라는 인물에 영감을 준 건 제 아이들이었죠. 제 아이들도 울타리를 넘어가 자기 운명을 스스로 개척해 나가기를 꿈꾸거든요. 하지만 마링카를 쓰기 시작하자마자, 마링카는 믿기지 않을 정도로 나에게는 실제가 되었어요. 이건 마치 마링카의 세계와 마링카의 이야기는 이미 존재하고 있었고, 단지 내가 그 안을 들여다볼 수 있는 창문을 발견한 것뿐이라는 생각이 들었어요.

• 제일 좋아하는 신화나 민담은 무엇인가요?

저한테는 슬라브족 동화가 특별해요. 우리 할머니 때문이죠. 아름다운 바실리사Vasilisa the Beautiful도 그 중 하나예요. 바실리사가 바바 야가에게서 눈에 불길이 이는 해골을 얻어내기 위해, 바바 야가가 내리는 불가능한 임무를 수행하는 이야기예요. 눈에서 불길이 이는 해골이 바실리사를 사악한 계모에게서 풀려나게 해주거든요. 눈 아가씨The Snow Maiden

도 있어요. 자기가 녹을 걸 알면서도 사랑과 행복을 찾아 나서는 눈 아가씨 이야기예요. 바다의 왕The Tsar of the Sea이 춤을 춰서 폭풍을 일으킬 때까지 음악을 연주한 삿코Sadko 이야기도 있어요. 저는 다른 나라 민담도 좋아해요. 아난시 Anansi라는 아프리카 동화가 있어요. 천신Sky God의 이야기를 구하려고 하늘까지 거미줄을 쳐서 올라간 지혜롭고 영리한 거미 인간 아난시 이야기죠. 아프리카계 미국인들의 동화 토끼 군(*Brer Rabbit, Brer: brother의 흑인 사투리)에는, 지력으로 더 큰 동물들 사이에서 우위를 차지하는 토끼가 나와요. 중동 지역의 천일야화도 좋아하는데, 세헤라자데가 목숨을 구하려고 풀어놓는 이 이야기에는 서사시적 여행담과 요정과 정령, 요술사, 말하는 동물이며 마법이 깃든 물건들이 등장합니다.

- 닭다리가 달린 집에서 하루를 살 수 있다면, 어디를 가고 무엇을 하고 싶은가요? 이유도 말해주세요.

우리 할머니 이야기에 영감을 줬던 장소가 항상 가고 싶었어요. 그래서 닭다리가 달린 집이 현재 우리 집 근처와 제가 어린 시절을 보냈던 웨일스 지방 언덕 위를 내달릴 때

나, 물을 튀기며 영국해협을 건너고 전 유럽을 가로질러 우리 할머니의 첫 번째 고향에 있는 호수와 바다, 마법 같은 숲까지 내처 경중경중 달리는 동안, 전 지붕에 앉아 있을 거예요.

하지만 거기에서 멈추지는 않아요! 북극광과 일각돌고래, 바오밥나무, 곰, 온천욕을 즐기는 일본원숭이와 무리 지어 이주하는 제왕나비 등, 세상에는 제가 꼭 보고 싶은 것이 너무 많거든요.

그리고 집과 함께 리오의 거리에서는 삼바 춤을, 피지에서는 불춤을 추고 싶어요. 사해에 몸도 담가보고, 한국에서는 벚꽃이 만개한 거리에서 천천히 산책할 거예요. 이걸 하루에 다 할 수 있을는지 몰라도 한번 시도해보면 재미있을 것 같고, 틀림없이 새로운 얘깃거리도 얻을 수 있을 거예요!

• 이 책을 쓸 때 어떤 연구를 했나요?

바바 야가 이야기는 모두 찾아서 읽고 슬라브족 동화도 엄청나게 많이 읽었어요. 고대 슬라브족 신앙을 연구하면서 알게 된 여러 가지가 ≪닭다리가 달린 집≫ 안으로 녹아들었는데, 죽음을 여행으로 보는 시각이라든지 유리 산과

검은 바다, 고대 죽음의 여신과 바바 야가의 연관성 등이
다 그런 경우예요.

러시아 조리법을 시도해서 제 생애 첫 *보르스치*를 만들
기도 했고, 난생처음 서양고추냉이도 먹어봤어요. 러시아
전통 음악을 들었고, 특이하면서도 멋진 러시아 속담도 많
이 알아냈답니다. 책과 영화가 부리는 마법 덕분에 제 안락
의자에 앉은 채로 베니스와 아프리카, 러시아와 북극처럼
아름다운 곳을 찾아가기도 했고요.

• 이 책은 어두운 주제와 밝은 주제를 모두 다루는데요, 독자
  가 어떤 메시지를 받았으면 하나요?

기쁨과 슬픔, 외로울 때와 교류할 때, 자랑스러운 순간과
후회하는 순간으로 꽉 찬 것이 바로 인생이라는 메시지죠.
산다는 건 이 전부를 경험한다는 의미예요. 가슴이 찢어질
것 같은 일도 있지만, 그렇다고 그 일이 정말로 가슴을 찢
어놓지는 못해요. 더 밝은 미래라는 희망이 언제나 있기 마
련이고, 그 희망을 전혀 예상치 못한 곳에서 발견할지도 몰
라요. 어린 친구나 나이든 야가와의 조우, 새의 부리나 물
웅덩이 수면에 이는 물결 같은 곳에서 말이죠. 죽음조차 우

리가 삶을 받아들이도록 영감을 줄 수 있는걸요.

우울할 때든 즐거울 때든, 독자들이 모든 순간을 충분히 누리고, 행복을 향해 끊임없이 전진해 나갔으면 좋겠어요. 우리는 우리 자신의 미래를 스스로 만들 수 있고, 그 가능성이란 별 만큼이나 무궁무진하니까요!

• 소피, 다음엔 어떤 이야기를 쓸지 살짝 귀띔이라도 해줄 수 있을까요?

다음 책 역시 슬라브족 설화, 특히 라임 나무The Lime Tree나 왜 곰 발은 손 같을까Why Bears' Paws are Like Hands라는 이야기에서 영감을 받은 이야기랍니다. 닭다리가 달린 집처럼 정체성과 소속감이 주제예요. 책의 배경은 세계에서 가장 큰 숲인 시베리아 눈 숲(*정식 명칭은 '타이가 숲'이지만, 작가는 Snow Forest라는 명칭을 사용했으며, 이 또한 실제 사용하는 이름입니다)이에요. 사람 주인공들 외에도 용감한 족제비, 가끔 심술부리는 늑대, 무시무시한 엘크(*큰 사슴)와 곰도 한두 마리쯤 등장하죠.

주된 이야기 안에 즈메이(*슬라브 신화 속 머리 셋 달린 용)나 불사신 코시체이(*러시아 민담에 등장하는 힘세고 무자비한 존재), 그리고 파더 프로스트(*러시아판 산타) 같은 민담 속 인물한테서 영감

을 받은 짧은 이야기가 몇 편 들어 있어요. ≪닭다리가 달린 집≫에서는 작은 역으로 등장했던 인물이 훨씬 더 큰 역할을 맡아서 나올 텐데, 과연 그게 누구일지 독자들이 맞힐 수 있을까요?

감사의 글

《닭다리가 달린 집》은 문학계 별자리의 안내를 받으며 다녔던 길고도 멋진 여행이었습니다. 감사로 가득한 나의 우주는 다음 분들을 향해 뻗어갑니다.

나의 에이전트, 젬마 쿠퍼 야가는 동쪽에서 불어오는 산들바람에서 마링카를 들어서 내렸고, 마링카가 펼치는 모든 페이지에 지혜를 더했으며, 더욱 희망찬 미래와 함께 마링카(와 나)를 세상으로 내보냈습니다.

어스본 출판사의 레베카 야가와 스콜라스틱 출판사의 맬러리 카스 야가도 있습니다. 나의 편집자인 이분들은 두 팔 벌려 마링카를 환영해주었고, 열정과 통찰력으로 마링카의 이야기를 키워준 덕분에, 그 이야기는 내가 상상했던 것보다 훨씬 힘찬 노래가 되었습니다.

마링카에게 검은 바다를 헤엄치고 유리 산에 오를 힘을 준 건, 다정하고 재능 있는 출판계 야가들의 협연이었습니다. 어스본 출판사의 베키 워커, 사라 스튜어트, 사라 크로닌, 애나 호워스, 스티비 홉워드, 한나 리어든 스튜어드, 프리랜서 홍보 담당자인 프리타 린드퀴비스트, 스콜라스틱 출판사의 멜리사 셔머와 메프 노턴, 그리고 아름다운 편지로 (좋은 의미에서) 저를 울린 리졸리 라가찌 출판사의 지오다노 아테리니 등 이 모든 야가 한 분 한 분께 감사한 마음을 담아 별도로 *발랄라이카*를 연주해 드립니다.

반짝이는 예술가들이 ≪닭다리가 달린 집≫에 생명을 불어넣어서, 나는 꿈도 못 꿀 만큼 근사하게 작품을 살려냈습니다. 캐서린 밀리쇼프가 디자인한 표지는 완벽했고, 그 위를 수놓은 멜리사 카스트릴론의 그림은 화려하고 아름답습니다. 엘리사 파가넬리는 정교한 동화 그림으로 속지에 마법을 부렸으며, 레드 노즈 스튜디오에서는 마술 진흙으로 미국판 ≪닭다리가 달린 집≫ 표지를 빚어주었습니다.

내 마음이 닭다리가 달린 집에서 떠도는 동안, 내 영혼을 보살펴준 나의 남편 닉과 우리 아이들 니키, 알렉, 그리고 새미에게 끝없는 사랑과 감사를 전합니다. 그대들이 내 우주를 경이로 터질 듯이 채워서 반짝이게 합니다.

가족이라는 내 은하계는 저승문 양쪽에 다 있습니다. 나의 부모님 카렌과 존, 랄프 오빠와 남동생 로스(*로스는 몇 해

전에 고인이 되었다고 합니다), 그리고 조부모님 중에서도 특히 게르다 할머니 이야기가 이 책을 쓰는 데 영감을 주었습니다. 남편 닉을 통해 선물처럼 만난 가족도 있습니다. 무한한 사랑과 친절을 베풀어준 실라와 프랭크를 위해 특별히 축배를 들고 싶습니다.

친구들도 있습니다. 로레인의 웃음은 하늘을 밝혀주었고, 질리안은 내가 저쪽 세상으로 떠내려가지 않도록 붙잡아주었습니다. 매튜는 내게 음악을 가져다주었고, 나디아는 내가 첫 번째 단어를 쓰던 순간부터 손을 잡아주었습니다. 펜을 준 켄과, 매혹적인 물레를 준 미셸, 진정 마법 같은 인용구를 선사해준 키런 밀우드 하그레이브에게 감사의 말을 전합니다.

감사함의 성운이 도서관 사서와 교사, 서적상과 독서 블로거(조 클라크, 피오나 노블, 빈센트 리플리, 스캇 에반스, 그리고 애슐리 부스에게는 고마움의 돌풍이 더욱 강력하게 불어갑니다)처럼 독자들 손에 책이 들어가도록 돕는 애서가들에게로 날아갑니다.

그리고 무엇보다 각자 소중한 시간을 들여서 이 책을 읽

고, 상상력을 통해서 이야기에 생명을 불어넣은 독자들에게 감사 인사를 드립니다. 책 한 권이 독자 한 사람을 만나면, 가능성은 별처럼 무한해집니다.

소피 앤더슨